こんどうともこ、王愿琦　著／元氣日語編輯小組

# 30天考上！
# 新日檢
# N4
# 題庫＋完全解析

546題

文字‧語彙

文法

讀解

聽解

# 勝負は「どれだけ問題をこなしたか」にあり！

　2010 年の大幅な改革から十年ちょっと。最初の頃は戸惑いもありましたが、主催者団体から明確な方向性が提示されていたこともあり、新形式もほぼ定着したように思います。その間、出版社に身をおいてきた本書の製作メンバー3人（王愿琦社長、葉仲芸副編集長、わたし）は、つねに受験生の立場に立ち、研究を重ねてまいりました。その結果、誕生したのが本書です。

　受験には、どのような形式の問題が出題されるのか、どうやって問題を解けばいいのかを知ることが何より大切です。本書は、新しく改定された新試験形式に対応した試験を、詳細で分かりやすい出題内容分析とともに収録し、短期間で実践的な試験対策ができるよう、次のような点に重点を置いて構成しています。

## 1. 毎日一定の量学べるよう問題内容を配分

試験に打ち勝つには内容を理解する以上に、落ちついて試験に向かえるよう準備する必要があります。そのためには、とにかくたくさんの問題をこなすことです。

## 2. 改定後の試験内容を出題類型別に分析して提示

出題形式を内容別に詳しく分析して解説。最新の出題類型別ポイントと学習すべき内容が一目で分かります。

## 3. 本番の試験と同様の模擬試験を収録

本番と同じ形式の練習問題をこなし、自分の実力がチェックできます。分かりやすい解説付きですから、自分の弱点に気づき、強化することが可能です。

## 4. とにかく分かりやすい解説

翻訳と解説を担当した王愿琦社長は、長年出版界で数々の検定試験問題に携わってきた以外に、実際の教育経験もあるベテランの先生でもあります。教師と生徒の立場を理解しているからこその端的で分かりやすい解説は、本書一番の売りです！

## 5. 試験と同形式の聴解用音声を収録

聴解に立ち向かうポイントは、如何にして話の流れや内容、要旨を把握できるかにあります。毎日一定量の臨場感あふれる問題をこなすことで、確実な聴解能力の向上につながります。

　最後に、語学の習得には地道な努力が不可欠です。初めは分からなかった問題も、2度、3度と繰り返すうちに、確実に実力がついてくるものです。自分と本書を信じて、惜しみなく努力を重ね、合格切符を手に入れましょう。幸運をお祈りしています。

こんどうともこ

# 祝／助您一試成功！

在教學以及編輯崗位十多年來，經常遇到同學以及讀者詢問：「我要考日語檢定，怎麼準備？」

這真是一個好問題。當然是「單字」要背熟才知道意思；「文法」要融會貫通才能理解意義；「閱讀」要多看文章才能掌握要旨；「聽力」要多聆聽耳朵才能習慣。但是我想，無論是誰，考前都需要一本「模擬試題」來檢測實力。

市面上有若干「模擬試題」的書。先不論一些書籍的內容是否符合實際考題，同學常常做了之後，或因書中沒有解析，或因解析不清，在考前增加焦慮感。緣此，有了您手上這本書的誕生。

書中こんどう老師所出的題目很活，雖說是模擬試題，但這些參考歷屆考題，歸納、提煉出來的內容，其實等於實際會考的題目。本書 30 天的題目共有 546 題，只要都弄懂了，臨場絕對萬無一失。而考題或有類似，那是當然的，因為重點就是這些，出現次數越多的，就越重要，實際考試也一定越容易出現。

至於我所負責的解說，盡量以學生的需求（如何快速閱覽，找出正確答案）、老師的責任（補充相關說明，厚植實力）、以及編輯的觀點（解說清晰，不拖泥帶水）這三個角度來撰寫。衷心希望題題用心、字字琢磨的此書，能讓您覺得好用，並祝／助您一試成功。

在離開學校日語講師教職，又回到出版社 10 多年後，此次的撰寫工作讓我有回到初心的感覺：做什麼事情都要一步一腳印，扎扎實實。而在此書出版之際，我要謝謝撰寫出最佳考題的こんどう老師，以及擔任本書責任編輯、細心近至吹毛求疵的葉仲芸副總編輯。希望我們三人十數年合作默契所打造的本書，能讓讀者得到絕佳的成績。當然，如有任何謬誤，也請不吝指正。

文法解說參考書目

- グループ・ジャマシイ　《中文版　日本語文型辭典》（くろしお出版，2001）
- 蔡茂豐　《現代日語文的口語文法》（大新書局，2003）
- 林士鈞　《新日檢句型・文法，一本搞定！》（瑞蘭國際出版，2014）
- 林士鈞　《一考就上！新日檢N4全科總整理　全新修訂版》（瑞蘭國際出版，2018）
- こんどうともこ　《信不信由你　一週學好日語助詞！》（瑞蘭國際出版，2018）
- 張暖彗　《新日檢N4言語知識（文字・語彙・文法）全攻略》（瑞蘭國際出版，2019）
- こんどうともこ　《信不信由你　一週學好日語動詞！QR Code版》（瑞蘭國際出版，2020）
- 本間岐理　《必考！新日檢N4文字・語彙》（瑞蘭國際出版，2020）

## 如何使用本書

### 模擬試題部分

- 名師撰寫，完全模擬實際檢定考題目，最放心！
- 內容涵蓋必考4大科目：「文字・語彙」、「文法」、「讀解」、「聽解」，零疏漏！
- 將模擬試題拆成30天，每天固定分量練習、學習，無負擔！
- 以每5天為一週期：前4天練習「文字・語彙」、「文法」2科，每天20題，厚植實力；第5天熟悉「讀解」、「聽解」2科，每次11題，融會貫通！
- 「聽解」試題由日籍名師錄音，完全仿照正式考試的速度，搭配QR Code掃描下載，隨時聆聽提升聽解實力！

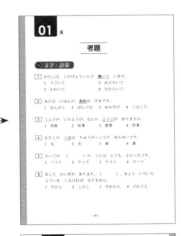

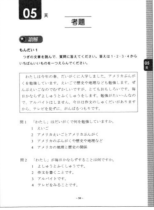

## 解答部分

- 每一天測驗完，立即檢核實力，看日後的每一天，程度是不是越來越好！

## 翻譯、解說部分

- 將模擬考題調整成「漢字上標註讀音」模式，可同步複習漢字以及讀音，增強實力！
- 翻譯部分盡量採取日文、中文「字對字」方式呈現，並兼顧「語意通順」，遇到不懂的生字和文法，可即時領悟！
- 以明快、深入淺出的方式解題，簡單易懂，助您輕鬆戰勝新日檢！
- 以表格形式彙整相關重點，讓您一次掌握，輕鬆備考！

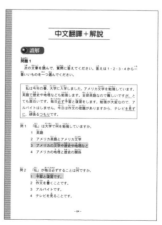

# 目次

完成打✓

## 如何掃描 QR Code 下載音檔

1. 以手機內建的相機或是掃描 QR Code 的 App 掃描封面的 QR Code。
2. 點選「雲端硬碟」的連結之後，進入音檔清單畫面，接著點選畫面右上角的「三個點」。
3. 點選「新增至「已加星號」專區」一欄，星星即會變成黃色或黑色，代表加入成功。
4. 開啟電腦，打開您的「雲端硬碟」網頁，點選左側欄位的「已加星號」。
5. 選擇該音檔資料夾，點滑鼠右鍵，選擇「下載」，即可將音檔存入電腦。

# 詞性表（凡例）

## ◎丁寧形（敬體）

| 詞性 | 現在肯定 | 現在否定 | 過去肯定 | 過去否定 |
|---|---|---|---|---|
| 名詞 | 学生<sub>がくせい</sub>です | 学生<sub>がくせい</sub>では<br>ありません | 学生<sub>がくせい</sub>でした | 学生<sub>がくせい</sub>ではあり<br>ませんでした |
| い形容詞 | 面白<sub>おもしろ</sub>いです | 面白<sub>おもしろ</sub>く<br>ないです | 面白<sub>おもしろ</sub>かった<br>です | 面白<sub>おもしろ</sub>くなかった<br>です |
| な形容詞 | 元気<sub>げんき</sub>です | 元気<sub>げんき</sub>では<br>ありません | 元気<sub>げんき</sub>でした | 元気<sub>げんき</sub>ではあり<br>ませんでした |
| 第一類動詞 | 書<sub>か</sub>きます | 書<sub>か</sub>きません | 書<sub>か</sub>きました | 書<sub>か</sub>きません<br>でした |
| 第二類動詞 | 見<sub>み</sub>ます | 見<sub>み</sub>ません | 見<sub>み</sub>ました | 見<sub>み</sub>ません<br>でした |
| 第三類動詞 | します | しません | しました | しません<br>でした |
| 第三類動詞 | 来<sub>き</sub>ます | 来<sub>き</sub>ません | 来<sub>き</sub>ました | 来<sub>き</sub>ません<br>でした |

# ◎普通形（常體）

| 詞性 | 現在肯定 | 現在否定 | 過去肯定 | 過去否定 |
|---|---|---|---|---|
| 名詞 | <sub>がくせい</sub>学生だ | <sub>がくせい</sub>学生ではない | <sub>がくせい</sub>学生だった | <sub>がくせい</sub>学生ではなかった |
| い形容詞 | <sub>おもしろ</sub>面白い | <sub>おもしろ</sub>面白くない | <sub>おもしろ</sub>面白かった | <sub>おもしろ</sub>面白くなかった |
| な形容詞 | <sub>げんき</sub>元気だ | <sub>げんき</sub>元気ではない | <sub>げんき</sub>元気だった | <sub>げんき</sub>元気ではなかった |
| 第一類動詞 | <sub>か</sub>書く | <sub>か</sub>書かない | <sub>か</sub>書いた | <sub>か</sub>書かなかった |
| 第二類動詞 | <sub>み</sub>見る | <sub>み</sub>見ない | <sub>み</sub>見た | <sub>み</sub>見なかった |
| 第三類動詞 | する | しない | した | しなかった |
| 第三類動詞 | <sub>く</sub>来る | <sub>こ</sub>来ない | <sub>き</sub>来た | <sub>こ</sub>来なかった |

# ◎動詞活用形

| 活用形 | 第一類動詞 | 第二類動詞 | 第三類動詞 | 第三類動詞 |
|---|---|---|---|---|
| 辞書形 | 書く | 見る | する | 来る |
| ます形 | 書きます | 見ます | します | 来ます |
| ない形 | 書かない | 見ない | しない | 来ない |
| 連用形 | 書き | 見 | し | 来 |
| て形 | 書いて | 見て | して | 来て |
| た形 | 書いた | 見た | した | 来た |
| 意向形 | 書こう | 見よう | しよう | 来よう |
| 可能形 | 書ける | 見られる | できる | 来られる |
| 假定形 | 書けば | 見れば | すれば | 来れば |
| 使役形 | 書かせる | 見させる | させる | 来させる |
| 被動形 | 書かれる | 見られる | される | 来られる |
| 使役被動形 | 書かせられる<br>書かされる | 見させられる | させられる | 来させられる |
| 命令形 | 書け | 見ろ | しろ | 来い |
| 禁止形 | 書くな | 見るな | するな | 来るな |

## ◎名詞修飾形

| 詞性 | 現在肯定 | 現在否定 | 過去肯定 | 過去否定 |
|---|---|---|---|---|
| 名詞 | 学生（がくせい）の | 学生（がくせい）ではない | 学生（がくせい）だった | 学生（がくせい）ではなかった |
| い形容詞 | 面白（おもしろ）い | 面白（おもしろ）くない | 面白（おもしろ）かった | 面白（おもしろ）くなかった |
| な形容詞 | 元気（げんき）な | 元気（げんき）ではない | 元気（げんき）だった | 元気（げんき）ではなかった |
| 第一類動詞 | 書（か）く | 書（か）かない | 書（か）いた | 書（か）かなかった |
| 第二類動詞 | 見（み）る | 見（み）ない | 見（み）た | 見（み）なかった |
| 第三類動詞 | する | しない | した | しなかった |
| 第三類動詞 | 来（く）る | 来（こ）ない | 来（き）た | 来（こ）なかった |

## 考題

### 📝 文字・語彙

1 わたしは このびょういんで 働いて います。
　 1　うごいて　　　　　　　2　おどろいて
　 3　かわいて　　　　　　　4　はたらいて

2 あには にほんの 番組が すきです。
　 1　おんがく　　2　ばんぐみ　　3　おみやげ　　4　てぶくろ

3 こんどの にちようび、なにか ようじが ありますか。
　 1　用事　　　　2　有事　　　　3　要事　　　　4　作事

4 わたしの つまは ちゅうがっこうの せんせいです。
　 1　兄　　　　　2　夫　　　　　3　姉　　　　　4　妻

5 えいごの （　　　　）の てんは とても よかったです。
　 1　ソフト　　　2　テニス　　　3　テスト　　　4　スーツ

6 あした かいぎが あります。（　　　　）、きょう いろいろ
　 よういを しなければ なりません。
　 1　だから　　　2　しかし　　　3　それから　　4　けれども

7　もしかしたら、もう　でんしゃに　（　　　　）ない　かもしれません。
　　1　とりかえ　　2　つかまえ　　3　まにあわ　　4　まちがえ

8　「このみちは　よる　くらくて　あぶないです」と　おなじ
　　いみの　ぶんを　えらんで　ください。
　　1　このみちは　よる　きけんです。
　　2　このみちは　よる　にぎやかです。
　　3　このみちは　よる　あんぜんです。
　　4　このみちは　よる　ふくざつです。

9　せんせいに　プレゼントを　（　　　　）。
　　1　あげました　　　　　　　　2　やりました
　　3　さしました　　　　　　　　4　さしあげました

10　がくせいは　まいにち　（　　　　）に　べんきょうします。
　　1　ひつよう　　2　ねっしん　　3　ふくざつ　　4　だいじ

## 📖 文法

1　林の　なかから　へんな　音（　　　　）　します。
　　1　は　　　　　　2　が　　　　　　3　を　　　　　4　で

2　もう　じゅぎょうが　はじまって　いる。（　　　　）なさい。
　　1　いそぐ　　　2　いそが　　　3　いそぎ　　　4　いそげ

3 そらが くらいです。もう すぐ あめが （　　　　）そう
です。
1 ふる　　　　2 ふり　　　　3 ふら　　　　4 ふって

4 山田先生は なんじごろ （　　　　）か。
1 かえりしました　　　　　　2 かえられました
3 かえりに なりました　　　4 かえりに なられました

5 ともだちに よると、ごご テストが （　　　　）らしいです。
1 あら　　　　2 ある　　　　3 あって　　　4 あれよう

6 あのエスカレーターは こわれて （　　　　）そうです。
1 いく　　　　2 みる　　　　3 ある　　　　4 いる

7 むすめは ねぼうしたので、朝ごはんを （　　　　）に
出かけました。
1 たべる　　　2 たべて　　　3 たべず　　　4 たべない

8 会社に はいってから、おさけが 飲める（　　　　）なり
ました。
1 よう　　　　2 ように　　　3 そう　　　　4 そうに

9 かのじょは アメリカで 育ったから、えいごが 上手
（　　　　）です。
1 つもり　　　2 なそう　　　3 なよう　　　4 なはず

10 祖父は タバコを （　　　　） したと いいました。
1 やめること　　　　　　　　2 やめるよう
3 やめることに　　　　　　　4 やめるように

# 解答

## 文字・語彙（每題 5 分）

| 1 | 2 | 3 | 4 | 5 | 6 | 7 | 8 | 9 | 10 |
|---|---|---|---|---|---|---|---|---|----|
| 4 | 2 | 1 | 4 | 3 | 1 | 3 | 1 | 4 | 2  |

## 文法（每題 5 分）

| 1 | 2 | 3 | 4 | 5 | 6 | 7 | 8 | 9 | 10 |
|---|---|---|---|---|---|---|---|---|----|
| 2 | 3 | 2 | 2 | 2 | 4 | 3 | 2 | 4 | 3  |

## 得分（滿分 100 分）

| /100 |
|------|

# 中文翻譯＋解說

## 🏅 文字・語彙

1 私は　この病院で　働いて　います。
  1　うごいて　　2　おどろいて　3　かわいて　　**4　はたらいて**

中譯　我在這家醫院上班。

解說　本題考「動詞て形」。選項1是「動いて」（動、動搖）；選項2是「驚いて」（吃驚）；選項3是「渇いて」（渴）；選項4是「働いて」（工作）。

2 兄は　日本の　番組が　好きです。
  1　おんがく　　**2　ばんぐみ**　　3　おみやげ　　4　てぶくろ

中譯　哥哥喜歡日本的節目。

解說　本題考「名詞」。選項1是「音楽」（音樂）；選項2是「番組」（〔廣播、戲劇〕節目）；選項3是「お土産」（土產、紀念品）；選項4是「手袋」（手套）。

3 今度の　日曜日、何か　用事が　ありますか。
  **1　用事**　　　2　有事　　　3　要事　　　4　作事

中譯　這個星期日，有什麼事情嗎？

4 私の　妻は　中学校の　先生です。
  1　兄　　　2　夫　　　3　姉　　　**4　妻**

中譯　我的太太是國中的老師。

解說　本題考「稱謂」。選項1是「兄」（哥哥）；選項2是「夫」（丈夫）；選項3是「姉」（姊姊）；選項4是「妻」（太太、妻子）。

5 英語の　（　テスト　）の　点は　とても　よかったです。

1　ソフト　　　2　テニス　　　**3　テスト**　　　4　スーツ

中譯　英文考試的分數非常好。

解說　本題考「外來語」。選項1是「ソフト」（柔軟、軟體）；選項2是「テニス」（網球）；選項3是「テスト」（考試）；選項4是「スーツ」（套裝、西裝）。

6 明日　会議が　あります。（　だから　）、今日　いろいろ　用意を　しなければ　なりません。

**1　だから**　　　2　しかし　　　3　それから　　　4　けれども

中譯　明天有會議。所以，今天非做各種準備不可。

解說　本題考「接續詞」。選項1是「だから」（所以）；選項2是「しかし」（但是）；選項3是「それから」（然後）；選項4是「けれども」（然而）。

7 もしかしたら、もう　電車に　（　間に合わ　）ない　かもしれません。

1　とりかえ　　　2　つかまえ　　　**3　まにあわ**　　　4　まちがえ

中譯　說不定，已經趕不上電車了。

解說　本題考「動詞ない形」。選項1是「取り替え〔ない〕」（〔不〕更換、〔不〕交換）；選項2是「捕まえ〔ない〕」（〔不〕抓住）；選項3是「間に合わ〔ない〕」（〔沒有〕來得及）；選項4是「間違え〔ない〕」（〔沒有〕弄錯）。

8 「この道は　夜　暗くて　危ないです」と　同じ　意味の　文を　選んで　ください。

**1　この道は　夜　危険です。**　　　2　この道は　夜　賑やかです。

3　この道は　夜　安全です。　　　4　この道は　夜　複雑です。

中譯　請選出和「這條路晚上很暗、很危險」相同意思的句子。

　　　1　這條路晚上很危險。　　　　2　這條路晚上很熱鬧。

　　　3　這條路晚上很安全。　　　　4　這條路晚上很複雜。

9 　先生に　プレゼントを　（　差し上げました　）。

1　あげました　　　　　　　　2　やりました

3　さしました　　　　　　　　4　さしあげました

中譯　敬呈禮物給老師了。

解説　本題考「授受動詞」。選項1是「あげました」（給了；用來對「平輩」）；選項2是「やりました」（給了；用來對「熟人或者平、後輩」）；選項3是「指しました」（指了；非「授受動詞」）；選項4是「差し上げました」（呈給了；謙讓語；用來對「長輩」）。由於本題的對象是要尊敬的「先生」（老師），說話者是自己，所以要用謙讓表現，答案為選項4。

10 　学生は　毎日　（　熱心　）に　勉強します。

1　ひつよう　　2　ねっしん　　3　ふくざつ　　4　だいじ

中譯　學生每天都熱誠地學習。

解説　本題考「な形容詞」。選項1是「必要」（必需、必要）；選項2是「熱心」（熱誠）；選項3是「複雑」（複雜）；選項4是「大事」（重要）。

## 文法

1 　林の　中から　変な　音（　が　）　します。

1　は　　　　　　　2　が　　　　　　3　を　　　　　　4　で

中譯　感覺樹林中傳來奇怪的聲音。

解説　本題考「助詞」。助詞「が」的用法很多，本題的情況是以「名詞＋が＋します」的句型，來提示五感（視覺、聽覺、味覺、嗅覺、觸覺），可翻譯成「感覺～」。

2 　もう　授業が　始まって　いる。（　急ぎ　）なさい。

1　いそぐ　　　　2　いそが　　　　3　いそぎ　　　　4　いそげ

中譯 已經開始上課了。快一點！

解說 本題考「動詞ます形＋なさい」的句型，用來表示「命令」或「請求」。所以要將動詞「急ぎます」的「ます」去掉，成為「急ぎ」，答案為選項3。

3 空が 暗いです。もう すぐ 雨が （ 降り ）そうです。

1 ふる　　　　2 ふり　　　　3 ふら　　　　4 ふって

中譯 天空暗暗的。看起來好像要下雨了。

解說 本題考樣態助動詞「そうです」的用法。句型「動詞ます形＋そうです」（看起來～的樣子）用來表示「說話者對自己所見做出的一種判斷」，所以要將動詞「降ります」（下〔雨〕）的「ます」去掉，也就是選項2的「降り」。

4 山田先生は 何時頃 （ 帰られました ）か。

1 かえりしました　　　　　2 かえられました

3 かえりに なりました　　　4 かえりに なられました

中譯 山田老師幾點左右回來的呢？

解說 本題考「敬語」。因為對象為「先生」（老師），所以必須使用敬語。
五段動詞「帰ります」（回家）變成敬語的方法有二，如下：
（一）將「帰ります」語幹最後一個音先改成〔a〕段音，然後再加上敬讓助動詞「れます」。變化如下：
・「帰ります」
　→「帰ら＋れます」（改成〔a〕段音＋助動詞「れます」）
　→「帰られました」（過去式）
所以選項2「帰られました」為正確答案。
（二）以「お＋和語動詞ます形＋になります」句型呈現。變化如下：
・「帰ります」
　→「お＋帰ります」（接頭語「お」＋「帰ります」去掉「ます」）
　→「お帰り＋になります」（加上「になります」）
　→「お帰りになりました」（過去式）
所以選項3少了一個「お」，非正確答案。

5 友達に よると、午後 テストが （ ある ）らしいです。
　　1 あら　　　　2 ある　　　　3 あって　　　4 あれよう

中譯 聽朋友說，下午好像有考試。

解說 本題考「推量助動詞らしい」。「らしい」（好像、似乎）是根據外部情報所做的樣態描述。經常以句型「～によると、普通形＋らしい」（聽～說，好像～）出現。

動詞的普通形有四個形態，如下：

|  | 現在式 | 過去式 |
|---|---|---|
| 肯定 | 辭書形 | た形 |
| 否定 | ない形 | なかった形 |

選項中「ある」（有）為辭書形，也只有它是普通形，故答案為選項2。

6 あのエスカレーターは 壊れて （ いる ）そうです。
　　1 いく　　　　2 みる　　　　3 ある　　　　4 いる

中譯 聽說那部手扶梯壞掉了。

解說 本題考「傳聞助動詞そうです」以及「補助動詞」的用法。
「動詞普通形＋そうです」（聽說～）是說話者將間接得到的情報，傳達給第三者的表現。四個選項皆具備「動詞普通形」的條件。
而「補助動詞」是在「動詞て形」之後接續某動詞，添加了意義，例如：選項1是「ていく」（逐漸～；表動作逐漸遠離的過程）；選項2是「てみる」（～看看；表動作、作用在嘗試）；選項3是「てある」（有～；表動作、作用的結果狀態）；選項4是「ている」（～著；表動作在某時間內繼續進行著，或是動作結果的存在），所以答案為選項4。

7 娘は 寝坊したので、朝ご飯を （ 食べず ）に 出かけました。
　　1 たべる　　　　2 たべて　　　　3 たべず　　　　4 たべない

中譯 女兒因為睡過頭，所以沒吃早餐就出門了。

解說 本題考「動詞ない形」的相關句型。「動詞ない形＋ず（に）」（沒～就～）用來表達「在否定的狀態下，進行了某動作」。所以要將動詞「食べない」（沒吃）去掉「ない」，之後再加上「ず」，變成「食べず」（沒吃就～）。

8 会社に 入ってから、お酒が 飲める （ ように ） なりました。

1 よう　　　　2 ように　　　　3 そう　　　　4 そうに

中譯 進了公司後，變得會喝酒了。

解説 本題考「變化表現」。考題中的「飲める」（能喝）是動詞的「可能形」。「動詞可能形＋ようになります」（變成能夠～）用來表達「從不能的狀態，變化成能夠的狀態」。

9 彼女は アメリカで 育ったから、英語が 上手（ なはず ）です。

1 つもり　　　2 なそう　　　3 なよう　　　4 なはず

中譯 她因為在美國長大，所以英文應該很厲害。

解説 本題考「推斷表現」。「はず」（應該）為名詞，表達可能性高達九成五以上之推斷。用法如下：

| |
|---|
| 動詞辭書形<br>動詞ない形<br>い形容詞普通形　＋はずです<br>な形容詞＋な<br>名詞＋の |

由於「上手」（厲害、擅長）為な形容詞，所以後面接續「はず」時，要先加上「な」，答案為選項4。

10 祖父は タバコを （ やめることに ） したと 言いました。

1 やめること　　　　　　　　2 やめるよう

3 やめることに　　　　　　　4 やめるように

中譯 祖父說決定要戒菸了。

解説 本題考「決定表現」。「動詞辭書形＋こと＋に＋します」（決定～）用來表達「用自己的意志做的決定」。

## 考題

### 文字・語彙

1　あべさんは　せんせいの　質問に　こたえました。
　　1　しつもん　　2　きつもん　　3　せんもん　　4　せつめい

2　かのじょの　かばんは　あまり　軽くないです。
　　1　かたく　　　2　かるく　　　3　おもく　　　4　こわく

3　さいきん、くるまの　うんてんを　ならって　います。
　　1　運車　　　　2　運転　　　　3　開車　　　　4　開転

4　かぜを　ひいて　いますから、りょうりの　あじが　わかりません。
　　1　音　　　　　2　味　　　　　3　湯　　　　　4　熱

5　（　　　　　）へ　いって、いろいろな　どうぶつを　みて　みたいです。
　　1　ステレオ　　2　アフリカ　　3　サンダル　　4　テキスト

6　むすめは　まいにち　にっきを　（　　　　　）　います。
　　1　ついて　　　2　きいて　　　3　はなして　　4　つけて

7　いっしょに　ごはんを　（　　　　）ませんか。
　　1　みつかり　　2　なおり　　　3　おはなし　　4　めしあがり

8　「さいきん　えいごが　はなせるように　なりました」と
　　おなじ　いみの　ぶんを　えらんで　ください。
　　1　こどもの　ときは　えいごを　はなして　いました。
　　2　まえは　すこしだけ　えいごを　はなすことが　できました。
　　3　そろそろ　えいごを　はなしたいと　おもいます。
　　4　ちかごろ　えいごが　じょうずに　なりました。

9　まいあさ　おゆを　（　　　　）、コーヒーを　いれます。
　　1　わかして　　2　おこして　　3　なおして　　4　もうして

10　ははは　しょくじの　（　　　　）を　してから、でかけました。
　　1　てきとう　　2　ようじ　　　3　したく　　　4　よしゅう

## 文法

1　わたしは　しょうらい　アメリカで　（　　　　）つもりです。
　　1　はたらく　　2　はたら　　　3　はたらけ　　4　はたらいて

2　かのじょの　りょうりの　（　　　　）に　おどろきました。
　　1　うまい　　　2　うまく　　　3　うまくて　　4　うまさ

3　わたしは　がっこうの　いぬに　いえを　つくって
　　（　　　　）。
　　1　くれました　　　　　　　　2　くださいました
　　3　やりました　　　　　　　　4　もらいました

4 うちの いぬは 水を （　　　　）。
1 のみたいです
2 のみたい　います
3 のみたがります
4 のみたがって　います

5 まどが （　　　　）ので、いえの なかに すなが はいり
ました。
1 あけて　いた
2 あけるよう
3 あいて　いた
4 あいて　ある

6 きのう よやくして おいたから、席は （　　　　）です。
1 ありよう　　2 ありはず　　3 あるよう　　4 あるはず

7 はははは わたしに ハンバーグの 作り方を おしえて
（　　　　）。
1 あげました
2 くれました
3 もらいました
4 さしあげました

8 最近、ずいぶん あたたかく なって （　　　　）ね。
1 きました
2 いきました
3 ありました
4 はじめました

9 出かけ（　　　　） したとき、雨が ふりだしました。
1 ようと　　2 そうと　　3 てみる　　4 ていく

10 弟は 母に おこられて、（　　　　）そうな 顔を して
います。
1 なく　　　2 なき　　　3 ないて　　4 ないた

# 解答

## 文字・語彙（每題5分）

| 1 | 2 | 3 | 4 | 5 | 6 | 7 | 8 | 9 | 10 |
|---|---|---|---|---|---|---|---|---|----|
| 1 | 2 | 2 | 2 | 2 | 4 | 4 | 4 | 1 | 3  |

## 文法（每題5分）

| 1 | 2 | 3 | 4 | 5 | 6 | 7 | 8 | 9 | 10 |
|---|---|---|---|---|---|---|---|---|----|
| 1 | 4 | 3 | 4 | 3 | 4 | 2 | 1 | 1 | 2  |

## 得分（滿分100分）

| /100 |
|------|

# 中文翻譯＋解說

## 🖊 文字・語彙

**1** 阿部さんは　先生の　質問に　答えました。

　　1　しつもん　　2　きつもん　　3　せんもん　　4　せつめい

**中譯**　阿部同學回答了老師的提問。

**解說**　本題考「名詞」。其餘選項：選項2是「詰問」（詰問、責問、質問），但不是N4該學範圍；選項3是「専門」（專業、專門）；選項4是「説明」（說明）。

**2** 彼女の　鞄は　あまり　軽くないです。

　　1　かたく　　　2　かるく　　　3　おもく　　　4　こわく

**中譯**　她的包包不太輕。

**解說**　本題考「い形容詞」。選項1是「固く〔ない〕」（〔不〕堅固）；選項2是「軽く〔ない〕」（〔不〕輕）；選項3是「重く〔ない〕」（〔不〕重）；選項4是「怖く〔ない〕」（〔不〕可怕）。

**3** 最近、車の　運転を　習って　います。

　　1　運車　　　　2　運転　　　3　開車　　　4　開転

**中譯**　最近，正在學開車。

**4** 風邪を　引いて　いますから、料理の　味が　分かりません。

　　1　音　　　　　2　味　　　3　湯　　　4　熱

**中譯**　因為感冒了，所以不知道料理的味道。

5 （ アフリカ ）へ 行って、いろいろな 動物を 見て みたいです。

1 ステレオ　　2 アフリカ　　3 サンダル　　4 テキスト

中譯 想去非洲，看看各式各樣的動物。

解說 本題考「外來語」。選項1是「ステレオ」（立體聲）；選項2是「アフリカ」（非洲）；選項3是「サンダル」（涼鞋）；選項4是「テキスト」（教科書）。

6 娘は 毎日 日記を 　（ つけて ）　 います。

1 ついて　　　　2 きいて　　　　3 はなして　　　4 つけて

中譯 女兒每天寫日記。

解說 中文的「寫日記」，日文固定說法為「日記をつけます」。

7 一緒に ご飯を 　（ 召し上がり ）　ませんか。

1 みつかり　　2 なおり　　　　3 おはなし　　　4 めしあがり

中譯 要不要一起用餐呢？

解說 「ご飯を召し上がります」（用膳）為「ご飯を食べます」（吃飯）的尊敬用法。

8 「最近 英語が 話せるように なりました」と 同じ 意味の 文を 選んで ください。

1 子供の 時は 英語を 話して いました。

2 前は 少しだけ 英語を 話すことが できました。

3 そろそろ 英語を 話したいと 思います。

4 近頃 英語が 上手に なりました。

中譯 請選出和「最近，變得會說英語了」相同意思的句子。

　　1 孩提時說英語。

　　2 之前會說一點點英語了。

　　3 認為差不多想說英語了。

　　4 最近英語變厲害了。

考題中的「話せる」（能說）是動詞的「可能形」，「動詞可能形＋ようになります」（變成能夠～）用來表達「從不能的狀態，變化成能夠的狀態」，所以答案為選項4。

9 毎朝 お湯を （ 沸かして ）、コーヒーを 入れます。

1 わかして　　2 おこして　　3 なおして　　4 もうして

中譯 每天早上燒開水，泡咖啡。

解説 中文的「燒開水」，日文固定說法為「お湯を沸かします」。附帶一提，「泡咖啡」的日文是「コーヒーを入れます」。

10 母は 食事の （ 支度 ）を してから、出かけました。

1 てきとう　　2 ようじ　　3 したく　　4 よしゅう

中譯 母親準備好飯菜後出門了。

解説 中文的「準備飯菜」，日文固定說法為「食事の支度」。其餘選項：選項1是「適当」（適當、適合）；選項2是「用事」（〔有〕事情）；選項4是「予習」（預習）。

## 文法

1 私は 将来 アメリカで （ 働く ）つもりです。

1 はたらく　　2 はたら　　3 はたらけ　　4 はたらいて

中譯 我將來打算在美國工作。

解説 本題考「意志表現」。「つもり」（打算、計畫）用來表現自己強烈的決心或打算。用法如下：

| 動詞辭書形 | |
| 動詞ない形 | ＋つもりです |
| 名詞＋の | |

所以答案為辭書形的選項1「働く」（工作）。

2 彼女の 料理の （ 上手さ ）に 驚きました。

1 うまい　　　2 うまく　　　3 うまくて　　4 うまさ

中譯 對她廚藝之好而吃了一驚。

解說 本題考「い形容詞的名詞化」。「名詞＋に驚きます」中文意思是「對～吃驚」，此時助詞「に」之前必須是名詞。

因此，本題要將い形容詞「上手い」（高明的、厲害的）轉換為名詞，方法為「去い＋さ」，也就是「上手い＋さ」，成為選項4的「上手さ」。

3 私は 学校の 犬に 家を 作って （ やりました ）。

1　くれました　　　　　　　2　くださいました

3　やりました　　　　　　　4　もらいました

中譯 我幫學校的狗蓋了狗屋。

解說 本題考「授受表現」。「私は＋Bに＋名詞を＋動詞て形＋やります」意思為「我為B做了～」，所以答案是選項3。

其餘選項：選項1是「くれました」（某人為我做了～）；選項2是「くださいました」（某人為我做了～；為「くれました」的禮貌用法）；選項4是「もらいました」（我從某人那裡得到了～）。

4 うちの 犬は 水を （ 飲みたがって います ）。

1　のみたいです　　　　　　2　のみたい　います

3　のみたがります　　　　　4　のみたがって　います

中譯 我家的狗想喝水。

解說 本題考希望助動詞「～たい」（我想要～）以及「～たがる」（推測第三者想要～）的用法。接續方法如下：

| 動詞ます形 | ＋たいです（我想～） |
| --- | --- |
| | ＋たがります（第三者想～） |
| | ＋たがっています（第三者正想～） |

由於是推測自己的狗想喝水，所以要用進行式，也就是「飲みたがっています」。

5 窓が （ 開いて いた ）ので、家の 中に 砂が 入りました。

1 あけて いた　　　　　　　2 あけるよう

3 あいて いた　　　　　　　4 あいて ある

中譯 因為窗戶開著，所以沙子跑進家裡了。

解說 本題考「自動詞 / 他動詞」。「開きます」（開）是自動詞；「開けます」（把～打開）是他動詞。依句意，再看到「窓が～」的助詞「が」，就知道要選擇自動詞「開いていた」，表示過去那段時間窗戶開著的狀態。

6 昨日 予約して おいたから、席は （ あるはず ）です。

1 ありよう　　2 ありはず　　3 あるよう　　4 あるはず

中譯 因為昨天先預約了，所以應該有位子。

解說 本題考「推斷表現」。選項中，「よう」意思是「好像、似乎」，用來做不確定的推斷；「はず」意思是「應該」。依句意，要選擇「はず」。

「はず」為名詞，用法如下：

| 動詞辭書形 | |
|---|---|
| 動詞ない形 | |
| い形容詞普通形 | ＋はずです |
| な形容詞＋な | |
| 名詞＋の | |

「ある」（有）為辭書形，所以答案為選項4。

7 母は 私に ハンバーグの 作り方を 教えて （ くれました ）。

1 あげました　　　　　　　2 くれました

3 もらいました　　　　　　4 さしあげました

中譯 母親教我做漢堡排的方法了。

解說 本題考「授受表現」。「Aは＋私に＋名詞を＋動詞て形＋くれます」
意思為「A為我做了～」，所以答案是選項2。

分析如下：選項1是「〔教えて〕あげました」（我〔教〕了某
人～）；選項2「〔教えて〕くれました」（某人〔教〕了我～）；選
項3是「〔教えて〕もらいました」（我請某人〔教〕了我～）；選項4
是「〔教えて〕さしあげました」（我〔教〕了某長輩～；下對上的謙
讓用法）。

8  最近、随分 暖かく なって （ きました ）ね。

1 きました　　2 いきました　3 ありました　4 はじめました

中譯 最近，變得相當暖和了呢。

解說 本題考「補助動詞」。「補助動詞」是在「動詞て形」之後接續某動
詞，添加了意義，例如：選項1是「〔て〕きました」（逐漸～起來
了；表動作、作用逐漸出現之過程）；選項2是「〔て〕いきました」
（逐漸～而去了；表動作、作用逐漸遠離之過程）；選項3是「〔て〕
ありました」（有了～；表動作、作用的結果狀態）；選項4無此用
法。

由於天氣是漸漸暖和起來，所以答案為選項1。

9  出かけ（ ようと ）　した時、雨が 降り出しました。

1 ようと　　　　2 そうと　　　　3 てみる　　　4 ていく

中譯 正想出門的時候，下起雨了。

解說 本題考「意志表現」。以句型「動詞意向形＋と＋します」（正想～）
表達「做心中想做的事情」或是「實踐心中的決定」。動詞「出かけま
す」（出門）的意向形是「出かけよう」，後面再加上「と」為正確答
案，所以答案為選項1。

10 弟は　母に　怒られて、（　泣き　）そうな　顔を　して　います。
　　1　なく　　　　　2　なき　　　　　3　ないて　　　　4　ないた

中譯　弟弟被媽媽罵，一副快哭出來的臉。

解說　本題考樣態助動詞「そうです」的用法。句型「動詞ます形＋そうで
　　　す」（看起來～的樣子）用來表示「說話者對自己所見做出的一種判
　　　斷」，所以要將動詞「泣きます」（哭）去掉「ます」，也就是選項2
　　　的「泣き」。

　　　另外，「そうです」是屬於「な形容詞」型的助動詞，所以後面要接續
　　　名詞「顔」（臉）時，方法同「な形容詞」用法，所以是「泣きそうな
　　　顔」（一副快哭的臉）。

# 03 天

## 考題

### ✎ 文字・語彙

1 あねは　ぎんこうで　受付として　はたらいて　います。
　　1　うりば　　　2　むすめ　　　3　うけつけ　　4　しなもの

2 おとうとに　かたかなの　読み方を　おしえました。
　　1　のみかた　　2　あみかた　　3　かみかた　　4　よみかた

3 わたしは　かのじょの　きもちが　ぜんぜん　わかりません。
　　1　心持ち　　　2　心情ち　　　3　気情ち　　　4　気持ち

4 くだものでは　たとえば　りんごや　バナナなどが　すきです。
　　1　並えば　　　2　例えば　　　3　如えば　　　4　挙えば

5 もう　じかんが　ありませんから、（　　　　　）　ください。
　　1　さわいで　　2　さわって　　3　いそいで　　4　わらって

6 こんや　（　　　　　）　だったら、えいがを　みに　いきませんか。
　　1　むり　　　　2　ひま　　　　3　へん　　　　4　べつ

7 このほんは　（　　　　　）　やくに　たちません。
　　1　とうとう　　2　ちっとも　　3　はっきり　　4　だいたい

8 「ちちに　しかられました」と　おなじ　いみの　ぶんを
えらんで　ください。
1　ちちは　わたしに　「ただいま」と　いいました。
2　ちちは　わたしに　「はやく　おきなさい」と　いいました。
3　ちちは　わたしに　「ジュースを　のんでも　いい」と
　　いいました。
4　ちちは　わたしに　「めがねを　とって」と　いいました。

9 たまに　おとうとと　（　　　　　）を　して、ははに　しから
れます。
1　けんか　　　2　かいわ　　　3　よやく　　　4　えんりょ

10 しゃかいの　じゅぎょうで　こうじょうを　（　　　　　）しま
した。
1　けいけん　　2　けいざい　　3　けんぶつ　　4　けいかく

## 文法

1 りゅうがくせいの　李さん（　　　　　）　いう人を　しって
いますか。
1　を　　　　　2　で　　　　　3　に　　　　　4　と

2 けんこうの　ために、うんどう（　　　　　）ほうが　いいです。
1　する　　　　2　しよう　　　3　した　　　　4　しない

3 ともだちの　話に　よると、せんせいは　来年　（　　　　　）
そうです。
1　けっこん　　　　　　　　2　けっこんだ
3　けっこんする　　　　　　4　けっこんな

4 このきかいは　とても　（　　　　）そうです。
1　べんり　　　2　べんりな　　3　べんりく　　4　べんりに

5 わたしは　たま（　　　　）　ちちと　テニスを　します。
1　な　　　　2　に　　　　3　で　　　　4　は

6 あねは　今　でかけた（　　　　）です。
1　とき　　　2　こと　　　3　ほう　　　4　ところ

7 川田さんの　あかちゃんは　人形（　　　　）　かわいいです。
1　らしい　　2　みたいに　　3　ような　　4　そうで

8 おとうとは　ともだちに　（　　　　）、泣いて　います。
1　いじめる　　　　　　　2　いじめて
3　いじめされて　　　　　4　いじめられて

9 「島」と　いう字は　（　　　　）　よみますか。
1　どれ　　　　2　どう　　　3　どの　　　4　どんな

10 おきゃくさんが　来るので、へやを　きれいに
（　　　　）。
1　しました　　　　　　2　いました
3　ありました　　　　　4　なりました

# 解答

## 文字・語彙（每題 5 分）

| 1 | 2 | 3 | 4 | 5 | 6 | 7 | 8 | 9 | 10 |
|---|---|---|---|---|---|---|---|---|----|
| 3 | 4 | 4 | 2 | 3 | 2 | 2 | 2 | 1 | 3  |

## 文法（每題 5 分）

| 1 | 2 | 3 | 4 | 5 | 6 | 7 | 8 | 9 | 10 |
|---|---|---|---|---|---|---|---|---|----|
| 4 | 3 | 3 | 1 | 2 | 4 | 2 | 4 | 2 | 1  |

## 得分（満分 100 分）

|             |
|-------------|
| /100        |

# 中文翻譯＋解說

## 文字・語彙

1 姉は 銀行で 受付として 働いて います。

　　1　うりば　　　2　むすめ　　　3　うけつけ　　　4　しなもの

中譯　姊姊在銀行擔任櫃檯的工作。

解說　本題考常用名詞。選項1是「売り場」（售貨處）；選項2是「娘」（女兒）；選項3是「受付」（受理、接待）；選項4是「品物」（商品）。

2 弟に 片仮名の 読み方を 教えました。

　　1　のみかた　　　2　あみかた　　　3　かみかた　　　4　よみかた

中譯　教弟弟片假名的唸法了。

解說　其餘選項：選項1是「飲み方」（喝法）；選項2是「編み方」（編法）；選項3是「噛み方」（咬法）。

3 私は 彼女の 気持ちが 全然 分かりません。

　　1　心持ち　　　2　心情ち　　　3　気情ち　　　4　気持ち

中譯　我完全不了解她的心情。

4 果物では 例えば りんごや バナナなどが 好きです。

　　1　並えば　　　2　例えば　　　3　如えば　　　4　挙えば

中譯　水果當中，喜歡像是蘋果或是香蕉等等。

5 もう 時間が ありませんから、（ 急いで ） ください。

　　1　さわいで　　　2　さわって　　　3　いそいで　　　4　わらって

中譯　已經沒有時間了，所以請快一點。

本題考常用動詞的「て形」。選項1是「騒いで」（吵鬧、騒動）；選項2是「触って」（碰觸）；選項3是「急いで」（急、快）；選項4是「笑って」（笑）。

6 今夜 （ 暇 ）だったら、映画を 見に 行きませんか。

1 むり　　　　2 ひま　　　　3 へん　　　　4 べつ

今晚要是有空，要不要去看電影呢？

本題考常用的「な形容詞」。選項1是「無理」（無理、強迫）；選項2是「暇」（閒暇）；選項3是「変」（奇怪）；選項4是「別」（區別、不同、另外）。

7 この本は （ ちっとも ） 役に 立ちません。

1 とうとう　　　2 ちっとも　　　3 はっきり　　　4 だいたい

這本書一點都派不上用場。

本題考「副詞」。選項1是「とうとう」（終於）；選項2是「ちっとも」（一點也〔不〕～；後面接續否定）；選項3是「はっきり」（清楚、明白）；選項4是「大体」（大致、大體上）。

8 「父に 叱られました」と 同じ 意味の 文を 選んで ください。

1 父は 私に 「ただいま」と 言いました。

2 父は 私に 「早く おきなさい」と 言いました。

3 父は 私に 「ジュースを 飲んでも いい」と 言いました。

4 父は 私に 「眼鏡を とって」と 言いました。

請選出和「被父親罵了」相同意思的句子。

1 父親對我說：「我回來了。」

2 父親對我說：「快起床！」

3 父親對我說：「喝果汁也沒關係。」

4 父親對我說：「（幫我）拿眼鏡。」

9 偶に 弟と （ 喧嘩 ）を して、母に 叱られます。

**1 けんか** 2 かいわ 3 よやく 4 えんりょ

中譯 有時候和弟弟吵架，被媽媽罵了。

解說 本題考可以和「します」（做～動作）搭配之常見名詞。選項1是「喧嘩」（吵架）；選項2是「会話」（交談）；選項3是「予約」（預約）；選項4是「遠慮」（客氣）。

10 社会の 授業で 工場を （ 見物 ）しました。

1 けいけん 2 けいざい **3 けんぶつ** 4 けいかく

中譯 社會課時，參觀了工廠。

解說 本題考「第三類動詞」（「～します」動詞）。選項1是「経験」（經驗）；選項2是「経済」（經濟）；選項3是「見物」（參觀、遊覽）；選項4是「計画」（計畫）。

## 📖 文法

1 留学生の 李さん （ と ） 言う人を 知って いますか。

1 を 2 で 3 に **4 と**

中譯 你認識留學生李同學這個人嗎？

解說 本題考助詞。助詞「と」的用法很多，本題是以「～と言う」的形式來導入名詞，中文可翻譯成「叫做～的～」。

2 健康の ために、運動 （ した ）ほうが いいです。

1 する 2 しよう **3 した** 4 しない

中譯 為了健康，運動比較好。

解說 本題考「動詞た形的相關句型」。句型「動詞た形＋ほうがいいです」（～比較好）用來提供建議或忠告。所以答案要選擇「〔運動〕します」（運動）的「た形」，也就是選項3「〔運動〕した」。

3 友達の　話に　よると、先生は　来年　（　結婚する　）そうです。

　　1　けっこん　　　　　　　　　2　けっこんだ

　　3　けっこんする　　　　　　　4　けっこんな

中譯　據朋友說，老師明年要結婚。

解說　本題考傳聞助動詞「そうです」（聽說～）的用法，是說話者將間接得
　　　到的情報，傳達給第三者的表現。用法如下：

　　　　　　　　　　　　　┌─────────────┐
　　　　　　　　　　　　　│ 動詞普通形　　　　│
　　　　　　　　　　　　　│ い形容詞普通形　　│
　　　～によると、　　　　│　　　　　　　　　│＋そうです
　　　　　　　　　　　　　│ な形容詞＋だ　　　│
　　　　　　　　　　　　　│ 名詞＋だ　　　　　│
　　　　　　　　　　　　　└─────────────┘

　　　四個選項當中，選項3的「結婚する」（結婚）為動詞辭書形，同時也
　　　符合動詞普通形的條件，所以為正解。

4 この機械は　とても　（　便利　）そうです。

　　1　べんり　　　　2　べんりな　　　3　べんりく　　　4　べんりに

中譯　這個機器看起來非常方便。

解說　本題考樣態助動詞「そうです」（看起來～、就要～）的用法，是說話
　　　者對自己所見做出的一種判斷。用法如下：

　　　┌──────────┐
　　　│ 動詞ます形　　　│
　　　│ い形容詞　　　　│＋そうです
　　　│ な形容詞　　　　│
　　　└──────────┘

　　　選項中的「便利」為な形容詞，所以直接用語幹「便利」來接續「そう
　　　です」即可，答案為選項1。

5 私は　偶（　に　）　父と　テニスを　します。

　　1　な　　　　　　　　2　に　　　　　3　で　　　　　4　は

中譯　我偶爾會和父親打網球。

解說　本題考「な形容詞」變成「副詞」的用法。「偶」（偶爾）是な形容
　　　詞，加上助詞「に」之後，變成副詞「偶に」（偶爾），用來表示後面
　　　動作的頻率。

6 姉は 今 出かけた （ ところ ）です。

1 とき 　　　 2 こと 　　　 3 ほう 　　　 4 ところ

中譯 姊姊現在剛出門。

解說 本題考「動作階段的表現」。用法如下：

| 動詞た形 | | 剛剛～（事情剛結束） |
|---|---|---|
| 動詞て形＋いる | ＋ところです | 正在～（事情正進行中) |
| 動詞辭書形 | | 正要～（正打算做～事情） |

所以「出かけた＋ところ」就是「剛剛出門」。

7 川田さんの 赤ちゃんは 人形 （ みたいに ） 可愛いです。

1 らしい 　　　 2 みたいに 　　　 3 ような 　　　 4 そうで

中譯 川田小姐的嬰兒像洋娃娃一樣，好可愛。

解說 本題考比況助動詞「みたい」（像～一樣）的用法。句型「～みたい
に～」是以相似的東西為例，對事物進行敘述。用法如下：

| 名詞 | |
|---|---|
| い形容詞普通形 | ＋みたいに～ |
| 動詞普通形 | |

8 弟は 友達に （ いじめられて ）、泣いて います。

1 いじめる 　　　　　　　　 2 いじめて

3 いじめされて 　　　　　　 4 いじめられて

中譯 弟弟被朋友欺負，正在哭。

解說 本題考「被動」用法。句型「AはBに＋被動形」（A被B～）是以A的
立場，說明B對A做的動作。「いじめます」為第二類動詞，其被動形
是「去掉ます，加上られます」，所以答案為選項4。

9 「島」と いう字は （ どう ） 読みますか。

1 どれ 　　　 2 どう 　　　 3 どの 　　　 4 どんな

中譯 「島」這個字，要如何唸呢？

解說 本題考「疑問詞」。選項1是「どれ」（哪一個）；選項2是「どう」（如何）；選項3是「どの」（哪個的～；後面必須接續名詞）；選項4是「どんな」（什麼樣的）。

10 お客さんが　来るので、部屋を　綺麗に　（　しました　）。
1　しました　　2　いました　　3　ありました　4　なりました

中譯 因為客人要來，所以把房間打掃乾淨了。

解說 本題考「な形容詞＋動詞」的相關句型。說明如下：

| 名詞 な形容詞 | ＋に＋ | なります（表「自然」的變化） します（表含有「人為因素」的變化） |
|---|---|---|

由於朋友要來，所以是「人」把房間變得「綺麗」（乾淨、漂亮），故答案為選項1。

# 04 天

## 考題

### ✎ 文字・語彙

1 きのう　うたを　うたいすぎました。<u>喉</u>が　とても　いたいです。
　　1　かお　　　　2　くち　　　　3　のど　　　　4　ゆび

2 いえの　<u>水道</u>が　こわれたので、なおしました。
　　1　みずみち　2　すいみち　3　みずどう　4　すいどう

3 むすめは　きのうから　かぜで　<u>ねつ</u>が　あります。
　　1　爪　　　　2　血　　　　3　喉　　　　4　熱

4 さいきん　たいじゅうが　だいぶ　<u>ふえました</u>。
　　1　増えました　　　　　　　2　冷えました
　　3　植えました　　　　　　　4　迎えました

5 かじで　いえが　ぜんぶ　（　　　　　）　しまいました。
　　1　やめて　　2　やせて　　3　やいて　　4　やけて

6 あさ　こうじょうに　（　　　　　）、それから　かいしゃへ
　　いきます。
　　1　よって　　2　かって　　3　しって　　4　すって

7 れきしは クラスの だれにも （　　　　）。
  1　なげません　　　　　　　　2　つけません
  3　あけません　　　　　　　　4　まけません

8 「このしょくどうに ペットを いれては いけません」と
  おなじ いみの ぶんを えらんで ください。
  1　このしょくどうは いぬが はいっても いいです。
  2　このしょくどうは ひとが はいっては いけません。
  3　このしょくどうは だれが はいっても いいです。
  4　このしょくどうは ねこが はいっては いけません。

9 あたらしい いえの じゅうしょを （　　　　） おぼえま
  した。
  1　きっと　　2　けっして　　3　それほど　　4　やっと

10 このくすりは （　　　　）ですが、びょうきが なおります。
  1　かたい　　　2　にがい　　　3　すごい　　　4　ふかい

## 文法

1 このスーツケースは 課長に かして （　　　　）。
  1　あげました　　　　　　　　2　くれました
  3　くださいました　　　　　　4　いただきました

2 ひさしぶりの プールで、こどもたちは （　　　　）そうです。
  1　うれしい　　　　　　　　　2　うれし
  3　うれしく　　　　　　　　　4　うれしくて

3 ともだちに　よると、そのパソコンは　とても　（　　　　）
そうです。
1 いい　　　　2 いいで　　　3 よく　　　　4 よさ

4 わたしは　いちども　アメリカへ　（　　　　）。
1 いくことが　ない　　　　　2 いったことが　ない
3 いったことが　ある　　　　4 いったことが　あった

04
天

5 おきゃくさんの　鈴木さんと　いうかたを　（　　　　）か。
1 ごぞんじです　　　　　　2 ごぞんじます
3 ごぞんじします　　　　　4 ごぞんじなさいます

6 このオートバイは　だいがく卒業の　とき、ちちが　買って
（　　　　）。
1 あげました　　　　　　　2 くれました
3 もらいました　　　　　　4 やりました

7 おかねが　ないので、（　　　　）　買えません。
1 ほしくても　　　　　　　2 ほしいでも
3 ほしくなら　　　　　　　4 ほしいでも

8 わたしは　しずかで　（　　　　）、べんきょうできません。
1 ないたら　　　　　　　　2 なけたら
3 ないれば　　　　　　　　4 なければ

9 かのじょの　てぶくろは　やわらかくて、（　　　　）です。
1 よさかも　　　　　　　　2 よさよう
3 よさがり　　　　　　　　4 よさそう

10 わたしは しょうらい しょうせつを （　　　　　）つもりです。

1　かく 　　　　　　　　　　　2　かいて

3　かいた 　　　　　　　　　　4　かくの

# 解答

## 文字・語彙（每題 5 分）

| 1 | 2 | 3 | 4 | 5 | 6 | 7 | 8 | 9 | 10 |
|---|---|---|---|---|---|---|---|---|----|
| 3 | 4 | 4 | 1 | 4 | 1 | 4 | 4 | 4 | 2  |

## 文法（每題 5 分）

| 1 | 2 | 3 | 4 | 5 | 6 | 7 | 8 | 9 | 10 |
|---|---|---|---|---|---|---|---|---|----|
| 4 | 2 | 1 | 2 | 1 | 2 | 1 | 4 | 4 | 1  |

## 得分（滿分 100 分）

|          |
|----------|
| /100     |

# 中文翻譯＋解說

## 文字・語彙

1 昨日 歌を 歌いすぎました。喉が とても 痛いです。

   1 かお       2 くち       **3 のど**       4 ゆび

**中譯** 昨天唱歌唱過頭了。喉嚨非常痛。

**解說** 本題考「器官」。選項1是「顔」（臉）；選項2是「口」（口、嘴）；選項3是「喉」（喉嚨）；選項4是「指」（指頭）。

2 家の 水道が 壊れたので、直しました。

   1 みずみち   2 すいみち   3 みずどう   **4 すいどう**

**中譯** 由於家裡的水管壞掉了，所以修理了。

**解說** 漢字「水」的音讀是「すい」，訓讀是「みず」；漢字「道」的音讀是「どう」，訓讀是「みち」。二個漢字合起來的「水道」，只能唸選項4的「すいどう」。

3 娘は 昨日から 風邪で 熱が あります。

   1 爪        2 血        3 喉       **4 熱**

**中譯** 女兒從昨天就因為感冒發燒。

**解說** 其餘選項：選項1是「爪」（指甲）；選項2是「血」（血）；選項3是「喉」（喉嚨）。

4 最近 体重が 大分 増えました。

   **1 増えました**   2 冷えました   3 植えました   4 迎えました

**中譯** 最近體重增加了不少。

**解說** 本題考「第二類動詞」。其餘選項：選項2是「冷えました」（變冷了、變涼了）；選項3是「植えました」（種植了）；選項4是「迎えました」（迎接了）。

5 火事で 家が 全部 （ 焼けて ） しまいました。
　　1　やめて　　　2　やせて　　　3　やいて　　　4　やけて

中譯 因為火災，家裡燒光了。

解說 本題考「自動詞／他動詞」。選項1是他動詞「止めます→止めて」（停止、作罷）；選項2是自動詞「痩せます→痩せて」（瘦）；選項3是他動詞「焼きます→焼いて」（燒～）；選項4是自動詞「焼けます→焼けて」（起火）。看到「家が～」的助詞「が」，就知道要選擇自動詞「焼けて」。

04
天

6 朝 工場に （ よって ）、それから 会社へ 行きます。
　　1　よって　　　2　かって　　　3　しって　　　4　すって

中譯 早上順道去工廠，然後再去公司。

解說 本題考「動詞的て形」。選項1是「寄ります→寄って」（順便到、靠近）；選項2是「買います→買って」（買）；選項3是「知ります→知って」（知道、認識）；選項4是「吸います→吸って」（吸、抽）。

7 歴史は クラスの 誰にも （ 負けません ）。
　　1　なげません　2　つけません　3　あけません　4　まけません

中譯 歷史這一科，不會輸給班上任何人。

解說 本題考「動詞的否定」。選項1是「投げません」（不投）；選項2是「つけません」（不開〔燈〕）；選項3是「開けません」（不打開）；選項4是「負けません」（不輸）。

8 「この食堂に ペットを 入れては いけません」と 同じ 意味の 文を 選んで ください。
　　1　この食堂は 犬が 入っても いいです。
　　2　この食堂は 人が 入っては いけません。
　　3　この食堂は 誰が 入っても いいです。
　　4　この食堂は 猫が 入っては いけません。

中譯 請選出和「這個食堂不可以帶寵物進來」相同意思的句子。

1　這個食堂狗也可以進來。

2　這個食堂人不可以進來。

3　這個食堂誰都可以進來。

4　這個食堂貓不可以進來。

解說 本題考「禁止」的句型「動詞て形＋は＋いけません」（不可以～），所以題目中的「ペットを入(い)れてはいけません」就是「不可以帶寵物進來」。

・選項1和3是「動詞て形＋も＋いいです」（也可以～）。

・選項2和4是「動詞て形＋は＋いけません」（不可以～）。

⑨　新(あたら)しい　家(いえ)の　住所(じゅうしょ)を　（　やっと　）　覚(おぼ)えました。

1　きっと　　　2　けっして　　3　それほど　　**4　やっと**

中譯 終於記住新家的地址了。

解說 本題考「副詞」。選項1是「きっと」（一定）；選項2是「けっして」（絕對〔不〕；後面接續否定）；選項3是「それほど」（那麼、那種程度），若以「それほど～ない」句型出現時，意思是「沒那麼～」；選項4是「やっと」（終於）。

⑩　この薬(くすり)は　（　苦(にが)い　）ですが、病気(びょうき)が　治(なお)ります。

1　かたい　　　**2　にがい**　　　3　すごい　　　4　ふかい

中譯 這個藥雖然很苦，但是可以治好病。

解說 本題考「い形容詞」。選項1是「硬(かた)い」（硬的）；選項2是「苦(にが)い」（苦的）；選項3是「すごい」（嚇人的、厲害的）；選項4是「深(ふか)い」（深的）。

## 文法

1 このスーツケースは　課長(かちょう)に　貸(か)して　（　いただきました　）。

1　あげました　　　　　　　2　くれました

3　くださいました　　　　**4　いただきました**

中譯　這個行李箱是跟課長借的。

解說　本題考「授受表現」。「某物は＋（私(わたし)が）＋Bに＋動詞て形＋もらいます／いただきます」意思為「某物是（我）從B那裡～」，所以答案是選項4。

分析如下：選項1是「〔貸(か)して〕あげました」（我借給某人～了）；選項2「〔貸(か)して〕くれました」（某人借給我～了）；選項3是「〔貸(か)して〕くださいました」（某人借給我～了；「くれました」的禮貌用法）；選項4是「〔貸(か)して〕いただきました」（我從某人那裡借了～；「もらいました」的禮貌用法）。

2 久(ひさ)しぶりの　プールで、子供(こども)たちは　（　嬉(うれ)し　）そうです。

1　うれしい　　**2　うれし**　　　3　うれしく　　4　うれしくて

中譯　很久沒有來游泳池了，所以孩子們看起來很開心。

解說　本題考樣態助動詞「そうです」（看起來～、就要～）的用法，是說話者對自己所見做出的一種判斷。用法如下：

| 動詞ます形 | |
|---|---|
| い形容詞 | ＋そうです |
| な形容詞 | |

選項中的「嬉(うれ)しい」（開心的）為い形容詞，所以要去掉「い」來接續「そうです」，答案為選項2。

3 友達(ともだち)に　よると、そのパソコンは　とても　（　いい　）そうです。

**1　いい**　　　　2　いいで　　　3　よく　　　4　よさ

中譯　據朋友所說，那台個人電腦非常好。

解説 本題考傳聞助動詞「そうです」（聽說～）的用法，是說話者將間接得到的情報，傳達給第三者的表現。用法如下：

> | 動詞普通形 |
> | い形容詞普通形 |
> | な形容詞＋だ |
> | 名詞＋だ |

$$+そうです$$

～によると、

「いい」（好的）為い形容詞，所以直接接續「そうです」即可，答案為選項1。

4 私は 一度も アメリカへ （ 行ったことが ない ）。

1 いくことが ない 　　　　　2 いったことが ない

3 いったことが ある 　　　　4 いったことが あった

中譯 我一次都沒去過美國。

解説 本題考「動詞た形＋こと＋が＋あります」（曾經～過）和「動詞た形＋こと＋が＋ありません」（不曾～過）的句型。由於題目中有表達完全否定的助詞「一度も」（一次也〔沒有〕），所以答案要選表示「否定」的選項2。

5 お客さんの 鈴木さんと いう方を （ ご存知です ）か。

1 ごぞんじです 　　　　　　2 ごぞんじます

3 ごぞんじします 　　　　　4 ごぞんじなさいます

中譯 您認識一位叫做鈴木的客人嗎？

解説 本題考「敬語」。日語中，敬語的規則不少，有些是專門用語，只能背起來，本題就是。「ご存知ですか」（您認識嗎）就是「知っていますか」（你認識嗎）的敬語。

6 このオートバイは 大学卒業の 時、父が 買って （ くれました ）。

1 あげました 　2 くれました 　3 もらいました 　4 やりました

中譯 這台摩托車是大學畢業的時候，父親買給我的。

**解說** 本題考「授受表現」。「某物は＋某人が＋（私に）＋動詞て形＋くれます／くださいます」意思為「某物是某人為我〜」，所以答案是選項2。所有選項分析如下：
　　・選項1是「〔買って〕あげました」（我幫某人買〜了）。
　　・選項2是「〔買って〕くれました」（某人為我買〜了）。
　　・選項3是「〔買って〕もらいました」（我請某人買〜給我了）。
　　・選項4是「〔買って〕やりました」（我幫某人買〜了；「あげました」的較不客氣用法）。

7 　お金が　ないので、（　欲しくても　）　買えません。

　1　ほしくても　　2　ほしいでも　　3　ほしくなら　　4　ほしいでも

**中譯** 由於沒有錢，所以就算想要也不能買。

**解說** 本題考「形容詞＋接續助詞「ても／でも」（就算〜也不〜）的用法。
　　用法如下：

　　| い形容詞＋くても |
　　|---|
　　| な形容詞＋でも |

　　＋否定句

　　由於「欲しい」（想要的）是い形容詞，所以要先去掉「い」，再加上「くても」，答案為選項1。

8 　私は　静かで　（　なければ　）、勉強できません。

　1　ないたら　　　2　なけたら　　　3　ないれば　　　4　なければ

**中譯** 如果不安靜，我就沒有辦法讀書。

**解說** 本題考「〜なければ」（如果不〜的話）的用法。用法如下：

　　| 名詞＋で |
　　|---|
　　| な形容詞＋で |
　　| い形容詞＋く |
　　| 動詞ない形 |

　　＋なければ

　　題目中的「静か」（安靜）是な形容詞，所以是以「静かで」來接續「なければ」。

9 彼女の　手袋は　柔らかくて、（　よさそう　）です。

1　よさかも　　　2　よさよう　　　3　よさがり　　　**4　よさそう**

中譯 她的手套看起來很柔軟、很好的樣子。

解說 本題考い形容詞「いい」（好的）接續樣態助動詞「そうです」（看起來～）的方法。固定變化方式如下：

いいです＋そうです→よさそうです（看起來很好的樣子）

10 私は　将来　小説を　（　書く　）つもりです。

**1　かく**　　　　2　かいて　　　3　かいた　　　4　かくの

中譯 我將來打算要寫小說。

解說 本題考「意志表現」。「つもり」（打算、計畫）用來表現自己強烈的決心或打算。用法如下：

| 動詞辭書形 | |
|---|---|
| 動詞ない形 | ＋つもりです |
| 名詞＋の | |

所以答案為辭書形的選項1「書く」（寫）。

# 考題

 **讀解**

**もんだい1**

つぎの文章を読んで、質問に答えてください。答えは1・2・3・4から
いちばんいいものを一つえらんでください。

> わたしは今年の春、だいがくに入学しました。アメリカぶんが
> くを勉強しています。えいごで歴史や地理なども勉強します。ぜ
> んぶえいごなのでむずかしいですが、とてもおもしろいです。毎
> 日かならずよしゅうとふくしゅうをします。勉強がたいへんなの
> で、アルバイトはしません。今日は作文のしゅくだいがあります
> から、テレビを見ずに、がんばるつもりです。

問1　「わたし」はだいがくで何を勉強していますか。
　　　1　えいご
　　　2　アメリカえいごとアメリカぶんがく
　　　3　アメリカのぶんがくや歴史や地理など
　　　4　アメリカの地理と歴史の関係

問2　「わたし」が毎日かならずすることは何ですか。
　　　1　よしゅうとふくしゅうです。
　　　2　作文を書くことです。
　　　3　アルバイトです。
　　　4　テレビをみることです。

**もんだい2**

　つぎの文章を読んで、質問に答えてください。答えは1・2・3・4から
いちばんいいものを一つえらんでください。

---

## 公園で遊ぶとき注意してほしいこと

★　公園は二十四時間ずっと開いています。
　　でも、遊んでいい時間はごぜん七時からごご八時までです。
　　それ以外の時間は、中に入るのはいいですが、遊んではいけ
　　ません。

★　公園の中で、つぎのことはしないでください。
　　**禁止！！**
　　1. 食べものを食べてはいけません。
　　　（飲みものはいいですが、アルコール類はだめです）
　　2. タバコを吸ってはいけません。
　　3. 火を使ってはいけません。
　　4. ボールを使ったスポーツをしてはいけません。

★　公園の中には小さい花がたくさん咲いています。
　　だから、自転車で公園の中に入らないでください。
　　自転車は入口の外にとめてください。

★　ごみは捨てないで、持って帰ってください。

問1　公園の入口に書いてあります。ここから、公園についてわかることは何ですか。

1　ごご九時に公園の中で遊んでもいいです。
2　テニスの練習をしてはいけません。
3　自転車は公園の中にとめます。
4　サンドイッチを食べてもいいです。

問2　上のお知らせに書かれていないことは何ですか。

1　ごご十時に中に入ってもいいです。
2　公園の中でビールを飲んでもいいです。
3　公園の中でタバコを吸ってはいけません。
4　ごみを公園のごみ箱にすててはいけません。

## 聴解

**もんだい1** 🎧 MP3-01

　もんだい1では　まず　質問を　聞いて　ください。それから　話を聞いて、問題用紙の　1から　4の　中から、いちばん　いい　ものを一つ　えらんで　ください。

1　車
2　バス
3　電車
4　自転車

## もんだい 2

　もんだい2では　まず　質問を　聞いて　ください。そして、1から　3の　中から、いちばん　いい　ものを　一つ　えらんで　ください。

1ばん 🎧 MP3-02　　① ② ③
2ばん 🎧 MP3-03　　① ② ③
3ばん 🎧 MP3-04　　① ② ③

## もんだい 3

　もんだい3では　まず　文を　聞いて　ください。それから、そのへんじを　聞いて、1から　3の　中から、いちばん　いい　ものを　一つ　えらんで　ください。

1ばん 🎧 MP3-05　　① ② ③
2ばん 🎧 MP3-06　　① ② ③
3ばん 🎧 MP3-07　　① ② ③

# 解答

## 讀解

**問題 1**（每題 9 分）

| 1 | 2 |
|---|---|
| 3 | 1 |

**問題 2**（每題 9 分）

| 1 | 2 |
|---|---|
| 2 | 2 |

## 聽解

**問題 1**（每題 10 分）

| |
|---|
| 4 |

**問題 2**（每題 9 分）

| 1 | 2 | 3 |
|---|---|---|
| 1 | 3 | 1 |

**問題 3**（每題 9 分）

| 1 | 2 | 3 |
|---|---|---|
| 1 | 3 | 2 |

## 得分（滿分 100 分）

| |
|---|
| /100 |

# 中文翻譯＋解說

 讀解

**問題1**

次の文章を読んで、質問に答えてください。答えは1・2・3・4から一番いいものを一つ選んでください。

> 私は今年の春、大学に入学しました。アメリカ文学を勉強しています。英語で歴史や地理なども勉強します。全部英語なので難しいですが、とても面白いです。毎日必ず予習と復習をします。勉強が大変なので、アルバイトはしません。今日は作文の宿題がありますから、テレビを見ずに、頑張るつもりです。

問1 「私」は大学で何を勉強していますか。

　1　英語

　2　アメリカ英語とアメリカ文学

　3　アメリカの文学や歴史や地理など

　4　アメリカの地理と歴史の関係

問2 「私」が毎日必ずすることは何ですか。

　1　予習と復習です。

　2　作文を書くことです。

　3　アルバイトです。

　4　テレビを見ることです。

中譯

> 　　我今年春天上大學了。在學習美國文學。也用英語學習歷史或地理等等。由於全部是英語，所以很難，但是非常有趣。每天一定會預習和複習。由於學習很辛苦，所以不打工。今天因為有作文的作業，所以打算不看電視，好好學習。

問1　「我」正在大學學習什麼呢？

1　英語

2　美式英語和美國文學

3　美國的文學或歷史或地理等等

4　美國地理和歷史的關係

問2　「我」每天一定會做的事情是什麼呢？

1　預習和複習。

2　寫作文。

3　打工。

4　看電視。

解說

• ～で：用～。　　• ～が、～：雖然～但是～。

• 必<sub>かなら</sub>ず：一定。　　• ～を見<sub>み</sub>ずに：不看～而～。　　• ～つもり：打算。

## 問題 2

次の文章を読んで、質問に答えてください。答えは1・2・3・4から一番いいものを一つ選んでください。

---

### 公園で遊ぶ時注意してほしいこと

★ 公園は二十四時間ずっと開いています。
　でも、遊んでいい時間は午前七時から午後八時までです。
　それ以外の時間は、中に入るのはいいですが、遊んではいけません。

★ 公園の中で、次のことはしないでください。

　┌─────┐
　│ 禁止！！ │
　└─────┘

　1. 食べ物を食べてはいけません。
　　（飲み物はいいですが、アルコール類はだめです）
　2. タバコを吸ってはいけません。
　3. 火を使ってはいけません。
　4. ボールを使ったスポーツをしてはいけません。

★ 公園の中には小さい花がたくさん咲いています。
　だから、自転車で公園の中に入らないでください。
　自転車は入口の外に止めてください。

★ ごみは捨てないで、持って帰ってください。

---

問1 公園の入口に書いてあります。ここから、公園について分かることは何ですか。
　　1　午後九時に公園の中で遊んでもいいです。
　　2　テニスの練習をしてはいけません。

3　自転車は公園の中に止めます。

4　サンドイッチを食べてもいいです。

問2　上のお知らせに書かれていないことは何ですか。

1　午後十時に中に入ってもいいです。

2　公園の中でビールを飲んでもいいです。

3　公園の中でタバコを吸ってはいけません。

4　ごみを公園のごみ箱に捨ててはいけません。

中譯

### 在公園遊玩時，希望注意事項

★　公園二十四小時皆開放。

　　但是，可以遊玩的時間是上午七點開始，到下午八點為止。

　　除此以外的時間，可以進入，但是不可以遊玩。

★　公園裡，請勿從事以下事情。

　　禁止！！

　　1. 不可以吃東西。

　　（可以喝飲料，但是酒精類的不可以）

　　2. 不可以吸菸。

　　3. 不可以用火。

　　4. 不可以從事用到球的運動。

★　公園裡開著許多小花。

　　所以，請勿騎腳踏車進入公園裡。

　　腳踏車請停在入口的外面。

★　垃圾請勿丟棄，請帶回家。

問1　在公園的入口處有寫著。關於公園，從這裡可以知道什麼呢？
　　　1　下午九點也可以在公園裡面遊玩。
　　　2　不可以從事網球的練習。
　　　3　腳踏車要停在公園的裡面。
　　　4　也可以吃三明治。

問2　上面的公告裡，沒有寫到的事項是什麼？
　　　1　下午十點進入也可以。
　　　2　在公園裡也可以喝啤酒。
　　　3　在公園裡不可以吸菸。
　　　4　不可以把垃圾丟在公園的垃圾桶裡。

解說

・〜てほしい：希望〜。　　　　　・ずっと：一直。

・〜から〜までです：從〜開始，到〜為止。

・〜はいいです：可以〜。　　　　・〜ではいけません：不可以〜。

・〜ないでください：請不要〜。　・〜はだめです：不可以〜。

・止めて：停（車）。　　　　　　・〜ないで：不〜而是〜。

 **聴解**

**問題1** 🎧 MP3-01

> 問題1では　まず　質問を　聞いて　ください。それから　話を　聞いて、問題用紙の　1から　4の　中から、一番　いい　ものを　一つ　選んで　ください。

男の　人と　女の　人が　話して　います。女の　人は　何で　銀行へ　行きますか。

女：今から　銀行に　行って　きます。
　　会社の　近くに　ある銀行は、何で　行くのが　いいですか。
男：もちろん　車です。車なら　八分くらいで　着きますよ。
女：でも、私は　運転できません。
男：そうですか。
女：バスか　電車でも　行けますか。
男：行けますけど、時間が　かかります。
　　自転車は　乗れますか。
女：はい。
男：それじゃ、会社の　自転車で　行くのが　便利です。
女：そうします。ありがとう　ございました。

女の　人は　何で　銀行へ　行きますか。
1　車
2　バス
3　電車
4　自転車

男人和女人正在說話。女人要怎麼去銀行呢？

女：我現在要去銀行。
　　公司附近的銀行，怎麼去比較好呢？
男：當然是開車。開車的話，八分鐘左右就會到喔！
女：可是，我不會開車。
男：那樣啊！
女：搭巴士或電車也到得了嗎？
男：到得了是到得了，但是很花時間。
　　會騎腳踏車嗎？
女：會。
男：那樣的話，騎公司的腳踏車去比較方便。
女：就那麼辦！謝謝您。

女人要怎麼去銀行呢？
1　開車
2　搭巴士
3　搭電車
4　騎腳踏車

解說

- 何<sup>なに</sup>で：以～什麼樣的方式（助詞「で」表示「手段、方法」）。

- 動詞辭書形＋の＋が＋いいです：～比較好。

- でも、～：但是，～。

- バスか電車<sup>でんしゃ</sup>でも：搭巴士或電車也～（「か」的中文意思是「或」；「でも」是「で（搭乘）＋も（也）」）。

- ～けど：雖然～但是～。

- 乗<sup>の</sup>れます：會騎（「乗<sup>の</sup>ります」的可能形，表示能力）。

- それじゃ：那樣的話，是「それでは」的口語用法。

- 動詞辭書形＋の＋が＋便利です：～比較方便。

## 問題2

問題2では　まず　質問を　聞いて　ください。そして、1から　3の　中から、一番　いい　ものを　一つ　選んで　ください。

1番 🎧 MP3-02

明日　会社を　休みたいです。一緒に　働いて　いる人に　何と　言いますか。

1　明日、休ませて　いただけませんか。
2　明日、休ませて　あげましょう。
3　明日、休んで　いただきましょう。

中譯

明天想跟公司請假。要跟一起工作的人說什麼呢？

1　明天，能不能讓我請假呢？
2　明天，就讓你休假吧！
3　明天，請您休假吧！

解說

- 使役動詞て形＋いただけませんか：表示「請求」，中文為「能不能讓我～呢」。

- 使役動詞て形＋あげます：表示「允許」，中文為「我讓對方～」。

- 動詞て形＋いただきます：用於「很有禮貌地給人指示」，中文為「請您～」。

## 2番 🎧 MP3-03

おばあさんの　荷物が　重そうです。何と　言いますか。

1　荷物を　持ちたがりますか。

2　荷物を　持って　いただけませんか。

**3　荷物を　お持ちしましょうか。**

中譯

老奶奶的行李看起來很重。要說什麼呢？

1　想拿行李嗎？

2　能不能請您幫我拿行李呢？

**3　我來幫您拿行李吧？**

解說

- 動詞ます形＋たがります：表示「第三人稱的希望」，中文為「某人想～」。

- 動詞て形＋いただけませんか：表示「請求」，中文為「能不能請您幫我～」。

- お＋和語動詞ます形＋します：表示「謙讓」，中文為「我來～」。

## 3番 🎧 MP3-04

病院の　椅子に　座りたいです。何と　言いますか。

**1　この席、空いて　いますか。**

2　この席、座りましょうね。

3　この席、空けて　おきますか。

中譯

想坐醫院的椅子。要說什麼呢？

**1　這位子，空著的嗎？**

2　這位子，我們坐吧！

3　這位子，要事先空著（留著）嗎？

解説

- 動詞て形＋います：表示「狀態」，中文為「～著」。

- 動詞て形＋おきます：表示「事先做好～」，中文為「事先～著」。

## 問題 3

問題3では　まず　文を　聞いて　ください。それから、その返事を　聞いて、1から　3の　中から、一番　いい　ものを　一つ　選んで　ください。

1番 🎧 MP3-05

女：陳さんは　英語が　話せますか。

男：1　少しだけ　話せます。

　　2　分かりました。

　　3　勉強しましょう。

中譯

女：陳先生會說英語嗎？

男：1　只會說一點點。

　　2　我知道了。

　　3　來學習吧！

解説

- ～が＋動詞可能形：會～。

2番 🎧 MP3-06

男：学校に　来られない時は　電話して　くださいね。

女：1　いつでも　電話して　ください。

　　2　はい、休みました。

　　3　はい、連絡します。

中譯

男：不能來學校時，請給我電話喔。

女：1　隨時給我電話。

　　2　好的，我休息了。

　　3　好，我會聯絡。

解說

・動詞て形＋ください：表示「請求」或「命令」，中文為「請～」。

3番 🎧 MP3-07

男：アメリカに　行ったことが　ありますか。

女：1　行きませんでした。

　　2　ええ、二回　あります。

　　3　いいですよ、行きましょう。

中譯

男：妳去過美國嗎？

女：1　之前沒有去。

　　2　是的，有二次。

　　3　可以喔，去吧！

解說

・動詞た形＋ことがあります：表示「經驗」，中文為「曾經～過」。

---

## 考題

 **文字・語彙**

---

1 <u>地震の</u>　ために、でんしゃが　とまりました。
　　1　じてん　　　2　じだい　　　3　じしん　　　4　じこ

2 おとうとは　じぶんの　へやを　ちっとも　<u>片付けません</u>。
　　1　かたづけません　　　　　　　2　みつけません
　　3　へんづけません　　　　　　　4　とどけません

3 にちようびに　<u>まち</u>で　いっしょに　かいものしませんか。
　　1　市　　　　2　県　　　　3　村　　　　4　町

4 ニュースに　よると　しゅうまつ　<u>たいふう</u>が　くるそうです。
　　1　颱風　　　2　台風　　　3　嵐風　　　4　台嵐

5 あのきいろい　ぼうしを　（　　　　）　いるひとは　鈴木さんです。
　　1　かえって　　2　かぶって　　3　かざって　　4　かじって

6 ともだちに　テストの　てんを　みられて、とても
　　（　　　　）です。
　　1　すばらしかった　　　　　　2　はずかしかった
　　3　めずらしかった　　　　　　4　やわらかかった

7 かれは　（　　　　）　にほんの　せいかつに　なれたようです。
1　すっかり　　2　しばらく　　3　もうすぐ　　4　はっきり

8 「あねは　くだものを　かって　きました」と　おなじ　いみの
ぶんを　えらんで　ください。
1　あねは　やおやへ　いきました。
2　あねは　とこやへ　いきました。
3　あねは　ぎんこうへ　いきました。
4　あねは　ゆうびんきょくへ　いきました。

9 （　　　　　）の　てんが　わるかったので、ははに　しかられ
ました。
1　ノート　　　2　タイプ　　　3　チェック　　4　テスト

10 だいがくで　にほんぶんがくを　勉強（　　　　）　おもって
います。
1　すると　　　2　してと　　　3　したと　　　4　しようと

## 📃 文法

1 台風が　くる（　　　　）　どうか　まだ　わからない。
1　か　　　　　2　が　　　　　3　で　　　　　4　も

2 そふは　あした　退院する（　　　　）です。
1　こと　　　　2　ため　　　　3　そう　　　　4　もの

3　わたしは　いもうと（　　　　）　ケーキを　たべられました。
　　1　を　　　　　　2　が　　　　　　3　へ　　　　　　4　に

4　あたまが　まだ　いたいなら、病院に　（　　　　）ほうが
　　いいです。
　　1　いく　　　　　2　いった　　　　3　いって　　　4　いかない

5　むすこは　にく（　　　　　）　たべて、やさいは　ぜんぜん
　　たべません。
　　1　も　　　　　　2　とか　　　　　3　しか　　　　　4　だけ

6　ここに　お名前と　ご住所を　（　　　　）ください。
　　1　かく　　　　　2　かき　　　　　3　おかく　　　　4　おかき

7　うそを　（　　　　）　いけません。
　　1　ついたは　　2　ついたも　　3　ついては　　4　ついても

8　来月の　しあいに　（　　　　）、まいにち　練習して　います。
　　1　むかう　　　　2　むかい　　　　3　むいて　　　　4　むけて

9　アメリカで　たのしい　じかんを　すごす（　　　　）です。
　　1　つもり　　　2　だろう　　　3　かも　　　　4　ような

10　あかちゃんが　きゅうに　（　　　　）ました。
　　1　なきつもり　　　　　　　　　2　なきたがり
　　3　なきつづけ　　　　　　　　　4　なきだし

# 解答

## 文字・語彙（每題 5 分）

| 1 | 2 | 3 | 4 | 5 | 6 | 7 | 8 | 9 | 10 |
|---|---|---|---|---|---|---|---|---|----|
| 3 | 1 | 4 | 2 | 2 | 2 | 1 | 1 | 4 | 4 |

## 文法（每題 5 分）

| 1 | 2 | 3 | 4 | 5 | 6 | 7 | 8 | 9 | 10 |
|---|---|---|---|---|---|---|---|---|----|
| 1 | 3 | 4 | 2 | 4 | 4 | 3 | 4 | 1 | 4 |

## 得分（滿分 100 分）

| /100 |
|------|

# 中文翻譯＋解說

## ✎ 文字・語彙

1　地震の　ために、電車が　止まりました。

　　1　じてん　　　　2　じだい　　　　3　じしん　　　　4　じこ

中譯　因為地震，電車停下來了。

解說　本題考「名詞」。其餘選項：選項1是「辞典」（字典）；選項2是「時代」（時代）；選項4是「事故」（事故）。

2　弟は　自分の　部屋を　ちっとも　片付けません。

　　1　かたづけません　　　　　　　2　みつけません

　　3　へんづけません　　　　　　　4　とどけません

中譯　弟弟一點都不整理自己的房間。

解說　本題考「第二類動詞的否定形」。其餘選項：選項2是「見つけません」（不去找、不去發現）；選項3無此字；選項4是「届けません」（不送達）。

3　日曜日に　町で　一緒に　買い物しませんか。

　　1　市　　　　　2　県　　　　　3　村　　　　　4　町

中譯　星期天要不要一起上街買東西呢？

解說　本題考「行政區域的劃分單位」。其餘選項讀音：選項1是「市」（市）；選項2是「県」（縣）；選項3是「村」（村）。

4　ニュースに　よると　週末　台風が　来るそうです。

　　1　颱風　　　　2　台風　　　　3　嵐風　　　　4　台嵐

中譯　根據新聞報導，聽說週末颱風會來。

5 あの黄色い 帽子を （ 被って ） いる人は 鈴木さんです。

1 かえって　　**2 かぶって**　　3 かざって　　4 かじって

中譯 那個戴著黄色帽子的人是鈴木小姐。

解說 本題考「動詞的て形」。選項1是「帰って」（回去）；選項2是「被って」（戴）；選項3是「飾って」（裝飾）；選項4是「齧って」（咬）。

6 友達に テストの 点を 見られて、とても （ 恥ずかしかった ）です。

1 すばらしかった　　　　　　**2 はずかしかった**

3 めずらしかった　　　　　　4 やわらかかった

中譯 被朋友看到考試的分數，非常丟臉。

解說 本題考「い形容詞的過去式」。選項1是「素晴らしかった」（厲害）；選項2是「恥ずかしかった」（丟臉、害羞）；選項3是「珍しかった」（稀奇）；選項4是「柔らかかった」（柔軟）。

7 彼は （ すっかり ） 日本の 生活に 慣れたようです。

**1 すっかり**　　2 しばらく　　3 もうすぐ　　4 はっきり

中譯 他好像完全習慣日本的生活了。

解說 本題考「副詞」。選項1是「すっかり」（完全地）；選項2是「暫く」（暫時）；選項3是「もうすぐ」（快要）；選項4是「はっきり」（清楚地、明白地）。

8 「姉は 果物を 買って 来ました」と 同じ 意味の 文を 選んで ください。

**1 姉は 八百屋へ 行きました。**

2 姉は 床屋へ 行きました。

3 姉は 銀行へ 行きました。

4 姉は 郵便局へ 行きました。

| 中譯 | 請選出和「姊姊買水果回來了」相同意思的句子。 |

1　姊姊去了蔬果店。

2　姊姊去了理髮廳。

3　姊姊去了銀行。

4　姊姊去了郵局。

---

9　（　テスト　）の　点が　悪かったので、母に　叱られました。

1　ノート　　　2　タイプ　　　3　チェック　　4　テスト

| 中譯 | 考試分數很糟，所以被媽媽罵了。 |

| 解說 | 本題考「外來語」。選項1是「ノート」（筆記本）；選項2是「タイプ」（類型、款式、打字機）；選項3是「チェック」（確認）；選項4是「テスト」（考試）。 |

---

10　大学で　日本文学を　勉強（　しようと　）　思って　います。

1　すると　　　2　してと　　　3　したと　　　4　しようと

| 中譯 | 我想在大學學習日本文學。 |

| 解說 | 本題考「動詞意向形」的相關表現。句型「動詞意向形＋と思います」用來表示「打算～」，所以要將「します」（做～）這個動詞改成意向形「しよう」（想做～）。 |

---

# 文法

1　台風が　来る（　か　）　どうか　まだ　分からない。

1　か　　　　　2　が　　　　　3　で　　　　　4　も

| 中譯 | 颱風會不會來還不知道。 |

| 解說 | 本題考助詞「か」的相關句型。「～かどうか」用來表示「是否、是～還是不～」。用法如下： |

```
名詞
い形容詞普通形
な形容詞語幹        ＋かどうか
動詞普通形
```

2  祖父は　明日　退院する　（　そう　）です。

1　こと　　　　2　ため　　　　3　そう　　　　4　もの

中譯　聽說爺爺明天出院。

解說　本題考傳聞助動詞「そうです」（聽說～）的用法，是說話者將間接得
　　　到的情報，傳達給第三者的表現。用法如下：

```
動詞普通形
い形容詞普通形
な形容詞＋だ        ＋そうです
名詞＋だ
```

3  私は　妹（　に　）　ケーキを　食べられました。

1　を　　　　　　2　が　　　　　　3　へ　　　　　　4　に

中譯　我的蛋糕被妹妹吃掉了。

解說　本題考「被動」用法。句型「AはBにCを＋被動形」（A被B做了C～）
　　　是以A的立場，說明B對A做了C的動作。

4  頭が　まだ　痛いなら、病院に　（　行った　）ほうが　いいです。

1　いく　　　　2　いった　　　3　いって　　　4　いかない

中譯　頭如果還痛的話，去醫院比較好。

解說　本題考「動詞た形的相關句型」。句型「動詞た形＋ほうがいいです」
　　　（～比較好）用來提供建議或忠告。所以要將動詞「行きます」（去）
　　　改成「た形」，也就是選項2的「行った」。

5 息子は　肉（　だけ　）　食べて、野菜は　全然　食べません。

1　も　　　　　2　とか　　　　　3　しか　　　　　**4　だけ**

中譯　兒子只吃肉，蔬菜完全不吃。

解說　本題考「助詞」。選項1是「も」（也），不合句意；選項2是「とか」（～之類的），不合句意；選項3是「しか」（只有），後面必須接否定，成為「肉しか食べず」（只吃肉）才對；選項4是「だけ」（只有）為正確答案。

6 ここに　お名前と　ご住所を　（　お書き　）ください。

1　かく　　　　　2　かき　　　　　3　おかく　　　　　**4　おかき**

中譯　請在這裡寫上姓名和地址。

解說　本題考「敬語＋ください」，用來「客氣地表達命令」，中文意思為「請～」。用法如下：

> お＋和語動詞ます形
> ご＋漢語動詞語幹 ＋ください

「書きます」（寫）為和語動詞，所以要去掉「ます」，並在前面加上「お」，即為「お書き」。

7 嘘を　（　ついては　）　いけません。

1　ついたは　　　2　ついたも　　　**3　ついては**　　　4　ついても

中譯　不可以說謊。

解說　本題考「禁止表現」。說謊的日文是「嘘をつきます」。句型「動詞て形＋は＋いけません」中文是「不准～」。所以要先將動詞「つきます」改成「て形」，也就是「ついて」，之後再接續「は＋いけません」。

8 来月の　試合に　（　向けて　）、毎日　練習して　います。

1　むかう　　　　　2　むかい　　　　　3　むいて　　　　　**4　むけて**

中譯　朝著下個月的比賽努力，每天練習著。

解說　本題考句型「事情＋に向けて」（朝著～事情努力），表示「以實現此事為目的」。

9 アメリカで 楽しい 時間を 過ごす （ つもり ）です。

　**1　つもり**　　　　2　だろう　　　　3　かも　　　　4　ような

中譯　打算在美國度過快樂的時光。

解說　本題考「意志表現」。「つもり」（打算、計畫）用來表現自己強烈的決心或打算。用法如下：

> 動詞辭書形
> 動詞ない形　＋つもりです
> 名詞＋の

10 赤ちゃんが 急に　（ 泣き出し ）ました。

　1　なきつもり　　2　なきたがり　　3　なきつづけ　　**4　なきだし**

中譯　嬰兒突然哭出來了。

解說　本題考「動作開始的表現」。「動詞ます形＋出します」強調「動作起始的瞬間」，中文可翻譯成「～出來」。

所有選項：選項1無此用法；選項2是「泣きたがり〔ました〕」（〔第三者〕想哭了）；選項3是「泣き続け〔ました〕」（持續哭了）；選項4是「泣き出し〔ました〕」（哭出來了）。由於題目中有「急に」（突然），所以最好的答案是選項4。

## 考題

 文字・語彙

1 このくにでは テニスが たいへん 盛んです。
1 せかん 　　2 さかん 　　3 そかん 　　4 しかん

2 そふは さいきん よく 忘れ物を します。
1 おぼれもの 　　　　　　　2 ぼうれもの
3 わかれもの 　　　　　　　4 わすれもの

3 うちの いぬは あしが とても みじかくて かわいいです。
1 長くて 　　2 小さくて 　　3 太くて 　　4 短くて

4 そのひょうの よみかたが よく わかりません。
1 線 　　　2 図 　　　3 絵 　　　4 表

5 わたしは いもうとより からだが （　　　）です。
1 あさい 　　2 ひどい 　　3 かたい 　　4 うまい

6 アメリカに あそびに いったとき、ともだちが いろいろ
（　　　）して くれました。
1 けんぶつ 　　2 せいかつ 　　3 あんない 　　4 ひつよう

7 となりの へやから いい （　　　　） が します。
　　1　かっこう　　2　かない　　　3　におい　　　4　きけん

8 「わたしは ずっと おなじ かいしゃに つとめて います」と おなじ いみの ぶんを えらんで ください。
　　1　わたしは わかいとき、せんせいに なりたかったです。
　　2　わたしは ほかの かいしゃで はたらいて いました。
　　3　わたしは しごとを かえたことが ありません。
　　4　わたしは ひさしぶりに まえの かいしゃで はたらきたいです。

9 このくつは （　　　　） ので、あまり はきません。
　　1　あるきやすい　　　　　　　2　あるきにくい
　　3　かきやすい　　　　　　　　4　かきにくい

10 もう よるの 十二じです。はやく （　　　　）。
　　1　うちなさい　　　　　　　　2　つきなさい
　　3　みなさい　　　　　　　　　4　ねなさい

## 文法

1 でかけ（　　　　） したとき、でんわが かかって きました。
　　1　よう　　　　2　ような　　　3　ようだ　　　4　ようと

2 コンピューターを かう（　　　　）、アルバイトを して います。
　　1　ために　　　2　ように　　　3　なのに　　　4　そうに

3 きょうは 雨（　　　　）、風も つよいから、しあいは
ちゅうしです。
　1　し　　　　　2　だし　　　　3　でも　　　　4　なら

4 ひま（　　　　）、妻と えいがを みに いきました。
　1　から　　　　2　ので　　　　3　なので　　　4　なのに

5 このオーバーは （　　　　　）すぎるので、とりかえて くだ
さい。
　1　おおきい　　2　おおき　　　3　おおきく　　4　おおきくて

6 誰かが うたって いる（　　　　）が 聞こえます。
　1　の　　　　　2　こと　　　　3　よう　　　　4　そう

7 先生に よると、王さんは 英語も 日本語も （　　　　　）
そうです。
　1　じょうず　　　　　　　　　2　じょうずな
　3　じょうずだ　　　　　　　　4　じょうずで

8 バスを （　　　　　）と したとき、くつが おちました。
　1　おりる　　　2　おりた　　　3　おりそう　　4　おりよう

9 じゅうぶん 練習（　　　　）、失敗して しまいました。
　1　するのに　　2　するので　　3　したのに　　4　したので

10 A「おじょうさん、手伝いましょうか」
　B「すみません、（　　　　　）」
　1　おねがいします　　　　　　2　おじゃまします
　3　おまたせしました　　　　　4　おかげさまで

# 解答

## 文字・語彙（每題 5 分）

| 1 | 2 | 3 | 4 | 5 | 6 | 7 | 8 | 9 | 10 |
|---|---|---|---|---|---|---|---|---|----|
| 2 | 4 | 4 | 4 | 3 | 3 | 3 | 3 | 2 | 4  |

## 文法（每題 5 分）

| 1 | 2 | 3 | 4 | 5 | 6 | 7 | 8 | 9 | 10 |
|---|---|---|---|---|---|---|---|---|----|
| 4 | 1 | 2 | 3 | 2 | 1 | 3 | 4 | 3 | 1  |

## 得分（滿分 100 分）

| /100 |
|------|

# 中文翻譯＋解說

## 文字・語彙

1 この国では テニスが 大変 盛んです。

　1　せかん　　　　**2　さかん**　　　　3　そかん　　　　4　しかん

中譯　這個國家網球非常盛行。

2 祖父は 最近 よく 忘れ物を します。

　1　おぼれもの　　2　ぼうれもの　　3　わかれもの　　**4　わすれもの**

中譯　爺爺最近常忘東西。

3 家の 犬は 足が とても 短くて 可愛いです。

　1　長くて　　　　2　小さくて　　　3　太くて　　　　**4　短くて**

中譯　我家的狗，腿非常短，很可愛。

解說　其餘選項發音：選項1是「長くて」（長）；選項2是「小さくて」
　　　（小）；選項3是「太くて」（粗、胖）。

4 その表の 読み方が よく 分かりません。

　1　線　　　　　2　図　　　　　3　絵　　　　　**4　表**

中譯　不太知道那個表格怎麼解讀。

解說　其餘選項發音：選項1是「線」（線）；選項2是「図」（圖）；選項3
　　　是「絵」（畫）。

5 私は 妹より 体が （ 堅い ）です。

　1　あさい　　　2　ひどい　　　**3　かたい**　　　4　うまい

中譯　我的身體比妹妹結實。

解說　本題考「い形容詞」。選項1是「浅い」（淺的）；選項2是「酷い」
　　　（過分的）；選項3是「堅い」（結實的）或「硬い」（硬的）或「固

い」（堅固的）；選項4是「上手い」（高明的）或「旨い」（好吃
的）。

6 アメリカに 遊びに 行った時、友達が いろいろ （ 案内 ）
して くれました。

1 けんぶつ 　　2 せいかつ 　　3 あんない 　　4 ひつよう

中譯 去美國玩的時候，朋友帶我到各種地方遊覽。

解說 本題考「第三類動詞」。選項1是「見物〔して〕」（觀賞、參觀）；
選項2是「生活〔して〕」」（生活）；選項3是「案内〔して〕」（嚮
導、陪同遊覽）；選項4是名詞「必要」（必要）。

7 隣の 部屋から いい （ 匂い ）が します。

1 かっこう 　　2 かない 　　3 におい 　　4 きけん

中譯 覺得隔壁的房間有香味。

解說 本題考「～がします」（覺得有～）的用法，是以助詞「が」來提示
五感（視覺、聽覺、味覺、嗅覺、觸覺），所以答案是選項3「匂い」
（味道）。其餘選項：選項1是「格好」（外型）；選項2是「家内」
（內人）；選項4是「危険」（危險）。

8 「私は ずっと 同じ 会社に 勤めて います」と 同じ 意味の
文を 選んで ください。
1 私は 若い時、先生に なりたかったです。
2 私は 他の 会社で 働いて いました。
3 私は 仕事を 変えたことが ありません。
4 私は 久しぶりに 前の 会社で 働きたいです。

中譯 請選出和「我一直在同一家公司上班」相同意思的句子。

　　1 我在年輕的時候想當老師。

　　2 我之前在其他公司工作。

　　3 我沒有換過工作。

　　4 我隔了很久，才想在之前的公司工作。

本題考「動詞た形＋こと＋<u>が</u>＋ありません」（不曾〜過）的句型。

9 この 靴<sup>くつ</sup>は　（　歩<sup>ある</sup>きにくい　）ので、あまり　履<sup>は</sup>きません。

1　あるきやすい　　　　　　　　**2　あるきにくい**

3　かきやすい　　　　　　　　4　かきにくい

中譯　這雙鞋子很難走，所以不太穿。

解說　本題考「動詞ます形＋やすい」（易於〜）和「動詞ます形＋にくい」
（難於〜）。選項1是「歩<sup>ある</sup>きやすい」（好走）；選項2是「歩<sup>ある</sup>きにく
い」（難走）；選項3是「書<sup>か</sup>きやすい」（好寫）；選項4是「書<sup>か</sup>きにく
い」（難寫）。依句意，答案為選項2。

10 もう　夜<sup>よる</sup>の　十二時<sup>じゅうにじ</sup>です。早<sup>はや</sup>く　（　寝<sup>ね</sup>なさい　）。

1　うちなさい　　2　つきなさい　　3　みなさい　　**4　ねなさい**

中譯　已經晚上十二點了。早點睡！

解說　本題考「動詞ます形＋なさい」（快〜）的句型，用來表示「婉轉的命
令」。選項1是「打<sup>う</sup>ちなさい」（快打）；選項2是「着<sup>き</sup>きなさい」（快
到）與「就<sup>つ</sup>きなさい」（快就業）；選項3是「見<sup>み</sup>なさい」（快看）；
選項4是「寝<sup>ね</sup>なさい」（快睡）。

## 📖 文法

1 出<sup>で</sup>かけ（　ようと　）　した時<sup>とき</sup>、電話<sup>でんわ</sup>が　掛<sup>か</sup>かって　来<sup>き</sup>ました。

1　よう　　　　　2　ような　　　　3　ようだ　　　**4　ようと**

中譯　正想出門的時候，電話打來了。

解說　本題考「意志表現」。以句型「動詞意向形＋<u>と</u>＋します」（正想〜）
表達「做心中想做的事情」或是「實踐心中的決定」。動詞「出<sup>で</sup>かけま
す」（出門）的意向形是「出<sup>で</sup>かけよう」，後面再加上「と」為正確答
案。

2 コンピューターを 買<sup>か</sup>う （ ために ）、アルバイトを して います。

1 ために　　　　2 ように　　　　3 なのに　　　　4 そうに

中譯 為了買電腦，打著工。

解說 本題考「目的表現」。「〜ために」（為了〜）用來表達以「自己的意志」可以實現的「目的」。用法如下：

| 動詞辭書形 名詞＋の | ＋ために |

選項2「ように」的中文意思雖然也是「為了〜」，但用於「想要實現某種狀態」，例如：「聞<sup>き</sup>こえるように大<sup>おお</sup>きい声<sup>こえ</sup>で話<sup>はな</sup>しました」（為了讓大家聽得到而大聲說話了）。

3 今日<sup>きょう</sup>は 雨<sup>あめ</sup>（ だし ）、風<sup>かぜ</sup>も 強<sup>つよ</sup>いから、試合<sup>しあい</sup>は 中止<sup>ちゅうし</sup>です。

1 し　　　　　　2 だし　　　　　3 でも　　　　　4 なら

中譯 今天下雨，而且風也強，所以比賽中止了。

解說 本題考接續助詞「し」的相關句型。「〜し、〜から」（〜又〜，所以〜）用來表示列舉二個以上的理由。「し」的用法如下：

| 動詞普通形 い形容詞普通形 な形容詞普通形 名詞普通形 | ＋し |

本題的「雨<sup>あめ</sup>」（下雨）是名詞，其「普通形」有以下四種可能：

| 現在肯定 | 現在否定 | 過去肯定 | 過去否定 |
|---|---|---|---|
| 雨<sup>あめ</sup>だ （下雨） | 雨<sup>あめ</sup>ではない （沒有下雨） | 雨<sup>あめ</sup>だった （過去下雨了） | 雨<sup>あめ</sup>ではなかった （過去沒有下雨） |

所以答案為選項2。

4 暇（ なので ）、妻と 映画を 見に 行きました。

1 から  2 ので  **3 なので**  4 なのに

中譯 因為很閒，所以和妻子去看了電影。

解說 本題考「～ので」（由於～）的用法。用法如下：

| 動詞普通形<br>い形容詞普通形<br>な形容詞＋な<br>名詞＋な | ＋ので |
|---|---|

由於「暇」（閒暇）是な形容詞，所以答案為選項3。

另外，選項1「から」也是「因為～所以～」的意思，但是要改成「だから」才對。

5 このオーバーは （ 大き ）過ぎるので、取り替えて ください。

1 おおきい  **2 おおき**  3 おおきく  4 おおきくて

中譯 這件外套過大，所以請換一件。

解說 本題考「～過ぎます」（太～、過於～）的用法。用法如下：

| 動詞ます形<br>い形容詞<br>な形容詞<br>名詞 | ＋過ぎます |
|---|---|

由於「大きい」（大的）是い形容詞，所以要先去掉「い」，才能加上「過ぎます」。

6 誰かが 歌って いる （ の ）が 聞こえます。

**1 の**  2 こと  3 よう  4 そう

中譯 可以聽到有誰在唱著歌。

解說 本題考助詞「の」的相關句型。「動詞普通形＋の＋が＋可能動詞」用來表示「可以～」。此時「の」的功用，是將前面的動詞「歌って いる」（正在唱歌）加以「名詞化」，並成為後面可能動詞「聞こえます」（聽得到）的對象。

7 先生に　よると、王さんは　英語も　日本語も　（　上手だ　）そ
うです。

1　じょうず　　2　じょうずな　　**3　じょうずだ**　　4　じょうずで

中譯　據老師所說，王同學不管英語還是日語都很厲害。

解說　本題考傳聞助動詞「そうです」（聽說～）的用法，是說話者將間接得
到的情報，傳達給第三者的表現。用法如下：

～によると、

| 動詞普通形 |
| い形容詞普通形 |
| な形容詞＋だ |
| 名詞＋だ |

＋そうです

題目中的「上手」（厲害、擅長）是な形容詞，所以要加上「だ」才對。

8 バスを　（　降りよう　）と　した時、靴が　落ちました。

1　おりる　　　2　おりた　　　3　おりそう　　　**4　おりよう**

中譯　正想下公車的時候，鞋子掉了。

解說　本題考「意志表現」。以句型「動詞意向形＋と＋します」（正想～）
表達「做心中想做的事情」或是「實踐心中的決定」。動詞「降りま
す」（下〔車〕）的意向形是「降りよう」，所以答案為選項4。

9 十分　練習（　したのに　）、失敗して　しまいました。

1　するのに　　2　するので　　**3　したのに**　　4　したので

中譯　明明充分地練習了，卻還是失敗了。

解說　本題考「ので」（因為～所以～）和「のに」（明明～卻～），依語
意，要選「のに」。又因為是「練習了」卻還失敗，所以要選擇過去式
「〔練習〕した」。答案為選項3。

10 A「お嬢さん、手伝いましょうか」

B「すみません、（　お願いします　）」

1　おねがいします　　　　　　　2　おじゃまします

3　おまたせしました　　　　　　4　おかげさまで

中譯　A「小姐，我來幫忙吧！」

B「不好意思，麻煩您了。」

解說　其餘選項：選項2是「お邪魔します」（打擾了）；選項3是「お待たせ

しました」（久等了）；選項4是「おかげさまで」（託您的福）。

## 考題

### 📝 文字・語彙

1　じぶんの　<u>下着</u>は　じぶんで　あらいましょう。
　　1　したき　　2　したぎ　　3　しだき　　4　しだぎ

2　むすこの　せんせいは　<u>黄色い</u>　ふくを　きて　いるひとです。
　　1　きいろい　　2　きみろい　　3　きろしい　　4　きたしい

3　<u>どうぐ</u>の　つかいかたを　せつめいしましょう。
　　1　工具　　　　2　絵具　　　　3　器具　　　　4　道具

4　このかわは　<u>あさく</u>ないですから、きを　つけて　ください。
　　1　浅く　　　　2　深く　　　　3　古く　　　　4　硬く

5　としょかんでは　ひとり　ご（　　　　）まで　ほんを　かり
　　ることが　できます。
　　1　さつ　　　　2　ほん　　　　3　まい　　　　4　にん

6　ちちの　だいじな　（　　　　）を　こわして、しかられました。
　　1　エスカレーター　　　　　　2　アナウンサー
　　3　コンピューター　　　　　　4　アルコール

7　ごはんを　よく　（　　　　）　たべましょう。
　　1　ふんで　　2　やんで　　3　かんで　　4　しんで

8 「あには　はなしを　することが　とても　じょうずです」と
おなじ　いみの　ぶんを　えらんで　ください。
1　あには　くちが　かるいです。
2　あには　くちが　はやいです。
3　あには　くちが　つよいです。
4　あには　くちが　うまいです。

9 わたしは　しょうらい　（　　　　　）に　なりたいです。
1　コンサート　　　　　　　2　スーツケース
3　アクセサリー　　　　　　4　アナウンサー

10 ふくが　（　　　　　）、すぐ　あらったほうが　いいですよ。
1　われたら　　　　　　　　2　なれたら
3　こわれたら　　　　　　　4　よごれたら

## 文法

1 きのう　そうじを　てつだったので、ははに　（　　　　　）。
1　ほめました　　　　　　　2　ほめさせました
3　ほめられました　　　　　4　ほめさせられました

2 （　　　　　）と　したとき、おきゃくさんが　きました。
1　出かける　　　　　　　　2　出かけて
3　出かけよう　　　　　　　4　出かけろ

08
天

3 おなかが いたい （　　　　　）、いまから びょういんへ
いきます。
　　1　ので　　　　2　のに　　　3　でも　　　4　では

4 どれ（　　　　）　あなたの　レポートですか。
　　1　は　　　　　2　が　　　3　や　　　4　を

5 ハンバーグ（　　　　　）　たべないで、やさいも　たべなさい。
　　1　だけ　　　　2　しか　　　3　ほど　　　4　ほう

6 たくさん　お（　　　　）　ください。
　　1　のむ　　　　2　のみ　　　3　のめ　　　4　のんで

7 田中さんは　もう　（　　　　　）　なりましたよ。
　　1　かえる　　　　　　　　2　かえって
　　3　おかえりで　　　　　　4　おかえりに

8 ははは　いもうとを　看護師に　（　　　　　）　います。
　　1　なりたがり　　　　　　2　なりたがって
　　3　させたがり　　　　　　4　させたがって

9 太田さんが　どこへ　（　　　　）　知って　いますか。
　　1　いく　　　2　いった　　　3　いくの　　　4　いったか

10 しろい　服は　よごれ（　　　　）から、すきでは　ありません。
　　1　やすい　　　2　かたい　　　3　にくい　　　4　あさい

# 解答

## 文字・語彙（每題 5 分）

| 1 | 2 | 3 | 4 | 5 | 6 | 7 | 8 | 9 | 10 |
|---|---|---|---|---|---|---|---|---|----|
| 2 | 1 | 4 | 1 | 1 | 3 | 3 | 4 | 4 | 4 |

## 文法（每題 5 分）

| 1 | 2 | 3 | 4 | 5 | 6 | 7 | 8 | 9 | 10 |
|---|---|---|---|---|---|---|---|---|----|
| 3 | 3 | 1 | 2 | 1 | 2 | 4 | 4 | 4 | 1 |

## 得分（滿分 100 分）

| /100 |
|------|

08
天

# 中文翻譯＋解說

## 文字・語彙

1 自分の 下着は 自分で 洗いましょう。
   1　したき    **2　したぎ**    3　しだき    4　しだぎ
   中譯　自己的內衣褲自己洗吧！

2 息子の 先生は 黄色い 服を 着て いる人です。
   **1　きいろい**    2　きみろい    3　きろしい    4　きたしい
   中譯　兒子的老師是穿著黃色衣服的人。

3 道具の 使い方を 説明しましょう。
   1　工具    2　絵具    3　器具    **4　道具**
   中譯　我來說明工具的使用方法吧！

4 この川は 浅くないですから、気を 付けて ください。
   **1　浅く**    2　深く    3　古く    4　硬く
   中譯　這條河川不淺，所以請小心。
   解說　本題考「い形容詞的否定」。其餘選項發音：選項2是「深く〔ない〕」（不深）；選項3是「古く〔ない〕」（不舊、不古老）；選項4是「硬く〔ない〕」（不堅硬）。

5 図書館では 一人 五（ 冊 ）まで 本を 借りることが できます。
   **1　さつ**    2　ほん    3　まい    4　にん
   中譯　圖書館一個人最多可以借五本書。

解説 本題考「數量詞」。選項1是「冊」（～冊、～本）；選項2是「本」（～支、～根）；選項3是「枚」（～張、～件）；選項4是「人」（～人）。

6 父の 大事な （ コンピューター ）を 壊して、叱られました。
1 エスカレーター　　　　　　2 アナウンサー
3 コンピューター　　　　　　4 アルコール

中譯 弄壞爸爸重要的電腦，被罵了。

解説 本題考「外來語」。選項1是「エスカレーター」（手扶梯）；選項2是「アナウンサー」（主播、播報員）；選項3是「コンピューター」（電腦）；選項4是「アルコール」（酒精、酒類）。

7 ご飯を よく （ 噛んで ） 食べましょう。
1 ふんで　　　2 やんで　　　3 かんで　　　4 しんで

中譯 飯好好咀嚼再吃吧！

解説 本題考「動詞て形」中的「鼻音便」。選項1是「踏んで」（踩、踏）；選項2是「止んで」（停止）；選項3是「噛んで」（咬）；選項4是「死んで」（死）。

8 「兄は 話を することが とても 上手です」と 同じ 意味の 文を 選んで ください。
1 兄は 口が 軽いです。
2 兄は 口が 早いです。
3 兄は 口が 強いです。
4 兄は 口が 上手いです。

中譯 請選出和「哥哥說話非常高明」相同意思的句子。
1 哥哥說話很輕率。
2 （無此說法）
3 （無此說法）
4 哥哥口才很好。

9　私は　将来　（　アナウンサー　）に　なりたいです。

1　コンサート　　　　　　　　　2　スーツケース

3　アクセサリー　　　　　　　　4　アナウンサー

中譯　我將來想成為播報員。

解說　本題考「外來語」。選項1是「コンサート」（音樂會）；選項2是
「スーツケース」（行李箱）；選項3是「アクセサリー」（飾品、配
件）；選項4是「アナウンサー」（主播、播報員）。

10　服が　（　汚れたら　）、すぐ　洗ったほうが　いいですよ。

1　われたら　　2　なれたら　　3　こわれたら　4　よごれたら

中譯　衣服弄髒的話，馬上洗比較好喔！

解說　本題考「動詞た形＋ら」（如果～的話）。選項1是「割れたら」（打
破的話）；選項2是「慣れたら」（習慣的話）；選項3是「壊れたら」
（弄壞的話）；選項4是「汚れたら」（弄髒的話）。

## 📖 文法

1　昨日　掃除を　手伝ったので、母に　（　褒められました　）。

1　ほめました　　　　　　　　　2　ほめさせました

3　ほめられました　　　　　　　4　ほめさせられました

中譯　昨天幫忙打掃，所以被媽媽稱讚了。

解說　本題考「被動」用法。句型「AはBに＋被動形」（A被B～）是以A
的立場，說明B對A做的動作。題目中省略了「主詞」（A）。「褒め
ます」（稱讚）為第二類動詞，其被動形是「去掉ます，加上られま
す」，所以答案為選項3「褒められました」（被稱讚了）。

2 （ 出<sup>で</sup>かけよう ）と　した時<sup>とき</sup>、お客<sup>きゃく</sup>さんが　来<sup>き</sup>ました。

　　1　出かける　　　2　出かけて　　　**3　出かけよう**　　4　出かけろ

中譯 正想出門的時候，客人來了。

解說 本題考「意志表現」。以句型「動詞意向形＋と＋します」（正想～）表達「做心中想做的事情」或是「實踐心中的決定」。動詞「出<sup>で</sup>かけます」（出門）的意向形是「出<sup>で</sup>かけよう」，所以答案為選項3。

---

3 お腹<sup>なか</sup>が　痛<sup>いた</sup>い（ ので ）、今<sup>いま</sup>から　病院<sup>びょういん</sup>へ　行<sup>い</sup>きます。

　　**1 ので**　　　　2　のに　　　　3　でも　　　　4　では

中譯 由於肚子痛，所以現在要去醫院。

解說 本題考「接續助詞」。選項1是「ので」（由於～）；選項2是「のに」（明明～卻～）；選項3是「ても／でも」（即使～也；正確接續為「痛<sup>いた</sup>くても」）；選項4是「ては／では」（～的話；正確接續為「痛<sup>いた</sup>くては」）。依句意，答案為選項1。

---

4 どれ（ が ）　あなたの　レポートですか。

　　1　は　　　　　　**2　が**　　　　　3　や　　　　　4　を

中譯 哪一個是你的報告呢？

解說 本題考「助詞」。助詞「が」的用法很多，句型「疑問詞＋が＋疑問句」中的「が」用來提示主詞，並強調詢問的內容。看到「どれ」（哪一個）這個疑問詞，便知答案就是「が」了。

---

5 ハンバーグ（ だけ ）　食<sup>た</sup>べないで、野菜<sup>やさい</sup>も　食<sup>た</sup>べなさい。

　　**1 だけ**　　　　2　しか　　　　3　ほど　　　　4　ほう

中譯 請不要只吃漢堡排，也要吃蔬菜。

解說 本題考「だけ」（只有）和「しか～ない」（只有）的用法。句中的「動詞ない形＋で」（食<sup>た</sup>べないで；請不要吃）和「しか～ない」的「ない」無關，請勿混淆。

6 たくさん　お（　飲み　）　ください。

1　のむ　　　　2　のみ　　　　3　のめ　　　　4　のんで

中譯 請多喝一些。

解說 本題考「敬語」。敬語的用法很多，本題為「客氣地表達命令」，中文意思為「請～」。用法如下：

> お＋和語動詞ます形
> ご＋漢語動詞語幹
> ＋ください

動詞「飲みます」（喝）為「和語動詞」，所以變化時，要先將「ます」去掉，並在最前面加上「お」，答案為選項2。

7 田中さんは　もう　（　お帰りに　）　なりましたよ。

1　かえる　　　　2　かえって　　　3　おかえりで　　4　おかえりに

中譯 田中先生已經回家了喔！

解說 本題考「敬語」。敬語的用法很多，本題乃用以下句型，來表現對「對方的動作」的尊敬，所以主詞一定不是第一人稱。

> お＋和語動詞ます形
> ご＋漢語動詞語幹
> ＋になります

選項中，動詞「帰ります」（回家）為「和語動詞」，所以要先將「ます」去掉，並在最前面加上「お」，答案為選項4。

8 母は　妹を　看護師に　（　させたがって　）　います。

1　なりたがり　　　　　　　2　なりたがって

3　させたがり　　　　　　　4　させたがって

中譯 媽媽想讓妹妹當護理師。

解說 本題考二個句型：

- 使役表現：「AはBをCに動詞使役形（せます／させます）」（A讓B做C）。
- 第三人稱的意志表現：「Aは動詞ます形＋たがっています」（A想～）。

所以就是A（母）想讓B（妹）當C（看護師）。「想讓」的日文就是「させます＋たがっています」，也就是選項4。

9 太田さんが　どこへ　（　行ったか　）　知って　いますか。

1 いく　　　　2 いった　　　3 いくの　　　　4 いったか

中譯 你知道太田先生去哪裡了嗎？

解說 本題考助詞「か」的用法。句型「疑問詞＋か＋敘述句」當中，「か」用來表示不確定。

上述用法，乃是將「帶有疑問詞的疑問句」作為「名詞成分」，然後代入另外一個句子中，作為該句子的一部分。也就是運用助詞「か」，將前面的「太田さんがどこへ行ったか」（太田先生去哪裡了呢？）這個疑問句「名詞化」了。

因此，看到題目中的疑問詞「どこへ」（去哪裡）以及敘述句「知っていますか」（知道嗎？）即可知答案為選項4。

10 白い　服は　汚れ（　やすい　）から、好きでは　ありません。

1 やすい　　　　2 かたい　　　3 にくい　　　　4 あさい

中譯 白色的衣服容易髒，所以不喜歡。

解說 本題考「動詞ます形＋やすい」（易於～）」。其餘選項：選項2正確接續應為「～がたい」（難以～）；選項3是「～にくい」（不易於～）；選項4無此接續用法。

# 考題

## ✎ 文字・語彙

1 きれいな お嬢さんが にもつを もって くれました。
　　1 おちよさん　　　　　　　2 おしょうさん
　　3 おちょうさん　　　　　　4 おじょうさん

2 こどもたちは デパートの 屋上で あそんで います。
　　1 おくうえ　　　　　　　　2 おくじょう
　　3 やのうえ　　　　　　　　4 やのじょう

3 ペットの いぬが しんで、とても かなしいです。
　　1 寂しい　　2 傷しい　　3 厳しい　　4 悲しい

4 びょうきの そふの ことが とても しんぱいです。
　　1 不安　　　2 担心　　　3 心配　　　4 危険

5 のどが （　　　　　）ので、ジュースを のみました。
　　1 あいた　　2 すいた　　3 かわいた　　4 わいた

6 なつやすみの まえに もう すこし （　　　　　）たいです。
　　1 かえ　　　2 ひえ　　　3 やせ　　　4 なき

7 あねは さいきん （　　　　）、ふとりました。
1 とびすぎて 　　　　　　　2 あいすぎて
3 かきすぎて 　　　　　　　4 たべすぎて

8 「かのじょは とても おんならしいです」と おなじ いみの
ぶんを えらんで ください。
1 あのおんなの こは うまれたとき、おんなでした。
2 あのおんなの こは おとこですが、おんなみたいです。
3 あのおんなの こは りょうりが じょうずで、やさしい
です。
4 あのおんなの こは おんなですが、おとこの ふくを
きて います。

9 たんじょうびに ピアノを （　　　　）、うたを うたったり
しました。
1 たたいたり 　　　　　　　2 ふいたり
3 かけたり 　　　　　　　　4 ひいたり

10 むすこは なつやすみに （　　　　）で アルバイトを
しました。
1 ハンバーグ 　　　　　　　2 スクリーン
3 ガソリンスタンド 　　　　4 エスカレーター

09
天

## 文法

1　あにの　学校は、じゅうどう（　　　）　とても　さかんだ
そうです。
　　1　は　　　　　2　が　　　　　3　の　　　　　4　を

2　「なかに　入るな！」（　　　）　かいて　ありますよ。
　　1　と　　　　　2　に　　　　　3　で　　　　　4　を

3　ねぼうを　したので、朝ごはんを　（　　　）　でかけました。
　　1　たべない　　　　　　　　2　たべなくて
　　3　たべずに　　　　　　　　4　たべずと

4　「おきゃくさま、（　　　）。こちらへ　どうぞ」
　　1　まちました　　　　　　　2　またせました
　　3　おまたせしました　　　　4　おまちさせられました

5　いもうとは　びょういんで　くすりを　（　　　）、なきま
した。
　　1　たべられて　　　　　　　2　たべさせられて
　　3　のまれて　　　　　　　　4　のませられて

6　わたしは　ははに　だいじな　小説を　（　　　）ました。
　　1　すて　　　　2　すてて　　　3　すてれ　　　4　すてられ

7　アフリカへ　いくのは　今回で　二かい（　　　）です。
　　1　め　　　　2　け　　　　3　こ　　　　4　て

8  あと　二百円　あれば、（　　　）と　思います。
1　たり　　　　　2　たりる　　　3　たりて　　　4　たりよう

9  わたしは　しょうらい　父の　しごとを　（　　　）つもり
です。
1　てつだう　　　　　　　　2　てつだって
3　てつだった　　　　　　　4　てつだよう

10  ともだちと　たのしい　時間を　すごすことが　（　　　）。
1　ありました　　　　　　　2　いました
3　なりました　　　　　　　4　できました

09
天

# 解答

## 文字・語彙（每題 5 分）

| 1 | 2 | 3 | 4 | 5 | 6 | 7 | 8 | 9 | 10 |
|---|---|---|---|---|---|---|---|---|----|
| 4 | 2 | 4 | 3 | 3 | 3 | 4 | 3 | 4 | 3 |

## 文法（每題 5 分）

| 1 | 2 | 3 | 4 | 5 | 6 | 7 | 8 | 9 | 10 |
|---|---|---|---|---|---|---|---|---|----|
| 2 | 1 | 3 | 3 | 4 | 4 | 1 | 2 | 1 | 4 |

## 得分（滿分 100 分）

|  |
|---|
| /100 |

# 中文翻譯＋解說

## ✏️ 文字・語彙

**1** 綺麗（きれい）な　お嬢（じょう）さんが　荷物（にもつ）を　持（も）って　くれました。

　1　おちよさん　　　　　　　　2　おしょうさん

　3　おちょうさん　　　　　　　**4　おじょうさん**

中譯　漂亮的小姐幫我拿行李了。

**2** 子供（こども）たちは　デパートの　屋上（おくじょう）で　遊（あそ）んで　います。

　1　おくうえ　　**2　おくじょう**　　3　やのうえ　　　4　やのじょう

中譯　孩子們在百貨公司的屋頂遊玩著。

解說　「屋」這個漢字視情況可唸「や」或「おく」；「上」則有「うえ」、「うわ」、「かみ」、「じょう」等種種唸法，但是「屋上」就只能唸「おくじょう」。

**3** ペットの　犬（いぬ）が　死（し）んで、とても　悲（かな）しいです。

　1　寂しい　　　　2　傷しい　　　　3　厳しい　　　　**4　悲しい**

中譯　寵物狗死了，非常傷心。

解說　本題考「い形容詞」。選項1是「寂（さび）しい」（寂寞的）；選項2無此字；選項3是「厳（きび）しい」（嚴格的）；選項4是「悲（かな）しい」（悲傷的）。

**4** 病気（びょうき）の　祖父（そふ）の　ことが　とても　心配（しんぱい）です。

　1　不安　　　　2　担心　　　　**3　心配**　　　　4　危険

中譯　非常擔心生病的祖父。

解說　本題考「名詞／な形容詞」。選項1是「不安（ふあん）」（不安）；選項2無此字；選項3是「心配（しんぱい）」（擔心）；選項4是「危険（きけん）」（危險）。

5 喉が　（　渇いた　）ので、ジュースを　飲みました。

1　あいた　　　2　すいた　　　**3　かわいた**　　　4　わいた

中譯　由於喉嚨很乾，所以喝了果汁。

解說　本題考「動詞た形」。選項1是「開いた」（開了）；選項2是「空いた」（餓了）；選項3是「渇いた」（渇了）或「乾いた」（乾了）；選項4是「沸いた」（沸騰了）。

6 夏休みの　前に　もう　少し　（　痩せ　）たいです。

1　かえ　　　　2　ひえ　　　　**3　やせ**　　　　4　なき

中譯　我想在暑假前再稍微瘦一點。

解說　本題考「動詞ます形＋たい」（我想～）。選項1是「換え〔たい〕」（〔想〕換）；選項2是「冷え〔たい〕」（〔想〕變冰涼）；選項3是「痩せ〔たい〕」（〔想〕瘦）；選項4是「泣き〔たい〕」（〔想〕哭）。

7 姉は　最近　（　食べ過ぎて　）、太りました。

1　とびすぎて　2　あいすぎて　3　かきすぎて　**4　たべすぎて**

中譯　姊姊最近吃太多，變胖了。

解說　本題考「動詞ます形＋過ぎて」（太過於～）」。選項1是「飛び過ぎて」（飛太多）；選項2是「会い過ぎて」（見面太多）；選項3是「書きすぎて」（寫太多）；選項4是「食べ過ぎて」（吃太多）。

8 「彼女は　とても　女らしいです」と　同じ　意味の　文を　選んで
ください。

1　あの女の　子は　生まれた時、女でした。
2　あの女の　子は　男ですが、女みたいです。
**3　あの女の　子は　料理が　上手で、優しいです。**
4　あの女の　子は　女ですが、男の　服を　着て　います。

中譯　請選出和「她非常有女人味」相同意思的句子。

1 那個女孩出生時，是女的。

2 那個女孩雖然是男生，但是很像女的。

3 那個女孩既會做菜，還很溫柔。

4 那個女孩雖然是女生，但是穿著男生的衣服。

解説 本題考「名詞＋らしい」（看起來好像～）用來表示「典型」。所以「女らしい」指的是在個性、態度、樣貌等等都很女性。

⑨ 誕生日に　ピアノを　（　弾いたり　）、歌を　歌ったり　しました。

1　たたいたり　2　ふいたり　3　かけたり　4　ひいたり

中譯 生日時，又彈鋼琴又唱歌了。

解説 本題考「動詞た形＋り」（又～又～）。選項1是「叩いたり」（又敲～又～）；選項2是「吹いたり」（又吹～又～）；選項3是「かけたり」（又戴～又～）；選項4是「弾いたり」（又彈～又～）。「彈鋼琴」固定說法是「ピアノを弾きます」。

⑩ 息子は　夏休みに　（　ガソリンスタンド　）で　アルバイトを　しました。

1　ハンバーグ　　　　　　　2　スクリーン

3　ガソリンスタンド　　　　4　エスカレーター

中譯 兒子暑假時在加油站打了工。

解説 本題考「外來語」。選項1是「ハンバーグ」（漢堡排）；選項2是「スクリーン」（螢幕、電影螢幕）；選項3是「ガソリンスタンド」（加油站）；選項4是「エスカレーター」（手扶梯）。

## 文法

1. 兄の　学校は、柔道　（　が　）　とても　盛んだそうです。

1　は　　　　**2　が**　　　　3　の　　　　4　を

中譯　哥哥的學校柔道聽說非常盛行。

解說　本題考「助詞」。助詞「が」的用法很多，若以「AはBが〜です」的句型出現時，「が」乃用來提示說明句（〜が〜）的主詞為何。

2. 「中に　入るな！」　（　と　）　書いて　ありますよ。

**1　と**　　　　2　に　　　　3　で　　　　4　を

中譯　有寫著「勿入內！」喔！

解說　本題考「助詞」。助詞「と」的用法很多，本題乃用來引述話中的內容。

3. 寝坊を　したので、朝ご飯を　（　食べずに　）　出かけました。

1　たべない　　2　たべなくて　　**3　たべずに**　　4　たべずと

中譯　由於睡過頭，所以沒吃早餐就出門了。

解說　本題考「動詞ない形」的相關句型。「動詞ない形＋ず（に）」（沒〜就〜）用來表達「在否定的狀態下，進行了某動作」。所以要將動詞「食べない」（沒吃）去掉「ない」，之後再加上「ずに」，變成「食べずに」（沒吃就〜）。

4. 「お客様、（　お待たせしました　）。こちらへ　どうぞ」

1　まちました　　　　　　　　2　またせました

**3　おまたせしました**　　　　　4　おまちさせられました

中譯　「客人，讓您久等了。請往這邊。」

解說　本題考「敬語」中的「謙讓用法」。變化如下：

- 「待ちます」（等待）
  →「待たせます」（使役用法，中文為「讓〜等」，將動詞主幹最後一個音改成〔a〕段音＋助動詞「せます」）

→「お待たせします」（謙譲用法，お＋待たせます＋します）

→「お待たせしました」（過去式）

5 妹は 病院で 薬を （ 飲ませられて ）、泣きました。

1 たべられて                    2 たべさせられて

3 のまれて                     4 のませられて

中譯 妹妹在醫院被迫吃了藥，哭了。

解說 本題考「使役被動」表現。句型「AはBにCを使役被動形」用來表達「A被B強迫做了C」，所以A是被強迫者，B是強迫他人者。本題省略了B。

中文「吃藥」的動詞是「飲みます」，其「使役被動形」變化方式為：

• 「飲みます」（吃〔藥〕）

→「飲ませます」（使役用法，將動詞主幹最後一個音改成〔a〕段音＋助動詞「せます」，中文為「讓～吃」）

→「飲ませられます」（再加上被動，飲ませます＋被動助動詞「られます」，中文為「被迫吃～」）

6 私は 母に 大事な 小説を （ 捨てられ ）ました。

1 すて        2 すてて        3 すてれ        4 すてられ

中譯 我珍愛的小說被媽媽丟了。

解說 本題考「被動表現」。句型「AはBに＋被動形」（A被B～）是以A的立場，說明B對A做的動作。「捨てます」（丟棄）為第二類動詞，其被動形是「去掉ます，加上られます」，所以答案為選項4「捨てられました」（被丟掉了）。

7 アフリカへ 行くのは 今回で 二回（ 目 ）です。

1 め        2 け        3 こ        4 て

中譯 去非洲這次是第二次。

解說 本題考「接尾語」。「～目」就是「第～個、第～次」。

8 あと　二百円（にひゃくえん）　あれば、（　足（た）りる　）と　思（おも）います。

1　たり　　　**2　たりる**　　　3　たりて　　　4　たりよう

中譯　我覺得如果再有二百日圓的話就夠了。

解說　本題考「普通形＋と＋思（おも）います」（我覺得～、我想～）。助詞「と」
用來提示想法，此想法必須是「普通形」。

動詞的普通形有四個形態，如下：

|  | 現在式 | 過去式 |
|---|---|---|
| 肯定 | 辭書形 | た形 |
| 否定 | ない形 | なかった形 |

選項中「足（た）りる」（足夠）為辭書形，也只有它是普通形，故答案為選
項2。

9 私（わたし）は　将来（しょうらい）　父（ちち）の　仕事（しごと）を　（　手伝（てつだ）う　）つもりです。

**1　てつだう**　　2　てつだって　3　てつだった　4　てつだよう

中譯　我打算將來協助父親的事業。

解說　本題考「意志表現」。「つもり」（打算、計畫）用來表現自己強烈的
決心或打算。用法如下：

動詞辭書形
動詞ない形　　　＋つもりです
名詞＋の

選項1「手伝（てつだ）う」（幫忙、協助）是辭書形，為正確答案。

10 友達（ともだち）と　楽（たの）しい　時間（じかん）を　過（す）ごすことが　（　できました　）。

1　ありました　2　いました　　3　なりました　**4　できました**

中譯　和朋友一起度過快樂的時光了。

解說　本題考「動詞辭書形＋こと＋が＋できます」（會～、能～、可
以～）。

# 考題

 讀解

**もんだい 1**

　つぎの文章を読んで、質問に答えてください。答えは 1・2・3・4 から
いちばんいいものを一つえらんでください。

---

鈴木さんへ

　春になって、ずいぶんあたたかくなりましたね。おげんきです
か。わたしはげんきです。わたしは去年からべつの会社ではたら
いています。しょくりょうひんの会社です。たまに会社のジャム
やケーキやにくなどをもらいます。たくさんもらったときは、木
村優子さんにあげます。木村さんのことを覚えていますか。彼女
はいまうちの近所に住んでいます。うちの会社のしなものはとて
もおいしいですから、鈴木さんにもあげたいです。ひさしぶりに
東京で会いませんか。木村さんも鈴木さんに会いたがっています。
へんじを楽しみにしています。

佐藤　愛子

---

問1　これはだれがだれに書いた手紙ですか。

　　　1　鈴木さんが佐藤さんに書いた手紙です。

　　　2　佐藤さんが鈴木さんに書いた手紙です。

　　　3　鈴木さんが木村さんに書いた手紙です。

　　　4　佐藤さんが木村さんに書いた手紙です。

問2　佐藤さんはどんなところではたらいていますか。

　　　1　レストランではたらいています。

　　　2　八百屋ではたらいています。

　　　3　ジャムを作るこうじょうではたらいています。

　　　4　たべものの会社ではたらいています。

## もんだい2

　つぎの文章を読んで、質問に答えてください。答えは1・2・3・4から
いちばんいいものを一つえらんでください。

---

佐藤さん

　先週、佐藤さんにかりた漫画です。ありがとう。二冊ともとて
もおもしろかったですが、とくにサッカーのがおもしろかったで
す。わたしもイギリスでサッカーをしていましたから。

　佐藤さんが読みたいといっていた漫画も、机の上に置いておき
ます。イギリスの漫画ですが、日本語も書いてあるので、だいじょ
うぶです。今日は荷物が多くて、三冊しか持ってきませんでした。
佐藤さんが読み終わったら、ほかの四冊も持ってきます。読んだ
あとで、おもしろかったかどうか、教えてください。

　　　　　　　　　　　　　　　　　　　　　　　　　　ジョン

---

問1　佐藤さんの机の上にメモと漫画の本が置いてあります。漫画の
　　　本は何冊ありますか。
　　　　1　二冊
　　　　2　三冊
　　　　3　四冊
　　　　4　五冊

問2　ジョンさんは、佐藤さんが読み終わったあと、どうすると言っ
　　　ていますか。
　　　　1　佐藤さんに漫画を三冊かします。
　　　　2　佐藤さんに漫画を四冊かします。
　　　　3　佐藤さんに漫画を三冊かえします。
　　　　4　佐藤さんに漫画を四冊かえします。


🔊 聴解

**もんだい1** 🎧 MP3-08

　もんだい1では　まず　質問を　聞いて　ください。それから　話を
聞いて、問題用紙の　1から　4の　中から、いちばん　いい　ものを
一つ　えらんで　ください。


1　かおを　怪我して　いるからです。
2　髪を　切りすぎて、中学生みたいだからです。
3　髪を　切ったとき、かおを　怪我したからです。
4　中学生の　娘に　かおの　上に　絵を　かかれたからです。

10
天

## もんだい2

　もんだい2では　まず　質問を　聞いて　ください。そして、1から　3
の　中から、いちばん　いい　ものを　一つ　えらんで　ください。

1ばん　🎧 MP3-09　　① 　② 　③

2ばん　🎧 MP3-10　　① 　② 　③

3ばん　🎧 MP3-11　　① 　② 　③

## もんだい3

　もんだい3では　まず　文を　聞いて　ください。それから、そのへ
んじを　聞いて、1から　3の　中から、いちばん　いい　ものを　一つ
えらんで　ください。

1ばん　🎧 MP3-12　　① 　② 　③

2ばん　🎧 MP3-13　　① 　② 　③

3ばん　🎧 MP3-14　　① 　② 　③

# 解答

## 讀解

### 問題 1（每題 9 分）

| 1 | 2 |
|---|---|
| 2 | 4 |

### 問題 2（每題 9 分）

| 1 | 2 |
|---|---|
| 4 | 2 |

## 聽解

### 問題 1（每題 10 分）

| |
|---|
| 2 |

### 問題 2（每題 9 分）

| 1 | 2 | 3 |
|---|---|---|
| 1 | 3 | 2 |

### 問題 3（每題 9 分）

| 1 | 2 | 3 |
|---|---|---|
| 2 | 1 | 2 |

## 得分（滿分 100 分）

| /100 |
|---|

10
天

# 中文翻譯＋解説

 **讀解**

**問題1**

　次の文章を読んで、質問に答えてください。答えは1・2・3・4から一番いいものを一つ選んでください。

---

鈴木さんへ

　春になって、随分暖かくなりましたね。お元気ですか。私は元気です。私は去年から別の会社で働いています。食料品の会社です。偶に会社のジャムやケーキや肉などをもらいます。たくさんもらった時は、木村優子さんにあげます。木村さんのことを覚えていますか。彼女は今家の近所に住んでいます。うちの会社の品物はとてもおいしいですから、鈴木さんにもあげたいです。久しぶりに東京で会いませんか。木村さんも鈴木さんに会いたがっています。返事を楽しみにしています。

佐藤　愛子

---

問1　これは誰が誰に書いた手紙ですか。
　　1　鈴木さんが佐藤さんに書いた手紙です。
　　2　佐藤さんが鈴木さんにいた手紙です。
　　3　鈴木さんが木村さんに書いた手紙です。
　　4　佐藤さんが木村さんに書いた手紙です。

問2　佐藤さんはどんなところで働いていますか。

1　レストランで働いています。

2　八百屋で働いています。

3　ジャムを作る工場で働いています。

4　食べ物の会社で働いています。

中譯

致鈴木先生

　　春天到來，變得相當暖和了呢！你好嗎？我很好。我從去年開始，在別家公司上班。是食品公司。偶爾會拿到公司的果醬或蛋糕或肉等等。拿到很多時，就會給木村優子小姐。還記得木村小姐嗎？她現在住在我家附近。我們公司的產品非常美味，所以也想給鈴木先生。要不要在東京來個久違的重逢呢？木村小姐也想和鈴木先生見面。期待你的回信。

佐藤愛子

問1　這是誰寫給誰的信呢？

1　鈴木先生寫給佐藤小姐的信。

2　佐藤小姐寫給鈴木先生的信。

3　鈴木先生寫給木村小姐的信。

4　佐藤小姐寫給木村小姐的信。

問2　佐藤小姐在什麼樣的地方工作呢？

1　在餐廳工作。

2　在蔬果店工作。

3　在製作果醬的工廠工作。

4　在食物的公司工作。

10
天

- 〜をもらいます：得到〜（物品）。

- 〜にあげます：給〜（人）。

- 〜にもあげたいです：（我）也想給〜（人）。

- 〜に会いたがっています：（第三人稱）想見〜（人）。

- 〜を楽しみにしています：期待〜。

## 問題2

次の文章を読んで、質問に答えてください。答えは1・2・3・4から一番いいものを一つ選んでください。

---

佐藤さん

　　先週、佐藤さんに借りた漫画です。ありがとう。二冊ともとても面白かったですが、特にサッカーのが面白かったです。私もイギリスでサッカーをしていましたから。

　　佐藤さんが読みたいと言っていた漫画も、机のに置いておきます。イギリスの漫画ですが、日本語も書いてあるので、大丈夫です。今日は荷物が多くて、三冊しか持って来ませんでした。佐藤さんが読み終わったら、他の四冊も持って来ます。読んだ後で、面白かったかどうか、教えてください。

　　　　　　　　　　　　　　　　　　　　　　　　　　　ジョン

---

問1　佐藤さんの机の上にメモと漫画の本が置いてあります。漫画の本は何冊ありますか。

1　二冊　　　　2　三冊　　　　3　四冊　　　**4　五冊**

問2　ジョンさんは、佐藤さんが読み終わった後、どうすると言っていますか。
1　佐藤さんに漫画を三冊貸します。
2　佐藤さんに漫画を四冊貸します。
3　佐藤さんに漫画を三冊返します。
4　佐藤さんに漫画を四冊返します。

中譯

佐藤同學

　　這是上個禮拜跟佐藤同學借的漫畫。謝謝。二本都非常有趣，但是足球的特別有趣。因為我在英國也踢過足球。

　　佐藤同學說想看的漫畫，我也先放好在桌上了。雖然是英國的漫畫，但是也有寫著日文，所以沒問題。今天行李多，只帶三本來。佐藤同學看完的話，另外四本再帶來。看完後，請跟我說有不有趣。

John

問1　佐藤同學的桌上放有便條和漫畫書。漫畫書有幾本呢？
1　二本
2　三本
3　四本
4　五本

問2　John同學說，佐藤同學看完之後，他會怎麼做呢？。
1　借給佐藤同學三本漫畫。
2　借給佐藤同學四本漫畫。
3　還給佐藤同學三本漫畫。
4　還給佐藤同學四本漫畫。

- ～に借りた：跟～借入了。　　　• ～から：因為～。

- 置いておきます：事先放好。　　• 書いてある：有寫著。

- ～しか持って来ませんでした：只有帶～來。（「しか～ない」：只有）

- 面白かったかどうか：有趣與否。

- ～に貸します：借出～給～（人）。

- ～に返します：歸還～給～。（人）

## 聴解

**問題 1** 🎧 MP3-08

> 　　問題1では　まず　質問を　聞いて　ください。それから　話を　聞いて、問題用紙の　1から　4の　中から、一番　いい　ものを　一つ選んで　ください。

男の　人と　女の　人が　話して　います。男の　人は　どうして　恥ずかしいのですか。


女：おはよう。

男：おはよう。ああ、会社に　行きたくないなあ。

女：どうして？

男：人に　会うの、恥ずかしいよ。

女：顔、どうしたの？血が　出てるよ。

男：そうなんだ。滑って、怪我しちゃったんだ。

女：ああ、それで。

男：いや、恥ずかしいのは　これじゃないんだ。
　　昨日、髪を　切ったんだけど、切り過ぎちゃって……。
　　中学生みたいでさ。


男の　人は　どうして　恥ずかしいのですか。
1　顔を　怪我して　いるからです。
2　髪を　切り過ぎて、中学生みたいだからです。
3　髪を　切った時、顔を　怪我したからです。
4　中学生の　娘に　顔の　上に　絵を　描かれたからです。


中譯

男人和女人正在說話。男人為什麼覺得丟臉呢？


女：早！
男：早！啊～，不想去公司啊。
女：為什麼？
男：碰到人，好丟臉喔！
女：臉，怎麼了？在流血耶！
男：沒錯。滑倒受傷了。
女：啊，就是因為那個（原因）。
男：不，丟臉的不是這個啦！
　　昨天剪了頭髮，但是剪過頭了……。
　　好像國中生啊！


男人為什麼覺得丟臉呢？
1　因為把臉弄傷了。
2　因為頭髮剪過頭，好像國中生。
3　因為剪頭髮時，把臉弄傷了。
4　因為被讀國中的女兒在臉上畫了畫。

10
天

・切りすぎちゃって：剪得太過。（動詞ます形＋すぎます：過於～）

## 問題2

問題2では　まず　質問を　聞いて　ください。そして、1から　3
の　中から、一番　いい　ものを　一つ　選んで　ください。

### 1番 🎧 MP3-09

自分の　学校を　褒めます。何と　言いますか。

1　熱心な　先生が　たくさん　いるよ。
2　怖くて　少し　変な　学校だよ。
3　スポーツが　盛んで　危険な　学校だよ。

中譯

要稱讚自己的學校。要說什麼呢？

1　有很多熱誠的老師喔！
2　是恐怖又有點奇怪的學校喔！
3　是運動盛行、危險的學校喔！

### 2番 🎧 MP3-10

写真を　撮って　ほしいです。何と　言いますか。

1　すみません、写真を　撮りましょうね。
2　すみません、写真を　撮りたいですか。
3　すみません、写真を　撮って　ください。

中譯

想請人拍照片。要說什麼呢？

1　不好意思，來拍照吧！
2　不好意思，你想拍照嗎？
3　不好意思，請幫忙拍照。

- 動詞て形＋ほしいです：表示「說話者的欲望」，中文為「我想請你〜」。

- 動詞ます形＋ましょう：表示「邀約」，中文為「〜吧」。

- 動詞ます形＋たいです：表示「說話者欲實現某種行為的要求」；中文為「我想〜」。而選項2中的「撮りたいですか」（想拍嗎？）則是「問聽話者的需求」，中文為「你想〜嗎？」，但更正確的用法應該是「撮りますか」（要拍嗎？）。

- 動詞て形＋ください：表示「請求」或「命令」，中文為「請〜」。

3番 🎧 MP3-11

テストが 始まります。先生は 学生に 何と 言いますか。
1 教科書を 開けて くれましょうね。
2 教科書を 開けては いけません。
3 教科書を 閉じて くださいませんか。

中譯

考試開始了。老師要對學生說什麼呢？
1 為我打開教科書吧。
2 不可以打開教科書。
3 能不能請您把教科書闔起來呢？

解說

- 動詞て形＋はいけません：表示「禁止」，中文為「不可以〜」。

- 動詞て形＋くださいませんか：表示「請求第三者做某事」，中文為「能不能請您〜」。

10
天

## 問題3

> 問題3では まず 文を 聞いて ください。それから、その返事を 聞いて、1から 3の 中から、一番 いい ものを 一つ 選んで ください。

### 1番 🎧 MP3-12

女：八百屋に 行きます。何か ほしいものが ありますか。

女：1 野菜は 食べても いいです。

　　2 じゃあ、トマトを お願いします。

　　3 それは よかったです。

中譯

女：我要去蔬果店。有什麼想要的東西嗎？

女：1 吃蔬菜也可以。

　　2 那麼，麻煩幫我買番茄。

　　3 那太好了。

解說

• 何か：什麼嗎。助詞「か」用來表示「不確定」。

• 動詞て形＋もいいです：表示「許可」，中文為「～也可以」。

• ～をお願いします：表示「請求」，中文為「麻煩～」。

### 2番 🎧 MP3-13

女：すみません、その塩を 取って くれませんか。

男：1 えっ、どれですか。

　　2 取って くれました。

　　3 ありがとう ございます。

中譯

女：不好意思，可以幫我拿那個鹽嗎？

男：1 咦，哪一個呢？

2 幫我拿了。

3 謝謝您。

解說

- 動詞て形＋くれませんか：表示「請求」，中文為「能不能幫我～呢」。

- 動詞て形＋くれます：表示「受益」，中文為「某人幫我～」。

3 番 🎧 MP3-14

男：手伝いましょうか。

女：1 失礼しました。

2 お願いします。

3 それは　よかったですね。

中譯

男：我來幫忙吧！

女：1 失禮了。

2 麻煩您了。

3 那太好了呢。

# 11 <sub>天</sub>

## 考題

### ✏ 文字・語彙

1 こんげつの 六日に りょこうで アメリカへ いきます。
　　1 いつか　　　2 ようか　　　3 なのか　　　4 むいか

2 わからないことは あにに 教えて もらいます。
　　1 こたえて　　2 おしえて　　3 かえて　　　4 ふえて

3 わたしは こんげつの いつかに アメリカへ いきます。
　　1 二日　　　　2 三日　　　　3 五日　　　　4 六日

4 かのじょは わたしを えがおで むかえて くれました。
　　1 迎えて　　　2 向えて　　　3 仕えて　　　4 笑えて

5 かれは まいにち しごとが いそがしくて、とうとう
　（　　　　　）。
　　1 かれました　　　　　　　　2 こわれました
　　3 たおれました　　　　　　　4 やぶれました

6 こんやは レストランで サラダと （　　　　　）を たべま
した。
　　1 カーテン　　2 ガソリン　　3 アルコール　4 ステーキ

7 これは　たんじょうびに　ちちが　くれた（　　　　）です。
  1　エレベーター　　　　　　　　2　ガソリンスタンド
  3　アナウンサー　　　　　　　　4　プレゼント

8 「おんなの　ひとは　このへやに　はいれません」と　おなじ
  いみの　ぶんを　えらんで　ください。
  1　このへやは　だれが　はいっても　いいです。
  2　このへやは　だれも　はいっては　いけません。
  3　このへやは　じょせいが　はいっても　いいです。
  4　このへやは　じょせいが　はいっては　いけません。

9 けいさつは　はんにんに　（　　　　）。
  1　うけられました　　　　　　2　なげられました
  3　にげられました　　　　　　4　しかられました

10 せんたくものを　みずに　（　　　　）、あらいました。
  1　つけてから　　　　　　　　2　つけるあと
  3　つけたら　　　　　　　　　4　つけるため

📖 文法

1 「はじめまして。わたしは　李と　（　　　　）」
  1　いたします　　　　　　　　2　ございます
  3　なさいます　　　　　　　　4　もうします

2 いもうとは　ははに　しかられて、（　　　　　）つづけて　います。

1　なく　　　　　2　なき　　　　3　ないて　　　4なくて

3 かれの　おとうさんは　大学の　（　　　　　）そうです。

1　せんせい　　　　　　　　　2　せんせいの
3　せんせいだ　　　　　　　　4　せんせいで

4 あねは　しんぶんしゃで　（　　　　　）　います。

1　はたらくて　　　　　　　　2　はたらきたいで
3　はたらくことで　　　　　　4　はたらきたがって

5 あたらしい　会社に　（　　　　　）、いろいろな　ことを
けいけんしたい。

1　はいるなら　　　　　　　　2　はいれば
3　はいると　　　　　　　　　4　はいったら

6 また　（　　　　　）を　たのしみに　して　います。

1　おあいに　なる　　　　　　2　おあいに　なるの
3　おあいできる　　　　　　　4　おあいできるの

7 せんせいが　わたしの　作文を　なおして　（　　　　　）。

1　さしあげました　　　　　　2　もらいました
3　いただきました　　　　　　4　くださいました

8 （　　　　　）色が　すきですか。

1　どちら　　　　2　どこの　　　3　どんな　　　4　どうして

9 ちちは　だいたい　十じ（　　　　）　うちに　つきます。
　　1　ほど　　　　　2　ばかり　　　3　ぐらい　　　4　ごろ

10 そのしょうせつは　もう　（　　　　）おわりました。
　　1　よむ　　　　　2　よみ　　　　3　よま　　　　4　よめ

# 解答

## 文字・語彙（每題 5 分）

| 1 | 2 | 3 | 4 | 5 | 6 | 7 | 8 | 9 | 10 |
|---|---|---|---|---|---|---|---|---|----|
| 4 | 2 | 3 | 1 | 3 | 4 | 4 | 4 | 3 | 1  |

## 文法（每題 5 分）

| 1 | 2 | 3 | 4 | 5 | 6 | 7 | 8 | 9 | 10 |
|---|---|---|---|---|---|---|---|---|----|
| 4 | 2 | 3 | 4 | 4 | 4 | 4 | 3 | 4 | 2  |

## 得分（滿分 100 分）

|  |
|---|
| /100 |

# 中文翻譯＋解說

## 🖋 文字・語彙

☐1 今月の 六日に 旅行で アメリカへ 行きます。

1 いつか      2 ようか      3 なのか      **4 むいか**

**中譯** 這個月的六號要去美國旅行。

**解說** 本題考「日期」。常考「日期」整理如下：

| ついたち<br>一日 | ふつか<br>二日 | みっか<br>三日 | よっか<br>四日 | いつか<br>五日 |
|---|---|---|---|---|
| むいか<br>六日 | なのか<br>七日 | ようか<br>八日 | ここのか<br>九日 | とおか<br>十日 |
| じゅうよっか<br>十四日 | じゅうくにち<br>十九日 | はつか<br>二十日 | | |

☐2 分からないことは 兄に 教えて もらいます。

1 こたえて      **2 おしえて**      3 かえて      4 ふえて

**中譯** 不懂的事情會請哥哥教我。

**解說** 本題考「動詞て形」。其餘選項：選項1是「答えて」（回答）；選項3是「換えて」（更換）或「変えて」（變動）；選項4是「増えて」（增加）。

☐3 私は 今月の 五日に アメリカへ 行きます。

1 二日      2 三日      **3 五日**      4 六日

**中譯** 我這個月五號要去美國。

☐4 彼女は 私を 笑顔で 迎えて くれました。

**1 迎えて**      2 向えて      3 仕えて      4 笑えて

**中譯** 她以笑容迎接了我。

5 彼は 毎日 仕事が 忙しくて、とうとう （ 倒れました ）。

1 かれました　　　　　　　　2 こわれました

3 たおれました　　　　　　　4 やぶれました

中譯 他每天工作忙碌，終於倒下了。

解說 本題考「動詞過去式」。其餘選項：選項1是「枯れました」（枯萎了）；選項2是「壊れました」（壞掉了）；選項4是「破れました」（破了）。

6 今夜は レストランで サラダと （ ステーキ ）を 食べました。

1 カーテン　　2 ガソリン　　3 アルコール　　4 ステーキ

中譯 今天晚上在餐廳吃了沙拉和牛排。

解說 本題考「外來語」。選項1是「カーテン」（窗簾）；選項2是「ガソリン」（汽油）；選項3是「アルコール」（酒精、酒類）；選項4是「ステーキ」（牛排）。

7 これは 誕生日に 父が くれた （ プレゼント ）です。

1 エレベーター　　　　　　　2 ガソリンスタンド

3 アナウンサー　　　　　　　4 プレゼント

中譯 這是生日時父親送我的禮物。

解說 本題考「外來語」。選項1是「エレベーター」（電梯）；選項2是「ガソリンスタンド」（加油站）；選項3是「アナウンサー」（主播、播報員）；選項4是「プレゼント」（禮物）。

8 「女の 人は この部屋に 入れません」と 同じ 意味の 文を 選んで ください。

1 この部屋は 誰が 入っても いいです。

2 この部屋は 誰も 入っては いけません。

3 この部屋は 女性が 入っても いいです。

4 この部屋は 女性が 入っては いけません。

中譯 請選出和「女人不能進入這個房間」相同意思的句子。

1 這個房間誰都可以進入。

2 這個房間誰都不可以進入。

3 這個房間女性也可以進入。

4 這個房間女性不可以進入。

解說 本題考「許可」和「禁止」表現。

- 動詞て形＋も＋いいです：表示「許可」，中文為「也可以～」。
- 動詞て形＋は＋いけません：表示「禁止」，中文為「不可以～」。

9 警察は 犯人に （ 逃げられました ）。

1 うけられました　　　　　　　2 なげられました

3 にげられました　　　　　　　4 しかられました

中譯 警察讓犯人給逃跑了。

解說 本題考「動詞的被動形」。選項1是「受けられました」（被接受了）；選項2是「投げられました」（被投擲了）；選項3是「逃げられました」（被逃走了）；選項4是「叱られました」（被罵了）。

10 洗濯物を 水に （ 浸けてから ）、洗いました。

1 つけてから　2 つけるあと　3 つけたら　4 つけるため

中譯 要洗的衣服泡水之後洗了。

解說 本題考「時間的前後」。

- 「動詞て形＋から」：表示「事態的先後順序」，強調先做某事，中文為「先～之後，再～」。
- 「動詞た形＋後で」：表示「在前面動作完成的狀態下，進行後面的動作」，中文為「在～之後～」。
- 「動詞た形＋ら」：表示「假定條件」，中文為「如果～了的話，～」。
- 「動詞辭書形＋ために」：表示「目的」，中文為「為了～」。

11
天

## 📱 文法

1 「初めまして。私は 李と （ 申します ）」

　　1　いたします　2　ございます　3　なさいます　4　もうします

　中譯　「初次見面。敝姓李。」

　解說　本題考「謙讓語」。講自己的事情時，要用謙讓語，也就是把「～と言います」（我叫～）變成「～申します」（敝姓～）。

2 妹は 母に 叱られて、（ 泣き ）続けて います。

　　1　なく　　　　　2　なき　　　　　3　ないて　　　　4　なくて

　中譯　妹妹被媽媽罵，哭個不停。

　解說　本題考「動作的持續」。「動詞ます形＋続けます」表示「動作的持續」，中文為「不停地～」。

3 彼の お父さんは 大学の （ 先生だ ） そうです。

　　1　せんせい　　　2　せんせいの　3　せんせいだ　4　せんせいで

　中譯　他的父親聽說是大學的老師。

　解說　本題考傳聞助動詞「そうです」（聽說～）的用法，是說話者將間接得到的情報，傳達給第三者的表現。用法如下：

| 動詞普通形 |
| い形容詞普通形 |
| な形容詞＋だ |
| 名詞＋だ |

＋そうです

由於「先生」（老師）是名詞，所以後面要加上「だ」才能接續「そうです」。

4 姉は 新聞社で （ 働きたがって ） います。

　　1　はたらくて　　　　　　　　2　はたらきたいで

　　3　はたらくことで　　　　　　4　はたらきたがって

中譯 姊姊想在報社上班。

解說 本題考希望助動詞「たい」（我想要～）以及「たがる」（推測第三者想要～）的用法。接續方法如下：

| 動詞ます形 | ＋たいです（我想～） |
| | ＋たがります（第三者想～） |
| | ＋たがっています（第三者正想～） |

由於是說明姊姊想做某事，所以答案為選項4。

---

⑤ 新しい 会社に （ 入ったら ）、いろいろな ことを 経験したい。

1 はいるなら　2 はいれば　　3 はいると　　**4 はいったら**

中譯 如果進了新公司的話，想體驗各式各樣的事情。

解說 本題考「動詞た形＋ら」，表示「假定條件」，中文為「如果～了的話，～」。

各選項說明如下：

• 選項1是「入るなら」（如果要進入的話，～）

　「なら」是針對動作尚未發生之前，提出後句，中文為「如果要～的話，～」。例如：「イタリアに行くなら、イタリア語を習いなさい。」（如果要去義大利的話，要學義大利語。）也就是使用「なら」時，後句的動作是先執行的，故不符合本題的時間順序邏輯，錯誤。

• 選項2是「入れば」（假設進入的話，那麼～）

　「ば」是後句的成立，取決於前句的假設，中文為「假設～的話，那麼～」。例如：「食事を減らせば、誰でも痩せます。」（假設減少食量的話，那麼誰都會瘦。）也就是使用「ば」時，前後句必須有因果關係，而本題並沒有因果關係，故錯誤。

• 選項3是「入ると」（一旦進入的話，便～）

　「と」是前句成立時，必定產生後句，中文為「一旦～，便～」。例如：「春が来ると、花が咲きます。」（春天一旦到來，花便會開。）也就是使用「と」時，前後句必須有因果關係，而本題並沒有因果關係，故錯誤。

- 選項4是「入<ruby>はい</ruby>ったら」（如果進入了的話，～）

「たら」是針對動作已經發生後，提出後句，中文為「如果～了的話，～」。例如：「イタリアに行<ruby>い</ruby>ったら、イタリア語<ruby>ご</ruby>を習<ruby>なら</ruby>いなさい。」（如果去了義大利的話，要學義大利語。）完全符合本句邏輯，所以為正確答案。

6 また （ お会<ruby>あ</ruby>いできるの ）を 楽<ruby>たの</ruby>しみに して います。

1 おあいに なる　　　　　　　2 おあいに なるの

3 おあいできる　　　　　　　　**4 おあいできるの**

中譯 期待還能見到您。

解說 本題考「敬語」。

- お＋和語動詞ます形＋できます：能夠見到您。
- お＋和語動詞ます形＋になります：您做～。

另外，辭書形後面不能直接接續助詞「を」，需要加上「の」來名詞化，所以答案為選項4。

7 先生<ruby>せんせい</ruby>が 私<ruby>わたし</ruby>の 作文<ruby>さくぶん</ruby>を 直<ruby>なお</ruby>して （ くださいました ）。

1 さしあげました　　　　　　2 もらいました

3 いただきました　　　　　　**4 くださいました**

中譯 老師為我修改我的作文了。

解說 本題考「授受表現」。「Aが＋私<ruby>わたし</ruby>に＋名詞を＋動詞て形＋くださいます」意思為「A為我做了～」，所以答案是選項4。記住，當主詞為第三人稱時，答案必為「くれます／くださいます」。

8 （ どんな ）色<ruby>いろ</ruby>が 好<ruby>す</ruby>きですか。

1 どちら　　　2 どこの　　　**3 どんな**　　　4 どうして

中譯 喜歡什麼樣的顏色呢？

解說 本題考「疑問詞」。選項1是「どちら」（哪位、哪邊）；選項2是「どこの」（哪裡的）；選項3是「どんな」（什麼樣的）；選項4是「どうして」（為什麼）。

9 父は 大体 十時 （ 頃 ） 家に 着きます。

1 ほど　　　　2 ばかり　　　3 ぐらい　　　**4 ごろ**

中譯 父親大致十點左右到家。

解說 本題考「助詞」。

- 選項1是「ほど」（數量詞＋ほど，意思是「～左右」），例如「三時間ほど」（三小時左右）。

- 選項2是「ばかり」（數量詞＋ばかり，意思是「～左右」），例如「三時間ばかり」（三小時左右）。

- 選項3是「ぐらい」（數量詞＋ぐらい，意思是「～左右」），例如「三時間ぐらい」（三小時左右）。

- 選項4是「頃」（時刻、時間點＋頃，意思是「～前後、～左右」，例如「三時頃」（三點左右）。

由於題目中的「十時」（十點）為「時間點」，所以答案為選項4。

10 その小説は もう （ 読み ） 終わりました。

1 よむ　　　　**2 よみ**　　　　3 よま　　　　4 よめ

中譯 那本小說已經讀完了。

解說 本題考「動作終了的表現」。「動詞ます形＋終わります」表示動作的結束，中文為「～完了」，所以答案為動詞「読みます」再去掉「ます」，即選項2。

# 12 天

## 考題

### ✎ 文字・語彙

1　むすこは　にかげつに　いっかい　<u>床屋</u>で　かみを　きります。
　　1　さかや　　　2　やおや　　　3　とこや　　　4　ゆかや

2　きのう　アメリカの　ともだちに　<u>手紙</u>を　かきました。
　　1　てかみ　　　2　てがみ　　　3　てし　　　　4　でし

3　いそがしいですから、そうじを　<u>てつだって</u>　ください。
　　1　手助って　　2　手伝って　　3　手力って　　4　手接って

4　きのう　とても　こわい　<u>ゆめ</u>を　みました。
　　1　夢　　　　　2　客　　　　　3　雲　　　　　4　船

5　がいこくの　ともだちが　くるので、えきへ　（　　　　　）
　　いきます。
　　1　むかえに　2　おくりに　3　あつめに　4　かよいに

6　山田さん、（　　　　　）　おきゃくさんから　でんわが　あり
　　ましたよ。
　　1　きっと　　　2　さっき　　　3　しっかり　　4　ほとんど

7　かいぎの　とき、けいたいを　（　　　　　）は　いけません。
　　1　しかって　　2　かえって　　3　つかって　　4　すわって

8 あおい いろの （　　　）で かいても いいです。
　　1　したぎ　　2　ちかてつ　　3　えんぴつ　　4　くつした

9 もう 八じですから、じゅぎょうは はじまって
　（　　　）です。
　　1　あるはず　　2　いるはず　　3　あるほう　　4　いるほう

10 ニュースに よると、あした たいふうが くる（　　　）
　です。
　　1　から　　　　2　つもり　　　3　よう　　　　4　そう

## 📠 文法

1 コンピューターは かわない（　　　） しました。
　　1　こと　　　　2　ことに　　　3　ことで　　　4　ことを

2 いえに かえったあと、手を （　　　） いけません。
　　1　あらっても　　　　　　　2　あらうようには
　　3　あらわないで　　　　　　4　あらわなくては

3 たんじょうびに あにが ケーキと サンダルを 買って
　（　　　）。
　　1　あげました　　　　　　　2　くれました
　　3　やりました　　　　　　　4　もらいました

4 わたしは あね（　　　） きれいでは ありません。
　　1　ほど　　　　2　でも　　　3　だけ　　　4　しか

12
天

5　あかちゃんは　いい　におい（　　　　）　します。

1　は　　　　　2　が　　　　　3　を　　　　　4　の

6　A「しゅくだいは　もう　おわりましたか」

B「いま　やって　（　　　　）　ところです」

1　いる　　　　　2　ある　　　　　3　いこう　　　　　4　よう

7　講義が　中止か　どうか　まだ　（　　　　）　いません。

1　知らされに　　　　　　　　2　知らされて

3　知るように　　　　　　　　4　知らなくて

8　留学生の　陳さんは　台湾（　　　　）　きたそうです。

1　で　　　　　2　へ　　　　　3　に　　　　　4　から

9　アメリカの　学校（　　　　）　三ねん半　勉強しました。

1　から　　　　　2　へ　　　　　3　に　　　　　4　で

10　わたしの　学校は　あまり　（　　　　）ですが、すばらしい

先生が　たくさん　います。

1　大きい　　　　　　　　　　2　大きくない

3　大きくて　　　　　　　　　4　大きくは

# 解答

## 文字・語彙（每題 5 分）

| 1 | 2 | 3 | 4 | 5 | 6 | 7 | 8 | 9 | 10 |
|---|---|---|---|---|---|---|---|---|----|
| 3 | 2 | 2 | 1 | 1 | 2 | 3 | 3 | 2 | 4  |

## 文法（每題 5 分）

| 1 | 2 | 3 | 4 | 5 | 6 | 7 | 8 | 9 | 10 |
|---|---|---|---|---|---|---|---|---|----|
| 2 | 4 | 2 | 1 | 2 | 1 | 2 | 4 | 4 | 2  |

## 得分（滿分 100 分）

| /100 |
|------|

12
天

# 中文翻譯＋解說

## 文字・語彙

1 息子は 二ヶ月に 一回 床屋で 髪を 切ります。

　　1 さかや 　　　2 やおや 　　　**3 とこや** 　　　4 ゆかや

　**中譯** 兒子每二個月在理髮廳剪一次頭髮。

　**解說** 本題考「場所」。選項1是「酒屋」（酒的專賣店）；選項2是「八百屋」（蔬果店）；選項3是「床屋」（理髮廳）；選項4無此字。

2 昨日 アメリカの 友達に 手紙を 書きました。

　　1 てかみ 　　　**2 てがみ** 　　　3 てし 　　　4 でし

　**中譯** 昨天寫信給美國的朋友了。

　**解說** 雖然「紙」這個漢字，單獨存在時唸「かみ」；和其他漢字組合時，可以唸「し」，例如「白紙」，但「手紙」固定只能唸「てがみ」。

3 忙しいですから、掃除を 手伝って ください。

　　1 手助って 　　　**2 手伝って** 　　　3 手力って 　　　4 手接って

　**中譯** 因為很忙，所以請幫忙打掃。

　**解說** 其餘選項都是不存在的日文。

4 昨日 とても 怖い 夢を 見ました。

　　**1 夢** 　　　2 客 　　　3 雲 　　　4 船

　**中譯** 昨天做了非常可怕的夢。

　**解說** 其餘選項發音：選項2是「客」（客人）；選項3是「雲」（雲）；選項4是「船」（船）。

5 外国の　友達が　来るので、駅へ　（　迎えに　）　行きます。

1　むかえに　　　2　おくりに　　　3　あつめに　　　4　かよいに

中譯　由於外國的朋友來，所以去車站迎接。

解説　本題考「目的表現」。「動詞ます形＋に＋移動動詞」表示移動動詞的目的，中文為「為了～而～」。選項1是「迎えに」（為了迎接）；選項2是「送りに」（為了送行）；選項3是「集めに」（為了收集）；選項4是「通いに」（為了往返）。

6 山田さん、（　さっき　）　お客さんから　電話が　ありましたよ。

1　きっと　　　　2　さっき　　　　3　しっかり　　　4　ほとんど

中譯　山田先生，剛剛客人那裡有打電話來喔！

解説　本題考「副詞」。選項1是「きっと」（一定）；選項2是「さっき」（剛才）；選項3是「しっかり」（確實）；選項4是「ほとんど」（幾乎、差不多）。

7 会議の　時、携帯を　（　使って　）は　いけません。

1　しかって　　　2　かえって　　　3　つかって　　　4　すわって

中譯　開會的時候，不可以使用手機。

解説　本題考「動詞て形」。「動詞て形＋は＋いけません」（不可以～）為「禁止表現」。選項1是「叱って」（罵）；選項2是「帰って」（回家）或「返って」（歸還、返還）；選項3是「使って」（使用）；選項4是「座って」（坐）。

8 青い　色の　（　鉛筆　）で　書いても　いいです。

1　したぎ　　　　2　ちかてつ　　　3　えんぴつ　　　4　くつした

中譯　也可以用藍色的鉛筆寫。

解説　本題考「名詞」。本題的助詞「で」（用～）表示「手段、方法」。選項1是「下着」（內衣褲）；選項2是「地下鉄」（地下鐵）；選項3是「鉛筆」（鉛筆）；選項4是「靴下」（襪子）。

12
天

9 もう　八時ですから、授業は　始まって　（　いるはず　）です。

1　あるはず　　**2　いるはず**　　3　あるほう　　4　いるほう

中譯 已經八點了，所以課程應該開始了。

解説 本題考「推斷表現」。「はず」（應該）為名詞，表達可能性高達九成五以上之推斷。用法如下：

> 動詞辭書形
> 動詞ない形
> い形容詞普通形　＋はずです
> な形容詞＋な
> 名詞＋の

此外，「動詞て形＋います」表示動作進行的狀態，所以答案為選項2。

10 ニュースに　よると、明日　台風が　来る（　そう　）です。

1　から　　　　2　つもり　　　3　よう　　　**4　そう**

中譯 根據新聞報導，明天颱風聽說會來。

解説 本題考傳聞助動詞「そうです」（聽說～）的用法，是說話者將間接得到的情報，傳達給第三者的表現。用法如下：

> 動詞普通形
> ～によると、　い形容詞普通形
> な形容詞＋だ　＋そうです
> 名詞＋だ

## 文法

1 コンピューターは　買わない（　ことに　）　しました。

1　こと　　　　**2　ことに**　　　3　ことで　　　4　ことを

中譯 決定不買電腦了。

解説 本題考「決定表現」。「動詞ない形＋こと＋に＋します」（決定不～）用來表達「用自己的意志做出不～的決定」。

2 家に　帰った後、手を　（　洗わなくては　）　いけません。
1　あらっても　　　　　　　　2　あらうようには
3　あらわないで　　　　　　　4　あらわなくては

中譯　回家後，不可以不洗手。

解說　本題考「動詞ない形」的相關句型。「～ない＋く＋ては＋いけません」為「義務表現」，中文為「非～不可」。所以要將動詞「洗わない」（不洗）先去掉「い」，再加上「くてはいけません」，變成「洗わなくてはいけません」（非洗不可）。

3 誕生日に　兄が　ケーキと　サンダルを　買って　（　くれました　）。
1　あげました　2　くれました　3　やりました　4　もらいました

中譯　生日時，哥哥為我買了蛋糕和涼鞋。

解說　本題考「授受表現」。「Aが＋私に＋名詞を＋動詞て形＋くれます」意思為「A為我做了～」，所以答案是選項2。本題省略了「私に」（為了我），但是看到主詞為第三人稱時，便知答案必為「くれます／くださいます」。

4 私は　姉（　ほど　）　綺麗では　ありません。
1　ほど　　　　　2　でも　　　　　3　だけ　　　　　4　しか

中譯　我沒有姊姊那麼漂亮。

解說　本題考助詞「ほど」（～程度）。句型「名詞＋ほど＋否定句」意思是「沒有～那麼～」。

5 赤ちゃんは　いい　匂い（　が　）　します。
1　は　　　　　　2　が　　　　　　3　を　　　　　　4　の

中譯　嬰兒很香。

解說　本題考「～がします」（覺得有～）的用法，是以助詞「が」來提示五感（視覺、聽覺、味覺、嗅覺、觸覺），所以答案是選項2。

6 A「宿題は　もう　終わりましたか」

　　B「今　やって　（　いる　）　ところです」

　1　いる　　　　　2　ある　　　　　3　いこう　　　4　よう

中譯　A「作業已經寫好了嗎？」

　　　B「現在正在寫。」

解說　本題考「動作階段的表現」。用法如下：

| 動詞た形 | | 剛剛～（事情剛結束） |
|---|---|---|
| 動詞て形＋いる | ＋ところです | 正在～（事情正進行中） |
| 動詞辭書形 | | 正要～（正打算做～事情） |

7 講義が　中止か　どうか　まだ　（　知らされて　）　いません。

　1　知らされに　　2　知らされて　　3　知るように　　4　知らなくて

中譯　課程會不會停，還沒被告知。

解說　本題考「使役被動表現」，顧名思義就是「使役形＋被動形」，意思是
「被迫要～」。

　　　動詞「知ります」（知道）為第一類動詞，變化成「使役被動形」時，
要將動詞主幹的最後一個音「り」，改成〔a〕段音也就是「ら」，再
加上「せられます」，成為「知らせられます」。

　　　另外，口語中通常以「されます」代替「せられます」，所以會變成
「知らされます」，即選項2。

　　　變化統整如下：

　　・「知ります」（知道）

　　　→「知らせられます」（被迫要知道；將動詞主幹的最後一個音
　　　　「り」，改成〔a〕段音「ら」，再加上「せられます」；文言文
　　　　用法）

　　　→「知らされます」（被迫要知道；將「せられます」改成「されま
　　　　す」；口語用法）

~ 152 ~

8 留学生の 陳さんは 台湾 （ から ） 来たそうです。

1 で 　　　 2 へ 　　　 3 に 　　　 4 から

中譯 留學生陳同學聽說是從台灣來的。

解說 本題考「助詞」。句型「地點＋から＋移動動詞」當中，助詞「から」表示動作、作用的地方起點，中文為「從～」。看到移動動詞「来ます」（來）就知道要和助詞「から」搭配。

9 アメリカの 学校 （ で ） 三年半 勉強しました。

1 から 　　　 2 へ 　　　 3 に 　　　 4 で

中譯 在美國的學校讀了三年半的書。

解說 本題考「助詞」。句型「地點＋で＋動作動詞」當中，助詞「で」表示動作發生的地點，中文為「在～」。看到動作動詞「勉強します」（學習）就知道要和助詞「で」搭配。

10 私の 学校は あまり （ 大きくない ）ですが、素晴らしい 先生が たくさん います。

1 大きい 　　　　　　　 2 大きくない

3 大きくて 　　　　　　　 4 大きくは

中譯 我的學校雖然不太大，但是有很多厲害的老師。

解說 本題考「あまり～ない」（不太～），所以要將い形容詞「大きい」（大的）改成否定，也就是去掉「い」再加上「くない」，即選項2的「大きくない」（不大）。

12
天

~ 153 ~

**13** 天

---

# 考題

## 📝 文字・語彙

1 もう　じかんが　ありませんよ。<u>急いで</u>　ください。
　　1　せいで　　　2　さいで　　　3　せかいで　　4　いそいで

2 らいしゅうの　<u>木曜日</u>に　えいがを　みに　いきませんか。
　　1　かようび　　　　　　　　　2　もくようび
　　3　きんようび　　　　　　　　4　すいようび

3 すみません、もっと　<u>ていねい</u>に　にもつを　はこんで　くだ
　さい。
　　1　綺麗　　　2　丁寧　　　3　安全　　　4　十分

4 きの　うえに　<u>めずらしい</u>　とりが　います。
　　1　美しい　　2　貴しい　　3　珍しい　　4　麗しい

5 シャワーを　あびたあとで、（　　　　　）　ビールが　のみた
　いです。
　　1　すずしい　2　さむい　　3　つめたい　4　かなしい

6 ステレオの　（　　　　　）が　わるいので、しゅうりに　だし
　ました。
　　1　きぶん　　2　きもち　　3　つごう　　4　ぐあい

7 （　　　　）なら、アルコールを　のんでは　いけません。
　　1　りょうりする　　　　　　　2　ちゅういする
　　3　うんてんする　　　　　　　4　せいかつする

8 「このきかいは　じゃまです」と　おなじ　いみの　ぶんを
　　えらんで　ください。
　　1　このきかいは　むかし　つかいました。
　　2　このきかいは　ひつようが　ありません。
　　3　このきかいは　とても　だいじです。
　　4　このきかいは　たいへん　べんりです。

9 すきな　おとこの　こと　ペンを　（　　　　）。
　　1　むかえました　　　　　　　2　のりかえました
　　3　つかまえました　　　　　　4　とりかえました

10 じしょで　いみを　（　　　　）、すぐに　わかりますよ。
　　1　たずねたら　　　　　　　　2　そだてたら
　　3　しらべたら　　　　　　　　4　しらせたら

📖 文法

1 きのう　ぶちょうと　電話（　　　　）　はなしました。
　　1　で　　　　2　と　　　　3　に　　　　4　を

2 こどもに やさいを たくさん （　　　　）と 思って
います。
1 たべたい　　　　　　　　　2 たべたがる
3 たべられる　　　　　　　　4 たべさせよう

3 そふは 戦争で かなしい けいけんを （　　　　）そうです。
1 する　　　　2 した　　　　3 して　　　　4 すると

4 むすめは 最近 ねっしんに べんきょう（　　　　） なり
ました。
1 するように　　　　　　　　2 したか どうか
3 することが　　　　　　　　4 したらしい

5 アメリカの 人に えいごを おしえて （　　　　）。
1 くれました　　　　　　　　2 やりました
3 ありました　　　　　　　　4 もらいました

6 父は 毎日 ごご 七じごろまで はたらきます。（　　　　）
外で お酒を のんでから、いえに 帰ります。
1 しかし　　　2 それから　　3 それで　　　4 そこで

7 A「すみません、わたしの 消しゴムを みませんでしたか」
B「消しゴムですか。あっ、あそこに （　　　　）よ」
1 おいて います　　　　　　2 おいて いません
3 おちて います　　　　　　4 おちて いません

8 バスの　お金は　おりるとき、払う（　　　　）　なって
います。
1　そうで　　　　2　ことに　　　　3　はずだ　　　　4　らしく

9 うちの　大学には　留学生が　二百にん（　　　　）　います。
1　しか　　　　　2　ぐらい　　　　3　ごろ　　　　　4　まで

10 あかちゃんは　おなかが　すいたようで、（　　　　　）。
1　泣きたがります　　　　　　2　泣くつもりです
3　泣きすぎました　　　　　　4　泣きはじめました

13
天

# 解答

## 文字・語彙（每題 5 分）

| 1 | 2 | 3 | 4 | 5 | 6 | 7 | 8 | 9 | 10 |
|---|---|---|---|---|---|---|---|---|----|
| 4 | 2 | 2 | 3 | 3 | 4 | 3 | 2 | 4 | 3 |

## 文法（每題 5 分）

| 1 | 2 | 3 | 4 | 5 | 6 | 7 | 8 | 9 | 10 |
|---|---|---|---|---|---|---|---|---|----|
| 1 | 4 | 2 | 1 | 4 | 2 | 3 | 2 | 2 | 4 |

## 得分（滿分 100 分）

| |
|---|
| /100 |

# 中文翻譯＋解說

## 文字・語彙

1  もう 時間が ありませんよ。急いで ください。

1 せいで 　　 2 さいで 　　 3 せかいで 　　 **4 いそいで**

中譯  已經沒有時間囉！請快一點！

2  来週の 木曜日に 映画を 見に 行きませんか。

1 かようび 　　　　　　　 **2 もくようび**

3 きんようび 　　　　　　　 4 すいようび

中譯  下週四要不要去看電影呢？

解說  本題考「星期」。常考「星期」整理如下：

| 日曜日（星期日） | 月曜日（星期一） | 火曜日（星期二） |
|---|---|---|
| 水曜日（星期三） | 木曜日（星期四） | 金曜日（星期五） |
| 土曜日（星期六） | 何曜日（星期幾） | |

3  すみません、もっと 丁寧に 荷物を 運んで ください。

1 綺麗 　　 **2 丁寧** 　　 3 安全 　　 4 十分

中譯  不好意思，請再更小心地搬行李。

解說  其餘選項發音：選項1是「綺麗」（漂亮）；選項3是「安全」（安全）；選項4是「十分」（充分）。

4  木の 上に 珍しい 鳥が います。

1 美しい 　　 2 貴しい 　　 **3 珍しい** 　　 4 麗しい

中譯  樹上有難得一見的鳥。

13
天

5 シャワーを 浴びた後で、（ 冷たい ） ビールが 飲みたいです。
1 すずしい　　2 さむい　　**3 つめたい**　　4 かなしい

中譯 淋浴後，想喝冰啤酒。

解説 本題考「い形容詞」。選項1是「涼しい」（涼爽的）；選項2是「寒い」（寒冷的）；選項3是「冷たい」（冰涼的）；選項4是「悲しい」（悲傷的）。

6 ステレオの （ 具合 ） が 悪いので、修理に 出しました。
1 きぶん　　2 きもち　　3 つごう　　**4 ぐあい**

中譯 立體音響怪怪的，所以送去修理了。

解説 本題考容易混淆的「狀況」相關名詞。
- 選項1是「気分」（心情）；如「気分が悪い」是「心情不好」。
- 選項2是「気持ち」（身體舒服與否的感覺）；如「気持ちが悪い」是「不舒服」。
- 選項3是「都合」（時間上的方便與否）；如「都合が悪い」是「不方便」。
- 選項4是「具合」（事物、心理、健康等的狀況）；如「具合が悪い」是「狀況不好」。

7 （ 運転する ）なら、アルコールを 飲んでは いけません。
1 りょうりする　　　　　　2 ちゅういする
**3 うんてんする**　　　　　4 せいかつする

中譯 開車的話，不可以喝酒精類的東西。

解説 本題考「第三類動詞的辭書形」。選項1是「料理する」（做菜）；選項2是「注意する」（注意）；選項3是「運転する」（開車）；選項4是「生活する」（生活）。

8 「この機械は 邪魔です」と 同じ 意味の 文を 選んで くだ
さい。

1 この機械は 昔 使いました。

2 この機械は 必要が ありません。

3 この機械は とても 大事です。

4 この機械は 大変 便利です。

中譯 請選出和「這台機器很累贅」相同意思的句子。

1 這台機器以前用過了。

2 這台機器沒有必要。

3 這台機器非常重要。

4 這台機器非常方便。

9 好きな 男の 子と ペンを （ 取り替えました ）。

1 むかえました　　　　　　　2 のりかえました

3 つかまえました　　　　　　4 とりかえました

中譯 和喜歡的男孩交換筆了。

解說 本題考「第二類動詞的過去式」。選項1是「迎えました」（迎接
了）；選項2是「乗り換えました」（轉乘了）；選項3是「捕まえまし
た」（捉到了）；選項4是「取り替えました」（交換了）。

10 辞書で 意味を （ 調べたら ）、すぐに 分かりますよ。

1 たずねたら　2 そだてたら　3 しらべたら　4 しらせたら

中譯 如果用字典查了意思的話，馬上就會明瞭囉！

解說 本題考「第二類動詞」。「動詞た形＋ら」意思是「如果～了的
話，～」。選項1是「尋ねたら」（詢問了的話）；選項2是「育てた
ら」（培育了的話、養育了的話）；選項3是「調べたら」（調查了的
話、查詢了的話）；選項4是「知らせたら」（通知了的話）。

13
天

## 🗐 文法

1 昨日 部長と 電話 （ で ） 話しました。

　　1 で　　　　　　2 と　　　　　3 に　　　　　4 を

**中譯** 昨天和部長用電話說了。

**解說** 本題考「助詞」。助詞「で」的用法很多，本題為「手段、方法」，也就是「用～」。


2 子供に 野菜を たくさん （ 食べさせよう ） と 思って
います。

　　1 たべたい　　　　　　　　　　2 たべたがる

　　3 たべられる　　　　　　　　　4 たべさせよう

**中譯** 我想讓小孩吃很多蔬菜。

**解說** 本題考「動詞意向形」的相關表現。句型「動詞意向形＋と思います」用來婉轉表達自己的想法和打算，中文為「打算～」，所以要將「食べさせます」（讓～吃）這個使役動詞改成意向形「食べさせよう」（想讓～吃～）。

其餘選項：選項1是「食べたい」（我想吃）；選項2是「食べたがる」（第三者想吃）；選項3是「食べられる」（被吃、能吃），以上都不對。


3 祖父は 戦争で 悲しい 経験を （ した ） そうです。

　　1 する　　　　　2 した　　　　3 して　　　　4 すると

**中譯** 聽說祖父在戰爭中有過悲傷的經歷。

**解說** 本題考「傳聞表現」。「そうです」（聽說～）是說話者將間接得到的情報，傳達給第三者的表現。用法如下：

| 動詞普通形 い形容詞普通形 な形容詞＋だ 名詞＋だ | ＋そうです |
| --- | --- |

四個選項當中，選項1和2都是動詞普通形，由於是經歷過的事情，所以要選過去式的選項2「した」。

4 娘は 最近 熱心に 勉強（ するように ） なりました。

1 するように　　　　　　　　2 したか どうか

3 することが　　　　　　　　4 したらしい

中譯 女兒最近變得熱衷學習了。

解說 本題考「變化表現」。「動詞辭書形＋ようになります」（變得～）用
來表達「能力、習慣的變化」。

5 アメリカの 人に 英語を 教えて （ もらいました ）。

1 くれました　2 やりました　3 ありました　4 もらいました

中譯 我請美國人教我英語了。

解說 本題考「授受表現」。「私は＋Bに＋某物を＋動詞て形＋もらいます／
いただきます」意思是「我從B那邊得到～」。本題省略了主詞，但是
依然可以從「～に」（從～人那邊）做出判斷。

6 父は 毎日 午後 七時頃まで 働きます。（ それから ）
外で お酒を 飲んでから、家に 帰ります。

1 しかし　　　　2 それから　　3 それで　　　4 そこで

中譯 父親每天工作到下午七點左右。然後，在外面喝了酒後才回家。

解說 本題考「接續詞」。選項1是「しかし」（雖然～但是～）；選項2是
「それから」（接著、然後）；選項3是「それで」（所以、那麼）；
選項4是「そこで」（因此、於是）。

7 A「すみません、私の 消しゴムを 見ませんでしたか」
B「消しゴムですか。あっ、あそこに （ 落ちて います ）よ」

1 おいて います　　　　　　　2 おいて いません

3 おちて います　　　　　　　4 おちて いません

中譯 A「不好意思，有沒有看到我的橡皮擦呢？」
　　 B「橡皮擦嗎？啊，掉在那裡了喔！」

13
天

解說 本題考「自動詞」和「他動詞」。「落ちます」（掉落）是自動詞；「置きます」（放置）是他動詞。「動詞て形＋います」有多種意思，如果要表達「動作結果還存在著」時，該動作要用自動詞，所以答案為選項3。

8  バスの　お金は　下りる時、払う（　ことに　）　なって　います。

  1  そうで　　　　2  ことに　　　　3  はずだ　　　　4  らしく

中譯 公車規定是下車投錢。

解說 本題考「決定表現」。「動詞辭書形／動詞ない形＋ことに＋なっています」表示「非自己意志所做的決定」（多半是因為團體或組職的決策），中文為「規定是～」。

9  うちの　大学には　留学生が　二百人（　ぐらい　）　います。

  1  しか　　　　2  ぐらい　　　　3  ごろ　　　　4  まで

中譯 我們大學的留學生大約有二百個人。

解說 本題考「助詞」。選項1是「しか」（只有；後面須接續否定）；選項2是「ぐらい」（〔時間、期間的程度、數量的〕大約、左右）；選項3是「頃」（〔時刻、時間點的〕前後、左右）；選項4是「まで」（到～為止）。由於題目中的「二百人」（二百人）表示「數量多寡」的「大約」，所以答案為選項2「ぐらい」。

10  赤ちゃんは　お腹が　空いたようで、（　泣き始めました　）。

  1  泣きたがります　　　　　　　　2  泣くつもりです

  3  泣きすぎました　　　　　　　　4  泣きはじめました

中譯 嬰兒好像肚子餓，開始哭了。

解說 本題考「動作開始的表現」。「動詞ます形＋始めます」強調「動作的起始」，中文可翻譯成「開始～」。

# 考題

## ✎ 文字・語彙

1 ろうかを 走っては いけません。
　　1 はしって　　2 はいって　　3 はかって　　4 はらって

2 わたしは まいあさ 七じごろ 起きます。
　　1 かきます　　2 さきます　　3 おきます　　4 つきます

3 きのう やすんだりゆうを おしえて ください。
　　1 利用　　　　2 原因　　　　3 因果　　　　4 理由

4 みちが ふたつに わかれて います。
　　1 分かれて　　2 割かれて　　3 裂かれて　　4 断かれて

5 こうこうを えらぶとき、りょうしんに （　　　　） しました。
　　1 れんらく　　2 けいかく　　3 そうだん　　4 うんどう

6 このどうぶつえんに レストランは （　　　　） しか あり
ません。
　　1 いっかい　　2 いちだい　　3 いちまい　　4 いっけん

7 くすりを （　　　　） のに、まだ なおりません。
　　1 かいだ　　　2 しんだ　　　3 ふんだ　　　4 のんだ

8 「あなたの　じゅうしょを　おしえて　ください」と　おなじ
いみの　ぶんを　えらんで　ください。
1　あなたの　じゅうしょを　きいて　ください。
2　あなたの　じゅうしょを　しらべて　ください。
3　あなたの　じゅうしょを　きめて　ください。
4　あなたの　じゅうしょを　しらせて　ください。

9 あしたは　しけんですから、はやく　ねた（　　　　）が
いいです。
1　ほう　　　　2　こと　　　　3　もの　　　　4　よう

10 きょうは　（　　　　）　おそくまで　はたらきました。
1　ほとんど　2　べつに　　3　ずいぶん　4　ぜんぜん

## 📖 文法

1 さむいですから、かぜを　（　　　　）ように　注意しましょう。
1　ひく　　　　2　ひいた　　　3　ひかず　　　4　ひかない

2 あした　会議が　ある（　　　　）　どうか　まだ　わかりま
せん。
1　の　　　　　2　は　　　　　3　と　　　　　4　か

3 たくさん　あるいた（　　　　）、足が　いたいです。
1　でも　　　　2　とか　　　　3　ので　　　　4　のに

4 九じ（　　　　）　かいしゃに　つかなければ　なりません。
　　1　で　　　　　2　まで　　　　3　までに　　　4　までも

5 ちちは　アメリカへ　十なんかい（　　　　）　いきました。
　　1　で　　　　　2　も　　　　　3　だけ　　　　4　しか

6 A「あたまが　いたいので、きょうは　休ませて　ください」
　　B「わかりました。お（　　　　）」
　　1　だいじ　　　2　だいじな　　3　だいじだ　　4　だいじに

7 肉は　　（　　　　）　よく　焼いて　ください。
　　1　できような 2　できると　 3　できるだけ 4　できても

8 きのうの　よる　父と　おさけを　（　　　　）、はなしを
　　しました。
　　1　のんでも　　　　　　　　2　のむように
　　3　のみたがり　　　　　　　4　のみながら

9 でんわで　よやくしたので、へやは　きっと　ある
　　（　　　　）です。
　　1　はず　　　　2　そう　　　　3　ため　　　　4　らしい

10 A「でんきを　つけましょうか」
　　B「まだ　明るいですから、つけ（　　　　）　いいです」
　　1　ないと　　　　　　　　　2　ないのは
　　3　なくても　　　　　　　　4　なくては

14
天

# 解答

## 文字・語彙（每題 5 分）

| 1 | 2 | 3 | 4 | 5 | 6 | 7 | 8 | 9 | 10 |
|---|---|---|---|---|---|---|---|---|----|
| 1 | 3 | 4 | 1 | 3 | 4 | 4 | 4 | 1 | 3  |

## 文法（每題 5 分）

| 1 | 2 | 3 | 4 | 5 | 6 | 7 | 8 | 9 | 10 |
|---|---|---|---|---|---|---|---|---|----|
| 4 | 4 | 3 | 3 | 2 | 4 | 3 | 4 | 1 | 3  |

## 得分（滿分 100 分）

| /100 |
|---|

# 中文翻譯＋解說

## 📝 文字・語彙

[1] 廊下を 走っては いけません。

　1　はしって　　　2　はいって　　　3　はかって　　　4　はらって

中譯　不可以在走廊上奔跑。

解說　本題考「動詞て形」。「動詞て形＋は＋いけません」（不可以～）為「禁止表現」。選項1是「走って」（跑）；選項2是「入って」（進入）；選項3是「測って」（測量）；選項4是「払って」（支付）。

[2] 私は 毎朝 七時頃 起きます。

　1　かきます　　　2　さきます　　　3　おきます　　　4　つきます

中譯　我每天早上七點左右起床。

解說　本題考「動詞」。選項1是「書きます」（書寫）；選項2是「咲きます」（開〔花〕）；選項3是「起きます」（起〔床〕）；選項4是「着きます」（抵達）。

[3] 昨日 休んだ理由を 教えて ください。

　1　利用　　　　　2　原因　　　　　3　因果　　　　　4　理由

中譯　請跟我說昨天請假的理由。

[4] 道が 二つに 分かれて います。

　1　分かれて　　　2　割かれて　　　3　裂かれて　　　4　断かれて

中譯　道路分成二條。

解說　本題考「動詞」。其餘選項正確寫法：選項2是「割って」（切開、割開）；選項3是「裂いて」（分開、撕開）；選項4是「断って」（拒絕）。

5 高校を 選ぶ時、両親に （ 相談 ）しました。

1 れんらく　　　2 けいかく　　　3 そうだん　　　4 うんどう

中譯 選擇高中時，和父母親商量了。

解說 本題考「第三類動詞」。選項1是「連絡〔しました〕」（聯絡〔了〕）；選項2是「計画〔しました〕」（計畫〔了〕）；選項3是「相談〔しました〕」（商量〔了〕）；選項4是「運動〔しました〕」（運動〔了〕）。

6 この動物園に レストランは （ 一軒 ）しか ありません。

1 いっかい　　　2 いちだい　　　3 いちまい　　　4 いっけん

中譯 這座動物園只有一家餐廳。

解說 本題考「數量詞」。選項1是「一階」（一樓）；選項2是「一台」（一台、一部、一輛）；選項3是「一枚」（一張、一件）；選項4是「一軒」（一家、一間）。

7 薬を （ 飲んだ ）のに、まだ 治りません。

1 かいだ　　　2 しんだ　　　3 ふんだ　　　4 のんだ

中譯 明明都吃藥了，還是沒治好。

解說 本題考「動詞た形」的「鼻音便」。選項1是「嗅いだ」（聞了、嗅了）；選項2是「死んだ」（死了）；選項3是「踏んだ」（踩了）；選項4是「飲んだ」（吃〔藥〕了）。

8 「あなたの 住所を 教えて ください」と 同じ 意味の 文を 選んで ください。

1 あなたの 住所を 聞いて ください。
2 あなたの 住所を 調べて ください。
3 あなたの 住所を 決めて ください。
4 あなたの 住所を 知らせて ください。

中譯 請選出和「請跟我說你的地址」相同意思的句子。

1　請去問你的地址。

2　請調查你的地址。

3　請決定你的地址。

4　請讓我知道你的地址。

9 明日は 試験ですから、早く 寝た （ ほう ） が いいです。

1　ほう 　　　　2　こと 　　　　3　もの 　　　　4　よう

中譯 明天要考試，所以早點睡比較好。

解說 本題考「動詞た形的相關句型」。句型「動詞た形＋ほうがいいです」
（～比較好）用來提供建議或忠告。

10 今日は （ 随分 ） 遅くまで 働きました。

1　ほとんど 　　2　べつに 　　　3　ずいぶん 　　4　ぜんぜん

中譯 今天工作到相當晚。

解說 本題考「副詞」。選項1是「ほとんど」（幾乎）；選項2是「別に」
（沒有特別～；後多接否定）；選項3是「随分」（相當）；選項4是
「全然」（完全〔不～〕；後接否定）。

## 文法

1 寒いですから、風邪を （ 引かない ） ように 注意しましょう。

1　ひく 　　　　2　ひいた 　　　3　ひかず 　　　4　ひかない

中譯 因為很冷，所以小心不要感冒了。

解說 本題考「目的表現」。「動詞辭書形／動詞ない形＋ように」表示「為
了～而～」。「ように」的前面必須是「無意志的表現」；而後面承接
的句子則須是「意志表現」。

2 明日 会議が ある （ か ） どうか まだ 分かりません。

1 の 　　　 2 は 　　　 3 と 　　　 **4 か**

中譯 還不知道明天有沒有會議。

解說 本題考助詞「か」的相關句型。「～かどうか」用來表示「是否、是～還是不～」。用法如下：

| 名詞 |
| い形容詞普通形 |
| な形容詞語幹 |
| 動詞普通形 |

＋かどうか

3 たくさん 歩いた （ ので ）、足が 痛いです。

1 でも 　　　 2 とか 　　　 **3 ので** 　　　 4 のに

中譯 由於走了很多路，所以腳很痛。

解說 本題考「助詞」。選項1是「でも」（就算～）；選項2是「とか」（之類的）；選項3是「ので」（由於）；選項4是「のに」（明明～卻～）。

4 九時 （ までに ） 会社に 着かなければ なりません。

1 で 　　　 2 まで 　　　 **3 までに** 　　　 4 までも

中譯 九點之前非到公司不可。

解說 本題考助詞「までに」（在～之前），表示「期限」。

5 父は アメリカへ 十何回 （ も ） 行きました。

1 で 　　　 **2 も** 　　　 3 だけ 　　　 4 しか

中譯 父親居然去了美國十多次。

解說 本題考助詞「も」。以「數量詞＋も＋動作句」形式出現時，「も」表示數量超乎心中預期，中文為「居然～」。

6 A「頭が 痛いので、今日は 休ませて ください」
　 B「分かりました。お（ 大事に ）」
　 1 だいじ　　　2 だいじな　　　3 だいじだ　　　4 だいじに

中譯 A「由於頭很痛，所以今天請讓我休息。」
　　 B「了解了。請多保重。」

解說 本題考「招呼用語」。「お大事に」屬於敬語，是「お大事になさって
　　 ください」（請多珍重）的省略用法，所以答案為選項4。

7 肉は　（ できるだけ ）　よく　焼いて　ください。
　 1 できような　2 できると　　　3 できるだけ　4 できても

中譯 肉請盡量烤熟。

解說 副詞「できるだけ」意思是「盡可能」。

8 昨日の　夜　父と　お酒を　（ 飲みながら ）、話を　しました。
　 1 のんでも　　　2 のむように　3 のみたがり　4 のみながら

中譯 昨晚和父親一邊喝酒，一邊講了話。

解說 本題考助詞「ながら」（一邊〜一邊〜）。「動詞ます形＋ながら」表
　　 示「動作同時進行」。

9 電話で　予約したので、部屋は　きっと　ある（ はず ）です。
　 1 はず　　　　　2 そう　　　　　3 ため　　　　　4 らしい

中譯 由於用電話預約了，所以應該一定有房間。

解說 本題考「推斷表現」。「はず」（應該）為名詞，表達可能性高達九成
　　 五以上之推斷。用法如下：

| 動詞辞書形 | |
|---|---|
| 動詞ない形 | |
| い形容詞普通形 | ＋はずです |
| な形容詞＋な | |
| 名詞＋の | |

14
天

其餘選項：選項2是「そう」（聽說）；選項3是「ため」（為了）；選項4是「らしい」（似乎、好像），皆似是而非。

10 A「電気を　付けましょうか」
B「まだ　明るいですから、付け（　なくても　）　いいです」

1　ないと　　　　2　ないのは　　　3　なくても　　　4　なくては

中譯　A「開燈吧！」
B「因為還很亮，不開也可以。」

解說　本題考「動詞ない形」的相關表現。「動詞ない形＋く＋てもいいです」中文意思是「不～也可以」。

# 考題

 讀解

**もんだい1**

つぎの文章を読んで、質問に答えてください。答えは1・2・3・4から
いちばんいいものを一つえらんでください。

---

### 留学生パーティーのお知らせ

七月八日（にちようび）午後三じから、大学の屋上で
パーティーをします。
留学生のほかに、えいごの先生や校長先生、
近所のおばあちゃんたちも来るそうです。
アフリカの留学生たちが肉を焼いてくれるそうです。

みんなで歌を歌ったり、踊ったりしながら、
おいしいりょうりをたべませんか。

★1）かならず自分の国のふくを着てきてください。
★2）屋上なので、雨が降ったら中止です。

---

問1　このお知らせのなかに書かれていないことは何ですか。

　　1　留学生と先生のほかに近所の人も参加します。

　　2　パーティーで肉をたべます。

　　3　歌を歌ったり、ダンスをします。

　　4　アフリカりょうりをたべます。

問2　パーティーにはどんな規則がありますか。

　　1　自分の国の踊りをみんなに見せなければなりません。

　　2　自分の国のふくを着なければなりません。

　　3　自分の国のりょうりを持ってこなければなりません。

　　4　自分の国のことをしょうかいしなければなりません。

**もんだい2**

つぎの文章を読んで、質問に答えてください。答えは1・2・3・4から
いちばんいいものを一つえらんでください。

---

わたしは病院で働いています。医者でも看護師でもありません。
資料の整理や電話連絡などの仕事です。病院の案内をすることも
あります。患者さんがどこの部屋に行けばいいか教えてあげたり、
連れて行ってあげることもあります。

それから、病院の中にある図書室の本を整理することもありま
す。どこにどの本を置くのがいちばんいいか考えます。病院の雑
誌に記事を書くこともあります。図書室の本を紹介したり、健康
になる料理を紹介することもあります。

毎日とても忙しいです。寝る時間も友だちと遊ぶ時間もありま
せん。でも、図書室では本を読んだり、文章を書く時間がたくさ
んあります。わたしは本が大好きです。それに、この仕事は病気
の人を手伝うことができるので、うれしいです。これからも一生
懸命がんばります。

---

問1　「わたし」の仕事ではないものはどれですか。

1　病院の中のさまざまな資料を整理します。

2　迷っている患者さんに、病院の中を案内します。

3　図書室に来た患者さんに、本を読んであげます。

4　病院の雑誌の中で、図書室にある本を紹介します。

問2　「わたし」はどうして「うれしいです」か。

　　1　本を読むことが好きだからです。

　　2　患者さんや体が悪い人の役に立つことができるからです。

　　3　健康について勉強することができるからです。

　　4　いろいろなことが経験できるからです。


## 聴解

### もんだい1 🎧 MP3-15

　もんだい1では　まず　質問を　聞いて　ください。それから　話を聞いて、問題用紙の　1から　4の　中から、いちばん　いい　ものを一つ　えらんで　ください。


1　四枚

2　五枚

3　七枚

4　八枚

### もんだい2

　もんだい2では　まず　質問を　聞いて　ください。そして、1から　3の　中から、いちばん　いい　ものを　一つ　えらんで　ください。


1ばん　🎧 MP3-16　　①　②　③

2ばん　🎧 MP3-17　　①　②　③

3ばん　🎧 MP3-18　　①　②　③

**もんだい 3**

　もんだい 3 では　まず　文を　聞いて　ください。それから、そのへんじを　聞いて、1 から　3 の　中から、いちばん　いい　ものを　一つ　えらんで　ください。

1 ばん　🎧 MP3-19　　① 　② 　③

2 ばん　🎧 MP3-20　　① 　② 　③

3 ばん　🎧 MP3-21　　① 　② 　③

# 解答

## 讀解

**問題 1**（每題 9 分）

| 1 | 2 |
|---|---|
| 4 | 2 |

**問題 2**（每題 9 分）

| 1 | 2 |
|---|---|
| 3 | 2 |

## 聽解

**問題 1**（每題 10 分）

| |
|---|
| 1 |

**問題 2**（每題 9 分）

| 1 | 2 | 3 |
|---|---|---|
| 2 | 1 | 3 |

**問題 3**（每題 9 分）

| 1 | 2 | 3 |
|---|---|---|
| 1 | 3 | 3 |

## 得分（滿分 100 分）

| |
|---|
| /100 |

# 中文翻譯＋解說

 **讀解**

## 問題1

次の文章を読んで、質問に答えてください。答えは1・2・3・4から一番いいものを一つ選んでください。

---

### 留学生パーティーのお知らせ

七月八日（日曜日）午後三時から、大学の屋上で

パーティーをします。

留学生の外に、英語の先生や校長先生、
近所のおばあちゃんたちも来るそうです。
アフリカの留学生たちが肉を焼いてくれるそうです。

みんなで歌を歌ったり、踊ったりしながら、
おいしい料理を食べませんか。

★ 1) 必ず自分の国の服を着てきてください。
★ 2) 屋上なので、雨が降ったら中止です。

---

問1　このお知らせの中に書かれていないことは何ですか。

1　留学生と先生の外に近所の人も参加します。
2　パーティーで肉を食べます。
3　歌を歌ったり、ダンスをします。
4　アフリカ料理を食べます。

問2　パーティーにはどんな規則<sub>きそく</sub>がありますか。

1　自分<sub>じぶん</sub>の国<sub>くに</sub>の踊<sub>おど</sub>りをみんなに見<sub>み</sub>せなければなりません。

2　自分<sub>じぶん</sub>の国<sub>くに</sub>の服<sub>ふく</sub>を着<sub>き</sub>なければなりません。

3　自分<sub>じぶん</sub>の国<sub>くに</sub>の料理<sub>りょうり</sub>を持<sub>も</sub>って来<sub>こ</sub>なければなりません。

4　自<sub>じ</sub>の国<sub>くに</sub>のことを紹介<sub>しょうかい</sub>しなければなりません。

---

中譯

## 留學生派對通知

七月八日（星期日）下午三點起，在大學的屋頂舉辦派對。

據說除了留學生之外，英語老師以及校長、附近的奶奶們也會來。

據說非洲的留學生們會為大家烤肉。

要不要大家一起唱唱歌、跳跳舞，吃好吃的料理呢？

★1）請務必穿自己國家的衣服前來。

★2）由於是在屋頂，所以下雨的話就停辦。

問1　這個通知裡面沒被寫到的事情是什麼呢？

1　留學生和老師之外，附近的人也會參加。

2　會在派對吃肉。

3　會唱唱歌、跳跳舞。

4　會吃非洲料理。

問2　派對中有什麼樣的規則呢？

1　一定要讓大家看自己國家的舞蹈。

2　一定要穿自己國家的衣服。

3　一定要帶自己國家的料理來。

4　一定要介紹自己國家的事情。

解説

- 来るそうです：據說會來。「動詞普通形＋そうです」（聽說〜）是說話者將間接得到的情報，傳達給第三者的表現。

- 焼いてくれる：為我們烤。「動詞て形＋くれます」表示「第三者為我（我們）做〜」。

- 歌ったり、踊ったり：又唱歌、又跳舞。「動詞た形＋り、動詞た形＋り＋します」表示「動作的列舉」。

- 〜ながら：一邊〜一邊〜。「動詞ます形＋ながら」表示「動作同時進行」。

- 降ったら：下（雨）的話。「動詞た形＋ら」：表示「假定條件」，中文為「如果〜就〜」。

- 動詞ない形＋ければ＋なりません：非〜不可。

15
天

## 問題2

　次の文章を読んで、質問に答えてください。答えは1・2・3・4から一番いいものを一つ選んでください。

---

　私は病院で働いています。医者でも看護師でもありません。資料の整理や電話連絡などの仕事です。病院の案内をすることもあります。患者さんがどこの部屋に行けばいいか教えてあげたり、連れて行ってあげることもあります。

　それから、病院の中にある図書室の本を整理することもあります。どこにどの本を置くのが一番いいか考えます。病院の雑誌に記事を書くこともあります。図書室の本を紹介したり、健康になる料理を紹介することもあります。

　毎日とても忙しいです。寝る時間も友達と遊ぶ時間もありません。でも、図書室では本を読んだり、文章を書く時間がたくさんあります。私は本が大好きです。それに、この仕事は病気の人を手伝うことができるので、嬉しいです。これからも一生懸命頑張ります。

---

問1　「私」の仕事ではないものはどれですか。

　　1　病院の中の様々な資料を整理します。
　　2　迷っている患者さんに、病院の中を案内します。
　　3　図書室に来た患者さんに、本を読んであげます。
　　4　病院の雑誌の中で、図書室にある本を紹介します。

問2　「私」はどうして「嬉しいです」か。

　　1　本を読むことが好きだからです。
　　2　患者さんや体が悪い人の役に立つことができるからです。
　　3　健康について勉強することができるからです。
　　4　色々なことが経験できるからです。

　　我在醫院上班。不是醫生也不是護理師。做的是資料整理或電話聯絡等工作。也會做醫院的引導工作。也會告訴病患要去哪間房間比較好，或是帶他們去。

　　還有，也會整理醫院裡圖書室的書。會思考哪裡要放哪本書最好。也會幫醫院的雜誌寫報導。也會介紹圖書室的書，或是介紹讓身體變得健康的料理。

　　每天都非常忙碌。既沒有睡覺的時間，也沒有和朋友玩的時間。但是，有很多在圖書室看看書、寫寫文章的時間。我非常喜歡書。而且，由於這個工作可以協助生病的人，所以很開心。之後也會拚命努力。

問1　哪一個不是「我」的工作呢？
1　整理醫院裡的各種資料。
2　幫迷路的病患導覽醫院內部。
3　讀書給來圖書室的病患聽。
4　在醫院的雜誌中，介紹圖書室裡的書。

問2　「我」為什麼「開心」呢？
1　因為喜歡讀書。
2　因為對病患或是身體不好的人能有幫助。
3　因為可以學習有關健康的東西。
4　因為可以得到各式各樣的經驗。

解說

・医者でも看護師でもありません：既不是醫生，也不是護理師。「名詞＋でも」中的「でも」表示「舉例」。

・〜に行けばいい：去〜的話比較好。「動詞ば形」表示「如果〜的話」。

・教えてあげたり：幫忙教教某人〜。「動詞て形＋あげます」表示「我幫人家〜」。「動詞た形＋り」表示「列舉」。

・それから：然後，還有。

- それに：而且。
- 手伝うことができる：可以協助。「動詞辭書形＋こと＋が＋できます」表示「能力」。
- 役に立つ：有用處、有助益。

## 🎧 聴解

### 問題1 🎧 MP3-15

問題1では　まず　質問を　聞いて　ください。それから　話を　聞いて、問題用紙の　1から　4の　中から、一番　いい　ものを　一つ　選んで　ください。

男の　人と　女の　人が　話して　います。女の　人は　飛行機の　チケットを　何枚　予約しますか。

男：飛行機の　チケット、予約して　くれる？

女：はい。

男：部長たちと　北海道まで　出張なんだ。

女：そうですか。全部で　何枚ですか？

男：鈴木部長と　木村課長、営業の　山田さんと……阿部さんだったかな。

女：じゃあ、四枚ですね。

男：いや、僕も　入れてよ。

女：そうでした。五枚ですね（笑）。

男：ひどいな（笑）。

　　あっ、そうだ！ごめん、課長は　九州で　会議が　あるんだった。
　　だから……。

女：ほら、私の 言ったとおりに なりましたね。
男：本当だ。


女の 人は 飛行機の チケットを 何枚 予約しますか。
1 四枚
2 五枚
3 七枚
4 八枚

中譯

男人和女人正在說話。女人要預訂幾張機票呢？


男：可以幫我預定機票嗎？
女：好的。
男：因為要和部長們去北海道出差。
女：那樣啊！總共要幾張呢？
男：有鈴木部長，還有木村課長、業務部的山田先生，還有⋯⋯阿部先生吧！
女：那麼，是四張囉！
男：不，也要把我算進去啦！
女：真的！那就是五張囉（笑）！
男：很過分耶（笑）。
　　啊，對了！不好意思，課長在九州有會議。
　　所以⋯⋯。
女：看吧，變成跟我說的一樣吧！
男：真的！


女人要預訂幾張機票呢？
1 四張
2 五張
3 七張
4 八張

- 言ったとおり：正如我所說。「動詞辭書形／動詞た形＋とおり」表示「正
  如～、按照～」。

## 問題 2

> 問題 2 では　まず　質問を　聞いて　ください。そして、1 から　3
> の　中から、一番　いい　ものを　一つ　選んで　ください。

### 1 番 🎧 MP3-16

北海道で　先生に　お土産を　買いました。渡す時、何と　言いますか。
1　北海道の　お土産を　買って　あげました。
2　北海道の　お土産です。どうぞ。
3　北海道の　お土産、いただきましょう。

中譯

在北海道為老師買了土產。交給老師時，要說什麼呢？
1　我為你買了北海道的土產了。
2　這是北海道的土產。請笑納。
3　這是北海道的土產，敬領吧！

解說

- 買ってあげました：我幫你買了。「動詞て形＋あげます」表示「我幫人
  家～」。

- いただきましょう：「いただきます」是「謙讓語」，主詞只能用在第一人
  稱，也就是「自己」。

## 2番 🎧 MP3-17

友達の 辞書を 借りたいです。何と 言いますか。

1 辞書、貸して もらえる？

2 辞書、取って くれる？

3 辞書、使って あげる？

中譯

想借朋友的字典。要說什麼呢？

1 字典，可以借我嗎？

2 字典，可以幫我拿嗎？

3 字典，要幫你用嗎？

解說

- 動詞て形＋もらえます：我可以得到某人做～。

- 動詞て形＋くれます：某人幫我做～。

- 動詞て形＋あげます：我幫某人做～。


## 3番 🎧 MP3-18

先生に 作文を 直して もらいたいです。何と 言いますか。

1 すみません、私の 作文を 直して ほしいです。

2 すみません、私の 作文を 直したいですか。

3 すみません、私の 作文を 直して くださいませんか。

中譯

想請老師幫忙修正作文。要說什麼呢？

1 不好意思，想請你修改我的作文。

2 不好意思，想修改我的作文嗎？

3 不好意思，能不能請您幫忙修改我的作文呢？

解說

- ～を直してもらいたい：想請某人修改～。「動詞て形＋もらいます」表示「從某人那裡得到～」，中文為「我得到～」。

- 〜を直してほしい：我想請你修改〜。「動詞て形＋ほしいです」表示「說話者的欲望」，中文為「我想請你〜」。

- 〜を直したい：我想修改〜。「動詞ます形＋たいです」表示「說話者欲實現某種行為的要求」；中文為「我想〜」。

- 〜を直してくださいませんか：能不能幫我修改〜呢？「動詞て形＋くれませんか」表示「請求」，中文為「能不能幫我〜呢」。

## 問題3

> 問題3では　まず　文を　聞いて　ください。それから、その返事を　聞いて、1から　3の　中から、一番　いい　ものを　一つ　選んで　ください。

1番 🎧 MP3-19

女：どちらから　いらっしゃいましたか。

男：1　アメリカから　まいりました。

　　2　アメリカから　いただきました。

　　3　アメリカから　いらっしゃいました。

中譯

女：您從哪裡來呢？

男：1　我從美國來。

　　2　我從美國獲得的。

　　3　無此用法。

解說

- 本題考「尊敬語」和「謙讓語」。動詞「来ます」（來）的尊敬語是「いらっしゃいます」；謙讓語是「まいります」。尊敬語用在別人身上；謙讓語用在自己身上，所以答案為選項1。

## 2番 🎧 MP3-20

男：どうして　会議に　遅れたのですか。

女：1　今朝、早く　会社に　来ましたから。

　　2　朝ご飯を　食べましたから。

　　3　今朝、寝坊しましたから。

中譯

男：開會為什麼遲到了呢？

女：1　因為今天早上很早就來公司了。

　　2　因為吃了早餐。

　　3　因為今天早上睡過頭了。

## 3番 🎧 MP3-21

男：まだ　家に　帰りませんか。

女：1　もう　家に　行って　しまいました。

　　2　もう　帰りたいところです。

　　3　もう　そろそろ　帰るところです。

中譯

男：還不回家嗎？

女：1　無此用法。

　　2　無此用法。

　　3　已經差不多要回去了。

解說

本題考「動作的階段」。用法如下：

| 動詞た形 | | 剛剛～ |
|---|---|---|
| 動詞て形＋いる | ＋ところです | 正在～ |
| 動詞辭書形 | | 正要～ |

15
天

# 16 天

## 考題

### ✐ 文字・語彙

**1** こんやは　星が　とても　きれいです。
　　1　いし　　　2　むし　　　3　とし　　　4　ほし

**2** わたしは　まいにち　でんしゃで　がっこうに　通って　います。
　　1　かよって　2　とまって　3　とおって　4　かなって

**3** じしんで　かびんや　グラスや　まどが　われました。
　　1　別れました　2　切れました　3　割れました　4　倒れました

**4** でんしゃの　じこで、がっこうに　おくれました。
　　1　遅れました　　　　　　　　2　折れました
　　3　慣れました　　　　　　　　4　揺れました

**5** むすこは　アメリカの　だいがくを　（　　　　）　います。
　　1　あいたがって　　　　　　　2　したがって
　　3　かきたがって　　　　　　　4　うけたがって

**6** あしたは　九じに　かいじょうの　（　　　）で　あいましょう。
　　1　あいだ　　2　とちゅう　3　いりぐち　4　おこさん

7 こどもたちは 　（　　　　　）を　のみたがって　います。
　　1　おくじょう　　　　　　　2　しゅくだい
　　3　ぎゅうにゅう　　　　　　4　しょうらい

8 「わたしは　ははに　ほめられました」と　おなじ　いみの
　　ぶんを　えらんで　ください。
　　1　ははは　わたしに　「もっと　べんきょうしなさい」と
　　　　いいました。
　　2　ははは　わたしに　「ごみを　すてなさい」と　いいました。
　　3　ははは　わたしに　「はやく　たべなさい」と　いいました。
　　4　ははは　わたしに　「よく　がんばったね」と　いいました。

9 ひるまの　（　　　　　）　せんたくしたほうが　いいですよ。
　　1　までに　　　2　からは　　　3　ときで　　　4　うちに

10 せんせいの　（　　　　　）も　せんせいを　して　いるそうです。
　　1　こうむいん　　　　　　　2　おかし
　　3　てんいん　　　　　　　　4　ごしゅじん

## 🔲 文法

1 来月　アメリカへ　出張すること（　　　　　）　なりました。
　　1　を　　　　　2　が　　　　　3　で　　　　　4　に

2 くだものでは　バナナ（　　　　　）　りんご（　　　　　）が
　　すきです。
　　1　と / と　　　2　や / や　　　3　とか / とか　4　し / し

3 その機械の　つかいかた（　　　）　わかりません。
1　が　　　　2　か　　　　3　を　　　　4　で

4 祖母は　けんこうの　（　　　）　まいにち　あるいて
います。
1　ほうに　　2　ために　　3　ように　　4　そうに

5 あの美術館は　（　　　）です。入って　みましょう。
1　よいそう　2　よきそう　3　よしそう　4　よさそう

6 家に　ついたら、でんわで　（　　　）　ください。
1　しらせて　　　　　　　　2　しられて
3　しらせられて　　　　　　4　しらさせられて

7 ケーキを　つくったので、あじを　みて　（　　　）か。
1　あげます　　　　　　　　2　されます
3　もらいます　　　　　　　4　くれます

8 かおが　とても　あかいです。熱が　（　　　）ですよ。
1　ありよう　　　　　　　　2　ありそう
3　あるらしい　　　　　　　4　あるそう

9 でんしゃの　なかで　誰かに　あしを　（　　　）。
1　ふみました　　　　　　　2　ふまれした
3　ふみまれした　　　　　　4　ふまれました

10 外国へ　旅行に　（　　　）、フランスが　いいですよ。
1　いく　　　　2　いくと　　3　いったら　4　いくなら

# 解答

## 文字・語彙（每題5分）

| 1 | 2 | 3 | 4 | 5 | 6 | 7 | 8 | 9 | 10 |
|---|---|---|---|---|---|---|---|---|----|
| 4 | 1 | 3 | 1 | 4 | 3 | 3 | 4 | 4 | 4 |

## 文法（每題5分）

| 1 | 2 | 3 | 4 | 5 | 6 | 7 | 8 | 9 | 10 |
|---|---|---|---|---|---|---|---|---|----|
| 4 | 3 | 1 | 2 | 4 | 1 | 4 | 2 | 4 | 4 |

## 得分（滿分100分）

| /100 |
|------|

# 中文翻譯＋解說

## 📎 文字・語彙

1. 今夜は　星が　とても　綺麗です。

   1　いし　　　　2　むし　　　　3　とし　　　　**4　ほし**

   中譯　今晚星星非常美麗。

   解說　本題考「以し結尾的名詞」。其餘選項：選項1是「石」（石頭）；選項2是「虫」（蟲子）；選項3是「年」（年、年齡）。

2. 私は　毎日　電車で　学校に　通って　います。

   **1　かよって**　　2　とまって　　3　とおって　　4　かなって

   中譯　我每天搭電車通學。

   解說　本題考「動詞て形」。其餘選項：選項2是「止まって」（停止）或「泊まって」（住宿）；選項3是「通って」（通過）；選項4是「叶って」（實現）。

3. 地震で　花瓶や　グラスや　窓が　割れました。

   1　別れました　　2　切れました　　**3　割れました**　　4　倒れました

   中譯　因為地震，花瓶和玻璃和窗戶都破了。

   解說　本題考「動詞的過去式」。其餘選項：選項1是「別れました」（分開了、分手了）；選項2是「切れました」（切掉了、斷絕了）；選項4是「倒れました」（倒下了）。

4. 電車の　事故で、学校に　遅れました。

   **1　遅れました**　　2　折れました　　3　慣れました　　4　揺れました

   中譯　因為電車事故，上學遲到了。

   解說　本題考「動詞的過去式」。其餘選項：選項2是「折れました」（折斷了）；選項3是「慣れました」（習慣了）；選項4是「揺れました」（搖動了）。

5 息子は アメリカの 大学を （ 受けたがって ） います。

1 あいたがって　　　　　2 したがって

3 かきたがって　　　　　4 うけたがって

中譯 兒子想考美國的大學。

解說 本題考「動詞ます形＋たがります」（第三者想～）。其餘選項：選項1是「会いたがって」（想見）；選項2是「したがって」（想做）；選項3是「書きたがって」（想寫）。

6 明日は 九時に 会場の （ 入口 ）で 会いましょう。

1 あいだ　　　2 とちゅう　　　3 いりぐち　　　4 おこさん

中譯 明天九點會場入口見吧！

解說 本題考「地點」。其餘選項：選項1是「間」（中間）；選項2是「途中」（途中）；選項4是「お子さん」（稱呼別人家的小孩）。

7 子供たちは （ 牛乳 ）を 飲みたがって います。

1 おくじょう　　　　　2 しゅくだい

3 ぎゅうにゅう　　　　4 しょうらい

中譯 孩子們想喝牛奶。

解說 本題考「名詞」。其餘選項：選項1是「屋上」（屋頂）；選項2是「宿題」（作業）；選項4是「将来」（將來）。

8 「私は 母に 褒められました」と 同じ 意味の 文を 選んで ください。

1 母は 私に 「もっと 勉強しなさい」と 言いました。

2 母は 私に 「ごみを 捨てなさい」と 言いました。

3 母は 私に 「はやく 食べなさい」と 言いました。

4 母は 私に 「よく 頑張ったね」と 言いました。

中譯 請選出和「我被媽媽稱讚了」相同意思的句子。

1 媽媽對我說「要更用功」了。

2 媽媽對我說「把垃圾丟掉」了。

3 媽媽對我說「快吃」了。

4 媽媽對我說「非常努力了啊」了。

解說 本題考「被動表現」。句型「AはBに＋被動形」（A被B〜）是以A的立場，說明B對A做的動作，所以本題是「我被媽媽稱讚了」。

9 昼間の　（　うちに　）　洗濯したほうが　いいですよ。

1 までに　　　2 からは　　　3 ときで　　　**4 うちに**

中譯 趁白天洗衣服比較好喔。

解說 本題考「〜うちに」（在〜之內、趁〜時）。

10 先生の　（　ご主人　）も　先生を　して　いるそうです。

1 こうむいん　2 おかし　　　3 てんいん　　**4 ごしゅじん**

中譯 聽說老師的先生也是當老師的樣子。

解說 本題考「職業、身分」。選項1是「公務員」（公務員）；選項2是「お菓子」（零食、點心）；選項3是「店員」（店員）；選項4是「ご主人」（稱呼別人的先生）。

# 文法

1 来月　アメリカへ　出張すること（　に　）　なりました。

1 を　　　　　2 が　　　　　3 で　　　　　**4 に**

中譯 決定下個月要去美國出差了。

解說 本題考「決定表現」。「動詞辭書形／動詞ない形＋ことに＋なります」表示「非自己意志所做的決定」（多半是因為團體或組職的決策），中文為「決定〜」。

2  果物では　バナナ（　とか　）　りんご（　とか　）が　好きです。

1　と / と　　　　2　や / や　　　**3　とか / とか**　　4　し / し

中譯　水果裡面，喜歡香蕉啦，或是蘋果。

解說　本題考「並列助詞」。「名詞とか＋名詞とか」（～或～、～啦～）用
來表示「舉例」。正確用法如下：

・と（和）：バナナとりんごが好きです。（喜歡香蕉和蘋果。）

・や（或）：バナナやりんごなどが好きです。（喜歡香蕉或蘋果等
等。）

・とか（或；比「や」口語）：バナナとかりんごとかが好きです。
（喜歡香蕉啦，或是蘋果。）

・し（又）：以「普通形＋し、＋句子」形式出現，例如：「今日は雨
だし、寒いし、出かけたくないです。」（今天下雨，又冷，不想出
門。）

3  その機械の　使い方（　が　）　分かりません。

**1　が**　　　　　2　か　　　　　3　を　　　　　4　で

中譯　不知道那台機器的使用方法。

解說　本題考「助詞」。助詞「が」的用法很多，以「名詞＋が＋能力動詞」
形式出現時，「が」表示「會、能做什麼」的對象。本題「分かりませ
ん」（不懂、不知道）就是能力動詞，所以答案為選項1。

4  祖母は　健康の　（　ために　）　毎日　歩いて　います。

1　ほうに　　　**2　ために**　　　3　ように　　　4　そうに

中譯　祖母為了健康，每天都走路。

解說　本題考「目的表現」。「～ために」（為了～）用來表達以「自己的意
志」可以實現的「目的」。用法如下：

| 動詞辭書形 | ＋ために |
| 名詞＋の | |

選項3「ように」的中文意思雖然也是「為了～」，但用於「想要實現
某種狀態」，例如：「聞こえるように大きい声で話しました」（為了
讓大家聽到而大聲說了）。

5　あの美術館は　（　良さそう　）です。入って　みましょう。

1　よいそう　　　2　よきそう　　　3　よしそう　　　4　よさそう

中譯　那間美術館看起來很好。進去看看吧！

解說　本題考樣態助動詞「そうです」（看起來～、就要～）的用法，是說話者對自己所見做出的一種判斷。用法如下：

| 動詞ます形<br>~~い形容詞~~<br>な形容詞 ＋そうです |

選項中的「良い」（好的）為い形容詞，一般都是去掉「い」來接續「そうです」，但是本字為特殊用法，固定為「良さ＋そうです」（看起來很好），請牢記。

6　家に　着いたら、電話で　（　知らせて　）　ください。

1　しらせて　　　　　　　　　　2　しられて

3　しらせられて　　　　　　　　4　しらさせられて

中譯　到家的話，請用電話讓我知道。

解說　本題考「使役表現」。「知ります」（知道）為第一類動詞，其「使役形」，也就是中文「讓我知道」的用法，變化如下：

・「知ります」（知道）

　→「知らせます」（使役用法，將動詞主幹最後一個音改成〔a〕段音＋使役助動詞「せます」，中文為「讓～知道」）

　→「知らせてください」（改成て形＋ください（請～），中文為「請讓我知道」）

7　ケーキを　作ったので、味を　みて　（　くれます　）か。

1　あげます　　　2　されます　　　3　もらいます　　　4　くれます

中譯　做了蛋糕，所以可以幫我試試味道嗎？

解說　本題考「請求表現」。「動詞て形＋くれますか」用來「請求別人為說話者做某事」，中文為「可以為我～嗎？」。

8　顔が　とても　赤いです。熱が　（　ありそう　）ですよ。

1　ありよう　　　**2　ありそう**　　　3　あるらしい　　4　あるそう

中譯 臉非常紅。看起來發燒了喔！

解說 本題考樣態助動詞「そうです」（看起來～、就要～）的用法，是說話者對自己所見做出的一種判斷。用法如下：

> 動詞ます形
> い形容詞　　＋そうです
> な形容詞

題目中的「發燒」日文是「熱があります」，所以要先將「ます」去掉，再接續「そうです」。

9　電車の　中で　誰かに　足を　（　踏まれました　）。

1　ふみました　　　　　　　　2　ふまれした

3　ふみまれした　　　　　　　**4　ふまれました**

中譯 在電車裡，不知道被誰踩了。

解說 本題考「被動表現」。句型「AはBに＋被動形」（A被B～）是以A的立場，說明B對A做的動作。題目中省略了A。而「踏みます」（踩）為第一類動詞，其被動形是「動詞主幹最後一個音改成〔a〕段音，再加上れます」，所以答案為選項4「踏まれました」（被踩了）。

10　外国へ　旅行に　（　行くなら　）、フランスが　いいですよ。

1　いく　　　　2　いくと　　　3　いったら　　**4　いくなら**

中譯 如果要去國外旅行的話，法國很好喔！

解說 本題考「動詞辭書形＋なら」，表示「假定條件」，中文為「如果要～的話，～」。選項1無此接續法；選項2是「行くと」（一旦去的話，便～）。選項3是「行ったら」（如果去了的話）；選項4是「行くなら」（如果要去的話，～）。其差異如下：

・と：前句成立時，必定產生後句。

・たら：針對動作已經發生後，提出後句。

・なら：針對動作尚未發生之前，提出後句。

---

# 考題

## ✎ 文字・語彙

1　ここに　ごみを　捨てるな。
　　1　もてる　　　2　すてる　　　3　たてる　　　4　みてる

2　祖母は　パソコンの　べんきょうを　はじめると　いいました。
　　1　ずふ　　　　2　そぼ　　　　3　そふ　　　　4　ずぼ

3　しあいで　まけて、とても　ざんねんです。
　　1　悔念　　　　2　惜念　　　　3　残念　　　　4　遺念

4　むすめは　らいねん　こうこうせいに　なります。
　　1　中学生　　　2　高校生　　　3　国中生　　　4　高中生

5　このじしょは　せんせいが　（　　　　　）　くださいました。
　　1　ならんで　　　　　　　　　2　こたえて
　　3　えらんで　　　　　　　　　4　こわして

6　あにの　かいしゃは　ネクタイを　（　　　　　）も　かまいません。
　　1　きなくて　　　　　　　　　2　かけなくて
　　3　はかなくて　　　　　　　　4　しめなくて

7 デパートで サンダルとか （　　　　） とか、いろいろ
かいました。
1 スーパー　　2 アジア　　　3 スーツ　　　4 パート

8 「かのじょと えいがを みたいです」と おなじ いみの
ぶんを えらんで ください。
1 わたしは かのじょに 「いっしょに えいがを みませ
んか」と いいたいです。
2 わたしは かのじょに 「これから かいものに いきま
しょう」と いいたいです。
3 わたしは かのじょに 「しごとで いそがしくて つか
れました」と いいたいです。
4 わたしは かのじょに 「あなたは なにが ほしいです
か」と いいたいです。

9 ゆっくり （　　　　）、げんきに なると おもいます。
1 やすんだが　　　　　　　2 やすんだまで
3 やすんだので　　　　　　4 やすんだのに

10 あねは （　　　　）、あたまも いいので、アナウンサーに
なりました。
1 きれいし　　　　　　　　2 きれいくて
3 きれいだし　　　　　　　4 きれいでは

## 文法

**1** 朝　はやく　でかけた（　　　　）、会社に　おくれました。
　　1　ので　　　　2　のは　　　　3　のに　　　　4　のが

**2** あした　雨が　ふるか　（　　　　）、天気予報を　見て
　　ください。
　　1　ないか　　2　そうか　　3　つもりか　　4　どうか

**3** 日本に　いる（　　　　）、いろいろな　神社へ　いきたいです。
　　1　ところで　　2　あとで　　3　ほうで　　4　あいだに

**4** だいじょうぶですか。具合が　（　　　　）ですよ。
　　1　わるい　　2　わるくて　　3　わるそう　　4　わるいそう

**5** 海へ　（　　　　）、サンダルを　もったほうが　いいですよ。
　　1　いけば　　2　いくと　　3　いくたら　　4　いくなら

**6** こんどの　にちようびに　いっしょに　コンサートを
　　（　　　　）。
　　1　たのしむだろう　　　　　2　たのしみたがります
　　3　たのしみました　　　　　4　たのしみましょう

**7** 空に　（　　　　）　雲が　ありますよ。
　　1　おいしような　　　　　　2　おいしいような
　　3　おいしそうな　　　　　　4　おいしいそうな

8 しゃちょうの おじょうさんは 人形（　　　　）　かわいい
です。
1　ように　　　2　ような　　　3　のよう　　　4　のように

9 きのう　近くの　きょうかいで　火事が　（　　　　）です。
1　あるそう　　　　　　　　　2　あったそう
3　あるらしい　　　　　　　　4　あったこと

10 ビールは　冷えて　いた（　　　　）、おいしいです。
1　ことが　　　2　ことに　　　3　ほうが　　　4　ほうに

# 解答

## 文字・語彙（每題 5 分）

| 1 | 2 | 3 | 4 | 5 | 6 | 7 | 8 | 9 | 10 |
|---|---|---|---|---|---|---|---|---|----|
| 2 | 2 | 3 | 2 | 3 | 4 | 3 | 1 | 3 | 3  |

## 文法（每題 5 分）

| 1 | 2 | 3 | 4 | 5 | 6 | 7 | 8 | 9 | 10 |
|---|---|---|---|---|---|---|---|---|----|
| 3 | 4 | 4 | 3 | 4 | 4 | 3 | 4 | 2 | 3  |

## 得分（滿分 100 分）

| /100 |
|------|

# 中文翻譯＋解說

## 🖊 文字・語彙

**1** ここに ごみを 捨(す)てるな。

　1　もてる　　　**2　すてる**　　　3　たてる　　　4　みてる

**中譯**　這裡不可以丟垃圾。

**解說**　本題考「動詞」。選項1是「持(も)てる」（拿得動、受歡迎）；選項2是「捨(す)てる」（丟棄）；選項3是「立(た)てる」（豎立）或「建(た)てる」（建造）；選項4無此字。另外，題目中的句型「動詞辭書形＋な」為「禁止表現」，中文為「不准～」。

**2** 祖母(そぼ)は パソコンの 勉強(べんきょう)を 始(はじ)めると 言(い)いました。

　1　ずふ　　　**2　そぼ**　　　3　そふ　　　4　ずぼ

**中譯**　祖母說開始學電腦了。

**解說**　本題考「稱謂」。其餘選項：選項1無此字；選項3是「祖父(そ ふ)」（祖父）；選項4無此字。

**3** 試合(しあい)で 負(ま)けて、とても 残念(ざんねん)です。

　1　悔念　　　2　惜念　　　**3　残念**　　　4　遺念

**中譯**　比賽輸了，非常遺憾。

**4** 娘(むすめ)は 来年(らいねん) 高校生(こうこうせい)に なります。

　1　中学生　　　**2　高校生**　　　3　国中生　　　4　高中生

**中譯**　女兒明年將成為高中生。

**解說**　本題考「職業、身分」。其餘選項：選項1是「中学生(ちゅうがくせい)」（國中生）；選項3和4無此字。

5 この辞書は　先生が　（　選んで　）　くださいました。

1　ならんで　　　2　こたえて　　　3　えらんで　　　4　こわして

中譯　這本字典是老師幫忙選的。

解說　本題考「授受表現」。本題的主詞是「辞書」（字典），而「Aが＋（私に）＋動詞て形＋くださいます」是「A為我〜的」。本題省略了「私に」（為我）。選項1是「並んで〔くださいました〕」（〔為我〕排列的）；選項2是「答えて〔くださいました〕」（〔為我〕回答的）；選項3是「選んで〔くださいました〕」（〔為我〕挑選的）；選項4是「壊して〔くださいました〕」（〔為我〕弄壞的）。

6 兄の　会社は　ネクタイを　（　締めなくて　）も　かまいません。

1　きなくて　　　　　　　　　　2　かけなくて
3　はかなくて　　　　　　　　　4　しめなくて

中譯　哥哥的公司不繫領帶也沒關係。

解說　本題考「許可表現」。「動詞ない形＋く＋ても＋かまいません」是「不〜也沒關係」。「繫領帶」的日文是「ネクタイを締めます」，所以答案為選項4。

7 デパートで　サンダルとか　（　スーツ　）とか、いろいろ　買いました。

1　スーパー　　　2　アジア　　　3　スーツ　　　4　パート

中譯　在百貨公司買了涼鞋啦、套裝啦等各式各樣的東西。

解說　本題考「外來語」。選項1是「スーパー」（超市）；選項2是「アジア」（亞洲）；選項3是「スーツ」（套裝、西裝）；選項4是「パート」（部分、兼職員工）。

8 「彼女と 映画を 見たいです」と 同じ 意味の 文を 選んで
ください。

1 私は 彼女に 「一緒に 映画を 見ませんか」と 言いたいです。

2 私は 彼女に 「これから 買い物に 行きましょう」と 言い
たいです。

3 私は 彼女に 「仕事で 忙しくて 疲れました」と 言いたい
です。

4 私は 彼女に 「あなたは 何が ほしいですか」と 言いたい
です。

中譯 請選出和「我想和她一起看電影」相同意思的句子。

　　1　我想跟她說「要不要一起看電影呢？」

　　2　我想跟她說「等一下去買東西吧！」

　　3　我想跟她說「工作好忙，好累喔。」

　　4　我想跟她說「妳想要什麼呢？」

解説 本題考「希望表現」。「動詞ます形＋たいです」表示「說話者欲實現
某種行為的要求」，中文為「我想～」。

9 ゆっくり （ 休んだので ）、元気に なると 思います。

1 やすんだが　　　　　　　　2 やすんだまで

3 やすんだので　　　　　　　4 やすんだのに

中譯 由於好好休息了，所以我想會恢復精神。

解説 本題考「接續助詞」。選項1是「が」（雖然～但是～）；選項2無此接
續法；選項3是「ので」（由於～所以～）；選項4是「のに」（明明～
但～）。

10 姉は （ 綺麗だし ）、頭も いいので、アナウンサーに なり
ました。

1 きれいし　 2 きれいくて　 3 きれいだし　 4 きれいでは

中譯 姊姊既漂亮，腦子又好，所以當上了主播。

本題考並列助詞「し」（〜又〜）的用法，以「普通形＋し、＋句子」的形式出現，表示「並列、附加」。題目中的「綺麗」（漂亮）為な形容詞，其普通形如下：

|  | 現在式 | 過去式 |
|---|---|---|
| 肯定 | 綺麗だ | 綺麗だった |
| 否定 | 綺麗ではない | 綺麗ではなかった |

# 📖 文法

1 朝 早く 出かけた （ のに ）、会社に 遅れました。

　　1 ので　　　　2 のは　　　　**3 のに**　　　　4 のが

中譯 早上明明就早出門了，結果上班還是遲到了。

解說 本題考「接續助詞」。選項1是「ので」（由於〜所以〜）；選項2是「のは」（「〜のは〜です」意思是「〜是〜」）；選項3是「のに」（明明〜但〜）；選項4無此用法。

2 明日 雨が 降るか （ どうか ）、天気予報を 見て ください。

　　1 ないか　　　2 そうか　　　3 つもりか　　　**4 どうか**

中譯 明天會不會下雨，請看天氣預報。

解說 本題考助詞「か」的相關句型。「〜かどうか」用來表示「是否、會〜還是不會〜」。用法如下：

| 名詞<br>い形容詞普通形<br>な形容詞語幹<br>動詞普通形 | ＋かどうか |
|---|---|

3 日本に いる （ 間に ）、いろいろな 神社へ 行きたいです。

　　1 ところで　　2 あとで　　　3 ほうで　　　**4 あいだに**

中譯 想趁在日本的期間，去各式各樣的神社。

解説 本題考「時間表現」。「～間に」（趁～時候）表示「持續某種狀態、動作的期間」。用法如下：

| 名詞＋の |
|---|
| い形容詞 |
| な形容詞＋な |
| 動詞辭書形 / 動詞ている形 |

＋間に

4 大丈夫ですか。具合が （ 悪そう ）ですよ。

1 わるい 　　 2 わるくて 　　 **3 わるそう** 　　 4 わるいそう

中譯 還好嗎？身體狀況看起來很不好的樣子喔！

解説 本題考樣態助動詞「そうです」（看起來～、就要～）的用法，是說話者對自己所見做出的一種判斷。用法如下：

| 動詞ます形 |
|---|
| い形容詞 |
| な形容詞 |

＋そうです

選項中的「悪い」（不好的）為い形容詞，所以要去掉「い」來接續「そうです」，答案為選項3。

5 海へ （ 行くなら ）、サンダルを 持ったほうが いいですよ。

1 いけば 　　 2 いくと 　　 3 いくたら 　　 **4 いくなら**

中譯 如果要去海邊的話，帶涼鞋比較好喔！

解説 本題考「動詞辭書形＋なら」，表示「假定條件」，中文為「要是～的話～」。選項1是「行けば」（假設去的話，就～）；選項2是「行くと」（一旦去的話，便～）；選項3是無此接續法，應該是「行ったら」（如果去了的話，～）；選項4是「行くなら」（如果要去的話，～）。其差異如下：

- ば：後句的成立，取決於前句的假設。
- と：前句成立時，必定產生後句。
- たら：針對動作已經發生後，提出後句。
- なら：針對動作尚未發生之前，提出後句。

6 今度の 日曜日に 一緒に コンサートを （ 楽しみましょう ）。

1 たのしむだろう　　　　　　　2 たのしみたがります

3 たのしみました　　　　　　　**4 たのしみましょう**

中譯 下個星期天，一起去欣賞音樂會吧！

解說 本題考「邀約表現」。「（一緒に）＋動詞ます形＋ましょう」意思是
「一起～吧」。所以要將題目中的「楽しみます」（玩賞）先去掉「ま
す」，之後再加上「ましょう」。

7 空に （ おいしそうな ） 雲が ありますよ。

1 おいしような　　　　　　　　2 おいしいような

**3 おいしそうな**　　　　　　　　4 おいしいそうな

中譯 天空中有看起來好好吃的雲喔！

解說 本題考樣態助動詞「そうです」（看起來～、就要～）的用法，是說話
者對自己所見做出的一種判斷。用法如下：

| 動詞ます形 い形容詞 な形容詞 | ＋そうです |
| --- | --- |

選項中的「おいしい」（好吃的）為い形容詞，所以要去掉「い」來接
續「そうです」，也就是「おいしそうです」。

另外，「そうです」屬於「な形容詞活用型的助動詞」，所以要接續名
詞「雲」（雲）時，接續方式比照「な形容詞」，所以變成「おいしそ
うな雲」（看起來好吃的雲）。

8 社長の お嬢さんは 人形（ のように ） 可愛いです。

1 ように　　　2 ような　　　3 のよう　　　**4 のように**

中譯 社長的千金像娃娃一樣可愛。

解說 本題考比況助動詞「ようです」（好像～）的用法。以「名詞＋の＋よ
うです」形式用來「比喻」。

另外，由於「ようです」屬於「な形容詞活用型的助動詞」，所以後面
要接續「可愛いです」（可愛）這個句子時，要比照「な形容詞」先變
成副詞，也就是「人形のように」（像娃娃一樣地）才能接續。

⑨ 昨日（きのう） 近く（ちか）の 教会（きょうかい）で 火事（かじ）が （ あったそう ）です。

1 あるそう　　**2 あったそう**　3 あるらしい　4 あったこと

中譯 聽說昨天附近的教堂失火了。

解説 本題考傳聞助動詞「そうです」（聽說～）的用法，是說話者將間接得到的情報，傳達給第三者的表現。用法如下：

（～によると、）

| 動詞普通形 |
| い形容詞普通形 |
| な形容詞＋だ |
| 名詞＋だ |

＋そうです

「失火了」的日文的過去式是「火事（かじ）がありました」，普通形是「火事（かじ）があった」，所以答案為選項2。

⑩ ビールは 冷えて（ひ） いた （ ほうが ）、おいしいです。

1 ことが　　　2 ことに　　　**3 ほうが**　　　4 ほうに

中譯 啤酒還是冰過的好喝。

解説 本題考「比較表現」。冰過的比沒有冰過的好喝，所以用句型「～ほうが～より（も）～」（～比～更～）最恰當。此句型中，如果前後句關係非常清楚，也常會省略「～ほうが」或「～より（も）」，本考題就是省略後者。

# 考題

## 文字・語彙

1　さむいですね。こんやは　雪に　なりそうです。
   1　ゆめ　　　2　ゆき　　　3　かね　　　4　かめ

2　あのせんせいは　よく　怒りますから、すきでは　ありません。
   1　しかります　　　　　　　2　いかります
   3　はしります　　　　　　　4　おこります

3　こどもに　ただしい　あいさつを　おしえます。
   1　宜しい　　　2　正しい　　　3　上しい　　　4　適しい

4　おさけを　のんだら、ぐあいが　わるく　なりました。
   1　調子　　　　2　具調　　　　3　調合　　　　4　具合

5　もう　すぐ　しけんが　あります。（　　　　）　まいにち
   いっしょうけんめい　べんきょうして　います。
   1　だから　　　2　しかし　　　3　しかも　　　4　それから

6　わたしは　わかいとき、（　　　　）を　しながら、だいがくへ
   かよいました。
   1　プレゼント　　　　　　　2　アルコール
   3　アルバイト　　　　　　　4　オートバイ

7 ちちは さいきん （　　　　）ばかりで、びょうきに なりました。

1 じゆう 　　　2 せいじ 　　　3 しごと 　　　4 もめん

8 「ははの りょうりは おいしいです」と おなじ いみの ぶんを えらんで ください。

1 ははは うたを うたいながら、りょうりを します。

2 ははは わかいとき、デパートで アルバイトして いました。

3 ははは りょうりが とても じょうずです。

4 ははは わたしと おとうとが だいすきです。

9 しゃちょうと ぶちょうは ただいま かいぎ（　　　）です。

1 たち 　　　2 ごろ 　　　3 じゅう 　　　4 ちゅう

10 がくせい（　　　　） もっと べんきょうしなさい。

1 くらい 　　　2 ばかり 　　　3 そうに 　　　4 らしく

## 文法

1 はやく 出かけよう。がっこうに （　　　　）よ。

1 おくれちゃ 　　　　　　　2 おくれじゃ

3 おくれちゃう 　　　　　　4 おくれじゃう

2 わたしは 車の うんてんが すきですが、上手

（　　　　）。

1 ないです 　　　　　　　　2 ありません

3 くないです 　　　　　　　4 じゃありません

3 このレポートは　いちじかん（　　　）　出さなければ
なりません。
1　に　　　　2　で　　　　3　を　　　　4　から

4 ごご　かいぎが　あるので、それ（　　　）　コピーして
ください。
1　からに　　　2　なのに　　　3　まえに　　　4　までに

5 かんたんな　字なら、こども（　　　）　かくことが　でき
ます。
1　しか　　　　2　へは　　　　3　でも　　　　4　から

6 すみません、課長は　いつごろ　お（　　　）に　なりますか。
1　かえり　　　2　かえる　　　3　かえって　　4　かえるよう

7 わたしが　会社の　なかを　ご案内（　　　）。
1　ございます　　　　　　　2　いたします
3　なられます　　　　　　　4　くださいます

8 これからも　ずっと　日本ぶんがくを　研究（　　　）たい
です。
1　しはじめ　　2　しだし　　　3　しおわり　　4　しつづけ

9 あしたの　ごごまでに　レポートを　（　　　）　いけません。
1　ださなくても　　　　　　2　ださなくては
3　ださないよう　　　　　　4　ださないは

10 これを　どうぞ。社長から　お子さんへの　お祝い

（　　　　）です。

1　よう　　　　　2　だよう　　　3　そう　　　　　4　だそう

# 解答

## 文字・語彙（每題 5 分）

| 1 | 2 | 3 | 4 | 5 | 6 | 7 | 8 | 9 | 10 |
|---|---|---|---|---|---|---|---|---|----|
| 2 | 4 | 2 | 4 | 1 | 3 | 3 | 3 | 4 | 4 |

## 文法（每題 5 分）

| 1 | 2 | 3 | 4 | 5 | 6 | 7 | 8 | 9 | 10 |
|---|---|---|---|---|---|---|---|---|----|
| 3 | 4 | 2 | 4 | 3 | 1 | 2 | 4 | 2 | 4 |

## 得分（滿分 100 分）

/100

# 中文翻譯＋解說

## 📝 文字・語彙

1 寒いですね。今夜は 雪に なりそうです。

　　1　ゆめ　　　　**2　ゆき**　　　　3　かね　　　　4　かめ

中譯　好冷喔。看來今天晚上會下雪。

解說　本題考「名詞」。其餘選項：選項1是「夢」（夢）；選項3是「金」（錢）；選項4是「亀」（烏龜）。

2 あの先生は よく 怒りますから、好きでは ありません。

　　1　しかります　　2　いかります　　3　はしります　　**4　おこります**

中譯　那位老師常常生氣，所以我不喜歡。

解說　本題考「動詞」。選項1是「叱ります」（斥責）；選項2是「怒ります」（憤怒、憤慨）；選項3是「走ります」（跑步）；選項4是「怒ります」（生氣）。選項2和4為相同的漢字「怒ります」，但是意思稍微不同，請注意。

3 子供に 正しい 挨拶を 教えます。

　　1　宜しい　　　　**2　正しい**　　　　3　上しい　　　　4　適しい

中譯　教小孩子正確的招呼禮節。

解說　本題考「い形容詞」。其餘選項：選項1是「宜しい」（妥當的、容許的）；選項3無此字；選項4無此字。

4 お酒を 飲んだら、具合が 悪く なりました。

　　1　調子　　　　　2　具調　　　　　3　調合　　　　　**4　具合**

中譯　喝了酒，狀況變差了。

解說　本題考容易混淆的「狀況」相關名詞。選項1是「調子」（與平常相比，身體、機械的狀態）；選項2無此字；選項3是「調合」（調配、配藥）；選項4是「具合」（事物、心理、健康等的狀況）。

5 もう すぐ 試験(しけん)が あります。（ だから ） 毎日(まいにち) 一生懸命(いっしょうけんめい) 勉強(べんきょう)して います。

1 **だから**    2 しかし    3 しかも    4 それから

中譯 再過不久就有考試。所以每天拚命讀書。

解説 本題考「接續詞」。選項1是「だから」（所以）；選項2是「しかし」（但是）；選項3是「しかも」（而且）；選項4是「それから」（然後）。

6 私(わたし)は 若(わか)い時(とき)、（ アルバイト ）を しながら、大学(だいがく)へ 通(かよ)いました。

1 プレゼント    2 アルコール    3 **アルバイト**    4 オートバイ

中譯 我年輕的時候，一邊打工一邊讀大學。

解説 本題考「外來語」。選項1是「プレゼント」（禮物）；選項2是「アルコール」（酒精、酒類）；選項3是「アルバイト」（打工）；選項4是「オートバイ」（摩托車）。

7 父(ちち)は 最近(さいきん) （ 仕事(しごと) ）ばかりで、病気(びょうき)に なりました。

1 じゆう    2 せいじ    3 **しごと**    4 もめん

中譯 父親最近一直工作，所以生病了。

解説 本題考「名詞」。選項1是「自由(じゆう)」（自由）；選項2是「政治(せいじ)」（政治）；選項3是「仕事(しごと)」（工作）；選項4是「木綿(もめん)」（棉花）。

8 「母(はは)の 料理(りょうり)は おいしいです」と 同(おな)じ 意味(いみ)の 文(ぶん)を 選(えら)んで ください。

1 母(はは)は 歌(うた)を 歌(うた)いながら、料理(りょうり)をします。
2 母(はは)は 若(わか)い時(とき)、デパートで アルバイトして いました。
3 **母(はは)は 料理(りょうり)が とても 上手(じょうず)です。**
4 母(はは)は 私(わたし)と 弟(おとうと)が 大好(だいす)きです。

中譯 請選出和「媽媽的料理很美味」相同意思的句子。

1　媽媽一邊唱歌，一邊做菜。
2　媽媽年輕的時候，在百貨公司打工。
3　媽媽對料理非常在行。
4　媽媽非常喜歡我和弟弟。

8
天

9　社長と　部長は　ただいま　会議（　中　）です。
1　たち　　　2　ごろ　　　3　じゅう　　　**4　ちゅう**

中譯　社長和部長，現在正會議中。

解說　本題考「接尾語」。
- 選項1是「達」（～們），例如「子供達」（孩子們）。
- 選項2是「頃」（〔時間點的〕～左右），例如「一時頃」（一點左右）。
- 選項3是「中」（〔範圍、時間〕整～、全～），例如「一日中」（一整天）。
- 選項4是「中」（～當中、正在～），例如本題的「会議中」（會議中）。

小心選項3和4的差異。

10　学生（　らしく　）　もっと　勉強しなさい。
1　くらい　　　2　ばかり　　　3　そうに　　　**4　らしく**

中譯　請像學生一樣更加用功！

解說　本題考推量助動詞「らしい」的用法。「名詞＋らしい」意思是「像～樣的、有～風度的、典型的～」，所以「学生らしい」就是「像學生樣的」。

此外，由於「らしい」屬於「い形容詞型的助動詞」，所以當後面要接上句子，必須變化成副詞時，須先去掉「い」，再加上「く」，也就是「学生らしく」（像學生樣子地）。

~ 221 ~

## 文法

1 早く　出かけよう。学校に　（　遅れちゃう　）よ。

　1　おくれちゃ　　　　　　　　2　おくれじゃ

　**3　おくれちゃう**　　　　　　　4　おくれじゃう

[中譯]　趕快出門啦！會遲到喔！

[解說]　本題考「動詞的口語縮約形」，是「動詞て形＋しまいます」（表示完了、遺憾、不由然、無法挽回）的口語用法。

・〜てしまう＝〜ちゃう

・〜でしまう＝〜じゃう

所以「遅れてしまうよ」（會遲到喔）等於「遅れちゃうよ」。

2 私は　車の　運転が　好きですが、上手（　じゃありません　）。

　1　ないです　　　　　　　　　2　ありません

　3　くないです　　　　　　　　**4　じゃありません**

[中譯]　我雖然喜歡開車，但是不高明。

[解說]　本題考「な形容詞的否定」。「上手」（高明、擅長）為な形容詞，其否定為「上手ではありません」（不高明、不擅長），口語為「上手じゃありません」。

3 このレポートは　一時間（　で　）　出さなければ　なりません。

　1　に　　　　　**2　で**　　　　3　を　　　　4　から

[中譯]　這份報告，一小時就得交出來。

[解說]　本題考「助詞」。助詞「で」的用法很多，本題以「數量＋で＋句子」表示「期限」，中文為「用〜就〜」。

4 午後　会議が　あるので、それ（　までに　）　コピーして　ください。

　1　からに　　　2　なのに　　　3　まえに　　　**4　までに**

| 中譯 | 由於下午有會議，所以請在那之前影印。 |

解說 本題考助詞「までに」（在～之前），表示「期限」。

5 簡単な 字なら、子供 （ でも ） 書くことが できます。

1 しか　　　　2 へは　　　　**3 でも**　　　　4 から

| 中譯 | 如果是簡單的字，就算是小孩也會寫。 |

解說 本題考「助詞」。選項1是「しか」（只有；後面須接續否定）；選項2是「へは」（給～）；選項3是「でも」（即使～也～）；選項4是「から」（從～）。

6 すみません、課長は いつ頃 お（ 帰り ）に なりますか。

**1 かえり**　　2 かえる　　3 かえって　　4 かえるよう

| 中譯 | 不好意思，課長大約什麼時候回來呢？ |

解說 本題考「敬語」，用來表現對方的動作。用法如下：

お＋和語動詞ます形
ご＋漢語動詞語幹 ＋に＋なります

7 私が 会社の 中を ご案内 （ いたします ）。

1 ございます　**2 いたします**　3 なられます　4 くださいます

| 中譯 | 我來為大家導覽公司內部。 |

解說 本題考「謙讓表現」，用在主語是「私」（我）時，中文為「我來為您～」。用法如下：

お＋和語動詞ます形
ご＋漢語動詞語幹 ＋いたします

8 これからも ずっと 日本文学を 研究 （ しつづけ ）たいです。

1 しはじめ　　2 しだし　　3 しおわり　　**4 しつづけ**

| 中譯 | 日後也想一直持續研究日本文學。 |

解說 本題考「動作的持續」。「動詞ます形＋続けます」表示「動作的持續」，中文為「持續～、不停～」。

9 明日の 午後までに レポートを （ 出さなくては ） いけま
せん。

1 ださなくても　　　　　　　2 ださなくては
3 ださないよう　　　　　　　4 ださないは

中譯 明天下午之前，非交出報告不可。

解說 本題考「動詞ない形」的相關句型。「～ない＋く＋ては＋いけませ
ん」為「義務表現」，中文為「非～不可」。所以要將動詞「出さな
い」（不交）先去掉「い」，再加上「くてはいけません」，變成「出
さなくてはいけません」（非交不可）。

10 これを どうぞ。社長から お子さんへの お祝い （ だそう ）
です。

1 よう　　　　　2 だよう　　　3 そう　　　　4 だそう

中譯 這個請收下。據說是社長那裡要送給您家小孩的賀禮。

解說 本題考傳聞助動詞「そうです」（聽說～）的用法，是說話者將間接得
到的情報，傳達給第三者的表現。用法如下：

| 動詞普通形 | |
| い形容詞普通形 | ＋そうです |
| な形容詞＋だ | |
| 名詞＋だ | |

題目中的「お祝い」（賀禮）是名詞，所以要加上「だ」，才能接續
「そうです」。

~224~

# 19 天

# 考題

## 📝 文字・語彙

1 だいじな　アクセサリーは　<u>引き出し</u>に　いれます。
1　ひきたし　　2　ひきてし　　3　ひきだし　　4　ひきでし

2 もう　すぐ　テストですから、<u>一生懸命</u>　べんきょうして
います。
1　いっしょけんめい　　　　　2　いっしょうけんめい
3　いっしょけいめい　　　　　4　いっしょうけいめい

3 わたしは　<u>しょうらい</u>　しょうがっこうの　せんせいに　なり
たいです。
1　将来　　　　　2　未来　　　　　3　今度　　　　　4　来世

4 きのう　どうぶつえんで　がっこうの　<u>せんぱい</u>に　あいました。
1　前輩　　　　2　上輩　　　　3　先輩　　　　4　後輩

5 おきゃくさんが　いらっしゃるので、へやに　はなを
（　　　　　）。
1　おくりましょう　　　　　2　かたづけましょう
3　かざりましょう　　　　　4　そだてましょう

6　きのうは　とても　さむかったので、（　　　　）を　つけました。
　　1　れいぼう　　2　だんぼう　　3　どろぼう　　4　じんぼう

7　（　　　　）と　したとき、でんわが　なりました。
　　1　ねる　　　　2　ねたい　　　3　ねない　　　4　ねよう

8　「きんじょに　こうこうが　あります」と　おなじ　いみの
　　ぶんを　えらんで　ください。
　　1　いなかに　こうこうが　あります。
　　2　うちの　ちかくに　こうこうが　あります。
　　3　こうがいに　こうこうが　あります。
　　4　にぎやかな　ばしょに　こうこうが　あります。

9　おなかが　すいて　いるので、（　　　　）　おいしいです。
　　1　いつでも　　2　だれでも　　3　どこでも　　4　なんでも

10　どんな　つらい　ことが　（　　　　）、あきらめません。
　　1　あったら　　　　　　　　　2　あっても
　　3　あったから　　　　　　　　4　あったが

## 文法

1　ぶたの　にくは　生の　（　　　　）　たべては　いけません。
　　1　まま　　　　2　よう　　　3　ため　　　4　そう

2 ここで　タバコを　すう（　　　　）　やめて　ください。
1　の　　　　　2　のは　　　　3　を　　　　　　4　のが

3 そのとき　かれは　べつの　場所に　いました。犯人の
（　　　　　）。
1　はずが　あります　　　　　2　はずが　ありません
3　ことが　あります　　　　　4　ことが　ありません

4 まいにち　日本語を　れんしゅうしたので、（　　　　　）に
なりました。
1　はなせそう　　　　　　　　2　はなせよう
3　はなせるそう　　　　　　　4　はなせるよう

5 かのじょは　人形の　（　　　）　なにも　はなしません。
1　ような　　　2　そうな　　　3　ように　　4　そうに

6 なにか　へんな　においが　（　　　）か。
1　するよう　　　　　　　　　2　しないよう
3　するそう　　　　　　　　　4　しません

7 えんりょ（　　　　）、もっと　食べて　ください。
1　して　　　　2　しなくて　　3　しないで　　4　しなければ

8 けっして　どうぶつを　（　　　）　いけません。
1　いじめる　　　　　　　　　2　いじめるの
3　いじめて　　　　　　　　　4　いじめては

9  (        ) が あなたの おこさんですか。
　　1  どこの　　2  どれの　　3  どのこ　　4  どんな

10  (        ) に べんきょうしたのに、ちっとも できません
でした。
　　1  あそこ　　2  あちら　　3  あんな　　4  あっち

# 解答

## 文字・語彙（每題 5 分）

| 1 | 2 | 3 | 4 | 5 | 6 | 7 | 8 | 9 | 10 |
|---|---|---|---|---|---|---|---|---|---|
| 3 | 2 | 1 | 3 | 3 | 2 | 4 | 2 | 4 | 2 |

## 文法（每題 5 分）

| 1 | 2 | 3 | 4 | 5 | 6 | 7 | 8 | 9 | 10 |
|---|---|---|---|---|---|---|---|---|---|
| 1 | 2 | 2 | 4 | 3 | 4 | 3 | 4 | 3 | 3 |

## 得分（滿分 100 分）

| /100 |
|------|

# 中文翻譯＋解說

## 文字・語彙

1 大事（だいじ）な　アクセサリーは　引（ひ）き出（だ）しに　入（い）れます。

　　1　ひきたし　　　2　ひきてし　　　3　ひきだし　　　4　ひきでし

　中譯　重要的首飾要放進抽屜。

2 もう　すぐ　テストですから、一生懸命（いっしょうけんめい）勉強（べんきょう）して　います。

　　1　いっしょけんめい　　　　　　2　いっしょうけんめい

　　3　いっしょけいめい　　　　　　4　いっしょうけいめい

　中譯　就要考試了，所以拚命讀著書。

　解說　注意漢字「生」要唸長音「しょう」。

3 私（わたし）は　将来（しょうらい）小学校（しょうがっこう）の　先生（せんせい）に　なりたいです。

　　1　将来　　　　　2　未来　　　　　3　今度　　　　　4　来世

　中譯　我將來想成為小學老師。

　解說　本題考「時間」。其餘選項：選項2是「未来（みらい）」（未來）；選項3是「今度（こんど）」（下次、不久後、最近）；選項4是「来世（らいせ）」（來世）。

4 昨日（きのう）動物園（どうぶつえん）で　学校（がっこう）の　先輩（せんぱい）に　会（あ）いました。

　　1　前輩　　　　　2　上輩　　　　　3　先輩　　　　　4　後輩

　中譯　昨天在動物園遇到學校的學長了。

　解說　本題考「稱謂」。選項1和2無此字；選項3是「先輩（せんぱい）」（學長、學姊）；選項4是「後輩（こうはい）」（學弟、學妹）。

5　お客さんが　いらっしゃるので、部屋に　花を　（　飾りましょ
　　う　）。

1　おくりましょう　　　　　　　　2　かたづけましょう

3　かざりましょう　　　　　　　　4　そだてましょう

中譯　由於客人要來，所以房間裡布置點花吧！

解說　本題考「動詞敬語體」中的「邀約表現」。選項1是「送りましょう」
　　　（送吧、寄吧）；選項2是「片付けましょう」（整理吧）；選項3
　　　是「飾りましょう」（裝飾吧）；選項4是「育てましょう」（培育
　　　吧）。

6　昨日は　とても　寒かったので、（　暖房　）を　つけました。

1　れいぼう　　　2　だんぼう　　　3　どろぼう　　　4　じんぼう

中譯　由於昨天非常寒冷，所以開了暖氣。

解說　本題考「名詞」。選項1是「冷房」（冷氣）；選項2是「暖房」（暖
　　　氣）；選項3是「泥棒」（小偷）；選項4是「人望」（人望）。

7　（　寝よう　）と　した時、電話が　鳴りました。

1　ねる　　　　　2　ねたい　　　　3　ねない　　　　4　ねよう

中譯　正想睡覺的時候，電話響了。

解說　本題考「意志表現」。以句型「動詞意向形＋と＋します」（正想～）
　　　表達「做心中想做的事情」或是「實踐心中的決定」。動詞「寝ます」
　　　（睡覺）是第二類動詞，其意向形是「寝ます＋よう」。

8　「近所に　高校が　あります」と　同じ　意味の　文を　選んで
　　ください。

1　田舎に　高校が　あります。

2　家の　近くに　高校が　あります。

3　郊外に　高校が　あります。

4　賑やかな　場所に　高校が　あります。

中譯 請選出和「附近有高中」相同意思的句子。

1 鄉下有高中。

2 我家附近有高中。

3 郊外有高中。

4 熱鬧的地方有高中。

9 お腹が　空いて　いるので、（　何でも　）　おいしいです。

1 いつでも　　2 だれでも　　3 どこでも　　**4 なんでも**

中譯 由於肚子餓，所以什麼都好吃。

解說 本題考「疑問詞＋でも」（～都）的用法，表示「全面的肯定」。選項1是「いつでも」（隨時都）；選項2是「誰でも」（誰都）；選項3是「どこでも」（哪裡都）；選項4是「何でも」（什麼都）。

10 どんな　つらい　ことが　（　あっても　）、諦めません。

1 あったら　　**2 あっても**　　3 あったから　4 あったが

中譯 就算有多艱苦的事情，也不放棄。

解說 本題考「動詞て形＋も」（就算～也～）。其餘選項：選項1是「あったら」（如果有的話）；選項3是「あったから」（因為有，所以～）；選項4是「あったが」（雖然有，但是～）。

## 文法

1 豚の 肉は 生の （ まま ） 食べては いけません。

　1 まま　　　　2 よう　　　　3 ため　　　　4 そう

中譯 豬肉不可以生著吃。

解說 本題考「～まま」，用來表示「維持前面的狀態之下」。用法如下：

> 動詞た形
> 動詞ない形
> い形容詞　　　　＋まま
> な形容詞＋な
> 名詞＋の

2 ここで タバコを 吸う（ のは ） やめて ください。

　1 の　　　　　　2 のは　　　　3 を　　　　　4 のが

中譯 這裡請勿吸菸。

解說 本題考「形式名詞」，也就是用「の」將接續的詞語名詞化。「～＋は＋やめてください」是「請不要～」，此時助詞「は」的前面必須是名詞。所以要將「タバコを吸う」（抽菸）後面加上「の」或是「こと」，也就是名詞化了。

3 その時 彼は 別の 場所に いました。犯人の （ はずが ありません ）。

　1 はずが あります　　　　　　　2 はずが ありません

　3 ことが あります　　　　　　　4 ことが ありません

中譯 那個時候他在別的地方。不可能是犯人。

解說 本題考「推斷表現」。「はず」是「應該」，「はず＋が＋ありません」是「不可能」，用法如下：

```
動詞辭書形
動詞ない形
い形容詞普通形    ＋はず＋が＋ありません
な形容詞＋な
名詞＋の
```

[4] 毎日 日本語を 練習したので、（ 話せるよう ）に なりました。

1  はなせそう 　　　　　　　　2  はなせよう

3  はなせるそう 　　　　　　　4  はなせるよう

中譯 由於每天練習日文，所以變得會說了。

解說 本題考「變化表現」。「話す」（說）的「可能形」是「話せる」（會說）。「動詞可能形＋ようになります」（變成能夠～）用來表達「從不能的狀態，變化成能夠的狀態」。

[5] 彼女は 人形の 　（ ように ）　何も 話しません。

1  ような 　　2  そうな 　　3  ように 　　4  そうに

中譯 她像洋娃娃一樣，什麼都不說。

解說 本題考「比喻表現」。「名詞＋の＋ように＋動詞句」意思是「有如～、像～一般」。

[6] 何か 変な 匂いが 　（ しません ）　か。

1  するよう 　　2  しないよう 　　3  するそう 　　4  しません

中譯 有沒有聞到什麼奇怪的味道呢？

解說 本題考「～がします」（覺得有～）的用法，是以助詞「が」來提示五感（視覺、聽覺、味覺、嗅覺、觸覺）。

[7] 遠慮（ しないで ）、もっと 食べて ください。

1  して 　　　　2  しなくて 　　3  しないで 　　4  しなければ

中譯 請別客氣，請多吃點。

解説 本題考「動詞ない形」的相關句型。句型「動詞ない形＋で＋くださ
い」中文是「請不要～」。

8 決して　動物を　（　いじめては　）　いけません。

1　いじめる　　　2　いじめるの　　3　いじめて　　　4　いじめては

中譯 絕對不可以虐待動物。

解説 本題考「禁止表現」。句型「動詞て形＋は＋いけません」中文是「不
准～」。

9 （　どの子　）が　あなたの　お子さんですか。

1　どこの　　　　2　どれの　　　　　3　どのこ　　　　4　どんな

中譯 哪個小孩是你的孩子呢？

解説 本題考「疑問詞」。選項1是「どこの」（哪裡的；後面要加名詞）；選
項2是「どれの」（哪一個的；後面要加名詞）；選項3是「どの子」（哪
個小孩），正確；選項4是「どんな」（什麼樣的；後面要加名詞）。

10 （　あんな　）に　勉強したのに、ちっとも　できませんでした。

1　あそこ　　　　2　あちら　　　　　3　あんな　　　　4　あっち

中譯 明明都已經那樣地讀書了，卻一點都不行。

解説 本題考「副詞」，用來修飾動詞「勉強した」（讀書了）。「あんな
に」就是「那樣地」。其餘選項加上「に」不是副詞，是表示地點。

# 20 天

## 考題

 **讀解**

**もんだい1**

　つぎの文章を読んで、質問に答えてください。答えは1・2・3・4から
いちばんいいものを一つえらんでください。

---

　わたしの父は大学の先生です。専門は国際問題です。毎日、本
をたくさん読みます。テレビはニュースしか見ません。「つまら
ない番組を見るなら、ニュースを見たり、本を読んだりしなさい」
とわたしに言います。教育に熱心で、きびしい人です。でも、わ
たしがほしいものは何でも買ってくれます。ピアノやパソコン、
たくさんの本を買ってくれました。わたしは父が大好きです。父
もわたしのことが大好きだと思います。

---

問1　本文について、正しいものはどれですか。
　　1　「父」は「わたし」にニュースを見て、国際問題を勉強し
　　　　てほしいです。
　　2　「父」は「わたし」に本をたくさん読んでほしいので、本
　　　　だけ買ってくれます。
　　3　「父」は「わたし」のことが好きですが、「わたし」は「父」
　　　　のことが好きではありません。
　　4　「父」は「わたし」がほしいものは何でも買ってくれますが、
　　　　きびしい人です。

問2　「父」が毎日することは何ですか。

　　1　本を読むことです。

　　2　「わたし」に本を読んであげることです。

　　3　国際問題について書くことです。

　　4　「わたし」とテレビを見ることです。

## もんだい2

　つぎの文章を読んで、質問に答えてください。答えは1・2・3・4から
いちばんいいものを一つえらんでください。

（木村さんから山田さんに届いたメール）

2020 年 4 月 19 日 17:08

山田さん

あさって、いっしょに売り場に行く約束でしたが、行けなくなり
ました。
アメリカから社長が来るので、神社やお寺を案内しなければなり
ません。
それで、約束を二十三日の午後一時半に変えられませんか。
ほんとうにすみません。
山田さんの都合がよければ、会社の受付の前で待っています。
メールを読んだら、返事をください。
よろしくお願いします。

木村

問1　木村さんのメールのタイトル（Title）にふさわしいのはどれで
　　すか。
　　　1　社長の案内場所について
　　　2　約束の日程変更について
　　　3　売り場で調査する内容について
　　　4　メールの返事について

問2　山田さんは、木村さんにどんなことを知らせなければなりませ
　　んか。
　　　1　メールを読んだとき、どう思ったか。
　　　2　二十一日の約束をその二日後に変えられるかどうか。
　　　3　売り場に行く約束をあさってに変えられるかどうか。
　　　4　山田さんの二十三日の午前の都合について。


**聴解**

**もんだい1**　🎧 MP3-22

　もんだい1では　まず　質問を　聞いて　ください。それから　話を
聞いて、問題用紙の　1から　4の　中から、いちばん　いい　ものを
一つ　えらんで　ください。

1　赤い　ボタン
2　白い　ボタン
3　黄色い　ボタン
4　青い　ボタン

## もんだい2

　もんだい2では　まず　質問を　聞いて　ください。そして、1から　3の　中から、いちばん　いい　ものを　一つ　えらんで　ください。

1ばん　🎧 MP3-23　　① ② ③
2ばん　🎧 MP3-24　　① ② ③
3ばん　🎧 MP3-25　　① ② ③

## もんだい3

　もんだい3では　まず　文を　聞いて　ください。それから、そのへんじを　聞いて、1から　3の　中から、いちばん　いい　ものを　一つ　えらんで　ください。

1ばん　🎧 MP3-26　　① ② ③
2ばん　🎧 MP3-27　　① ② ③
3ばん　🎧 MP3-28　　① ② ③

20
天

# 解答

## 讀解

### 問題 1（每題 9 分）

| 1 | 2 |
|---|---|
| 4 | 1 |

### 問題 2（每題 9 分）

| 1 | 2 |
|---|---|
| 2 | 2 |

## 聽解

### 問題 1（每題 10 分）

| |
|---|
| 4 |

### 問題 2（每題 9 分）

| 1 | 2 | 3 |
|---|---|---|
| 3 | 1 | 3 |

### 問題 3（每題 9 分）

| 1 | 2 | 3 |
|---|---|---|
| 2 | 2 | 3 |

## 得分（滿分 100 分）

| |
|---|
| /100 |

# 中文翻譯＋解說

 **讀解**

**問題1**

　次の文章を読んで、質問に答えてください。答えは1・2・3・4から一番いいものを一つ選んでください。

---

　私の父は大学の先生です。専門は国際問題です。毎日、本をたくさん読みます。テレビはニュースしか見ません。「つまらない番組を見るなら、ニュースを見たり、本を読んだりしなさい」と私に言います。教育に熱心で、厳しい人です。でも、私が欲しい物は何でも買ってくれます。ピアノやパソコン、たくさんの本を買ってくれました。私は父が大好きです。父も私のことが大好きだと思います。

---

問1　本文について、正しいものはどれですか。

　1　「父」は「私」にニュースを見て、国際問題を勉強してほしいです。

　2　「父」は「私」に本をたくさん読んでほしいので、本だけ買ってくれます。

　3　「父」は「私」のことが好きですが、「私」は「父」のことが好きではありません。

　4　「父」は「私」が欲しい物は何でも買ってくれますが、厳しい人です。

問2　「父」が毎日することは何ですか。

1　本を読むことです。

2　「私」に本を読んであげることです。

3　国際問題について書くことです。

4　「私」とテレビを見ることです。

**中譯**

　　我的父親是大學的老師。專長是國際問題。每天，都讀很多書。電視只看新聞。父親對我說：「如果要看無聊的節目，還不如去看看新聞、讀讀書。」是一位熱心於教育、嚴格的人。但是，我想要的東西父親什麼都會買給我。曾買給我鋼琴或是個人電腦、大量的書籍。我非常喜歡父親。我想父親也非常喜歡我。

問1　就本文而言，正確的內容是哪一個呢？

1　「父親」希望「我」看新聞，學習國際問題。

2　由於「父親」希望我讀很多書，所以只買書給我。

3　雖然「父親」喜歡「我」，但是「我」不喜歡「父親」。

4　雖然「父親」對「我」想要的東西什麼都會買給我，但是是一位嚴格的人。

問2　「父親」每天都會做的事情是什麼呢？

1　讀書。

2　幫「我」唸書。（唸書給「我」聽。）

3　寫有關國際問題的文章。

4　和「我」一起看電視。

- ニュース<u>しか</u>見<sup>み</sup><u>ません</u>：只看新聞。「～しか」的後面一定要接續否定，「～しか～ない」意思是「只～」。

- 見<sup>み</sup>る<u>なら</u>：要看的話。「～なら」意思是「如果要～的話」。

- ニュースを見<sup>み</sup><u>たり</u>、本<sup>ほん</sup>を読<sup>よ</sup>ん<u>だり</u>しなさい：去看看新聞、讀讀書。「動詞た形＋り＋動詞た形＋り＋します」表示「動作的部分列舉」，中文意思為「～啦、～啦」。

- 買<sup>か</sup><u>ってくれます</u>：為我買。「動詞て形＋くれます」表示「第三者為我～」。

- 私<sup>わたし</sup>は父<sup>ちち</sup>が大<sup>だい</sup>好<sup>す</sup>きです：我最喜歡父親。「AはBが好<sup>す</sup>きです」表示「A喜歡B」。

- 勉強<sup>べんきょう</sup><u>してほしい</u>：希望你學習。「動詞て形＋ほしい」表示「說話者對自己以外的人的要求」。

- 読<sup>よ</sup>ん<u>であげる</u>：幫～唸。「動詞て形＋あげます」表示「說話者為別人做某事」。

## 問題2

次の文章を読んで、質問に答えてください。答えは1・2・3・4から一番いいものを一つ選んでください。

---

（木村さんから山田さんに届いたメール）

2020年4月19日 17:08

山田さん

明後日、一緒に売り場に行く約束でしたが、行けなくなりました。
アメリカから社長が来るので、神社やお寺を<u>案内しなければなりません</u>。
それで、約束を二十三日の午後一時半に変えられませんか。
本当にすみません。
山田さんの都合がよければ、会社の受付の前で待っています。
メールを読んだら、返事をください。
よろしくお願いします。

木村

---

問1　木村さんのメールのタイトル（Title）にふさわしいのはどれですか。
　　　1　社長の案内場所について
　　　2　約束の日程変更について
　　　3　売り場で調査する内容について
　　　4　メールの返事について

問2　山田さんは、木村さんにどんなことを知らせなければなりませんか。

1　メールを読んだとき、どう思ったか。

2　二十一日の約束をその二日後に変えられるかどうか。

3　売り場に行く約束を明後日に変えられるかどうか。

4　山田さんの二十三日の午前の都合について。

**中譯**

（木村先生寄給山田小姐的電子郵件）

2020年4月19日 17:08

山田小姐

雖然約了後天要一起去賣場，但是我不能去了。

由於美國那邊的社長要來，所以我非導覽神社或是寺廟不可。

所以，可以把約會改成二十三日下午一點半嗎？

真的很抱歉。

如果山田小姐時間許可的話，我在公司櫃檯前等妳。

讀了電子郵件的話，請回覆我。

麻煩妳了。

木村

問1　符合木村先生電子郵件主旨（Title）的，是哪一個呢？

1　有關要導覽社長的地方

2　有關約會日程的變更

3　有關在賣場要調查的內容

4　有關電子郵件的回覆

問2 山田小姐一定要告知木村先生什麼事情呢？

　　1　讀了電子郵件時，是怎麼想的？

　　2　是否可以把二十一日的約會，變更到那個的二天後？

　　3　是否可以把要去賣場的約會，變更到後天？

　　4　有關山田小姐二十三日早上時間方不方便。

**解說**

- 案内しなければなりません：非導覽不可。「動詞ない形＋ければ＋なりません」表示「非～不可」。

- 都合がよければ：方便的話。「都合」是「時間上的方便與否」。

- 読んだら：讀了的話。「動詞た形＋ら」意思是「如果～了的話」。

# 聽解

**問題1** 🎧 MP3-22

> 問題1では　まず　質問を　聞いて　ください。それから　話を　聞いて、問題用紙の　1から　4の　中から、一番　いい　ものを　一つ　選んで　ください。

コンビニで　お店の　人と　女の　子が　話して　います。女の　子は　この後　どのボタンを　押しますか。

女：すみません。ちょっと　分からないので、手伝って　もらえませんか。

男：いいですよ。

女：この学校の　資料を　コピーしたいんです。

男：分かりました。

女：この赤い　ボタンを　押したんですけど、字が　小さく　なって　しまって……。

　　字を　もう　少し　大きく　したいんです。

男：白い ボタンを 押しちゃったんですね。

大きく する時は、こっちの 黄色い ボタンです。

ここ、ほらね。

女：本当だ。ありがとう ございます。

あと、色が 薄くて よく 見えないので、もっと 濃く できますか。

男：できますよ。色を 濃く する時は、この青い ボタンです。

女：そうですか。やって みます。

どうも ありがとう ございました。


女の 子は この後 どのボタンを 押しますか。

1 赤い ボタン
2 白い ボタン
3 黄色い ボタン
4 青い ボタン

中譯

便利商店裡店員和女孩正在說話。女孩之後要按哪個按鈕呢？


女：不好意思。因為有點不懂，可以請你幫忙嗎？

男：好啊！

女：我想要影印這個學校的資料。

男：我知道了。

女：按了這個紅色的按鈕，但是字卻變小了……。

我想要字再稍微大一點。

男：應該是按到白色的按鈕了吧！

要變大時，是這邊黃色的按鈕。

這裡，妳看吧！

女：真的耶。謝謝您。

還有，因為顏色很淡看不清楚，所以可以更濃一些嗎？

男：可以喔！要把顏色變濃時，是這個藍色的按鈕。

女：那樣啊！我試試看。

　　非常謝謝您。


女孩之後要按哪個按鈕呢？

1　紅色的按鈕

2　白色的按鈕

3　黃色的按鈕

4　藍色的按鈕

解説

・手伝ってもらえませんか：能不能請你幫忙呢？「動詞て形＋もらえません
　か」表示「能不能請你～」。

・字を大きくしたいんです：我想把字變大。
　大きい（大的）＋します（做）→大きくします（變大）
　大きくします（變大）＋たい（想）→大きくしたい（想變大）

## 問題 2

問題 2では　まず　質問を　聞いて　ください。そして、1から　3
の　中から、一番　いい　ものを　一つ　選んで　ください。


## 1番 🎧 MP3-23

近所の　人の　家に　行きました。何と　言いますか。

1　ごめんなさい。

2　ごらんなさい。

3　ごめんください。

中譯

去了鄰居的家了。要說什麼呢？

1　抱歉。

2　請看。

3　打擾了。

解說

・ごらんなさい：漢字是「御覧なさい」，「見なさい」（請看）的敬語。

2番 🎧 MP3-24

出かける時、家族に　何と　言いますか。

1　いってきます。

2　いってらっしゃい。

3　いただきます。

中譯

出門的時候，要對家人說什麼呢？

1　我要出門了。

2　路上小心。（慢走。）

3　開動了、收下。

3番 🎧 MP3-25

ピアノが　上手だと　褒められました。何と　言いますか。

1　はい、上手です。

2　ええ、こちらこそ。

3　いいえ、まだまだです。

中譯

被稱讚鋼琴彈得好。要說什麼呢？

1　是的，很厲害。

2　是啊，我才是。（是啊，彼此彼此。）

3　不，還差得遠。

## 問題3

もんだい

問題3では　まず　文を　聞いて　ください。それから、その返事を　聞いて、1から　3の　中から、一番　いい　ものを　一つ　選んで　ください。

1番 🎧 MP3-26

男：昨日、どうして　休んだんですか。

女：1　ええ、休むかもしれません。

　　2　頭が　痛かったんです。

　　3　ええ、ゆっくり　休んで　くださいね。

中譯

男：昨天，為什麼請假了呢？

女：1　是的，可能會請假。

　　2　因為頭痛。

　　3　是的，請好好休息喔！

2番 🎧 MP3-27

男：一緒に　海へ　行きませんか。

女：1　ええ、海で　泳ぎました。

　　2　ええ、いいですよ。

　　3　ええ、行って　ください。

中譯

男：要不要一起去海邊呢？

女：1　是的，在海裡面游泳了。

　　2　嗯，好喔！

　　3　好的，請去。

解說

• （一緒に）行きませんか：要不要一起去呢？「動詞ます形＋ませんか」是「邀約表現」，用來邀請對方一起做某事。

3番 🎧 MP3-28

男：どこに 行くんですか。

女：1 いってらっしゃい。

　　2 気を つけてね。

　　3 ちょっと 買物に 行って きます。

中譯

男：要去哪裡呢？

女：1 路上小心。（慢走。）

　　2 小心喔！

　　3 要去買一下東西。

# 考題

## 📝 文字・語彙

1 せんげつの おおきい じしんで 品物が たりないそうです。
　1 ひんぶつ　　2 ひんもの　　3 しなぶつ　　4 しなもの

2 夕方に なって きゅうに ゆきが ふりだしました。
　1 ゆうかた　　2 ゆうがた　　3 ゆうほう　　4 ゆうぼう

3 きのう あにが じゅうどうを おしえて くれました。
　1 柔道　　　　2 十道　　　　3 書道　　　　4 気道

4 ちちは ぼうえきの かいしゃに つとめて います。
　1 電気　　　　2 経営　　　　3 輸入　　　　4 貿易

5 わからないときは じしょで いみを （　　　　　）。
　1 くらべます　　　　　　　　2 おどります
　3 しらべます　　　　　　　　4 いのります

6 そとは とても さむいですから、（　　　　　）を きて
いきなさい。
　1 ズボン　　　2 オーバー　　3 スカート　　4 カーテン

7 パーティーが はじまる（　　　　）、ケーキを よういしま
しょう。
1 まえに　　　2 あとに　　　3 ときで　　　4 ほうが

8 「めがねは つくえの なかに あります」と おなじ いみの
ぶんを えらんで ください。
1 めがねは ぎんこうに おいて あります。
2 めがねは がっこうの かばんの なかに はいって
います。
3 めがねは きれいな はこの なかに はいって います。
4 めがねは ひきだしに はいって います。

9 （　　　　）が このプレゼントを くれたか わかりません。
1 どれ　　　　2 なに　　　　3 どこ　　　　4 だれ

10 スープの （　　　　）を もっと あまく して ください。
1 あじ　　　2 かさ　　　3 ねつ　　　4 おと

## 📖 文法

1 田中せんせいは もう すぐ 研究室から （　　　　）。
1 おもどりに します　　　　2 おもどりに きます
3 おもどりに なります　　　4 おもどりに あります。

2 かぜは まだ 治って いません。あしたまでは 薬を
（　　　　）。
1 のんで ください　　　　2 のまないで ください
3 のんでも いいです　　　4 のんでは いけません

3　むすこは　けがを　（　　　　）まま　試合に　でました。
　　1　する　　　　2　して　　　　3　した　　　　4　しない

4　彼に　もう　しんぱいしない（　　　　）　つたえて　ください。
　　1　ような　　　2　ようで　　　3　ようを　　　4　ように

5　びょういんで　さいふ（　　　　）　ぬすまれました。
　　1　を　　　　　2　に　　　　　3　で　　　　　4　へ

6　（　　　　）人は　知りません。
　　1　それ　　　　2　そこ　　　　3　そんな　　　4　そっち

7　アフリカは　とても　あつい（　　　　）ですよ。
　　1　そう　　　　2　こと　　　　3　ほど　　　　4　もの

8　どろぼうは　（　　　　）ままで、まだ　つかまって　いません。
　　1　にげる　　　2　にげた　　　3　にげて　　　4　にげない

9　かれの　いけんに　ついて　（　　　　）　おもいますか。
　　1　どれ　　　　2　どこ　　　　3　どの　　　　4　どう

10　席は　ぜんぶ（　　　　）　むっつ　あります。
　　1　に　　　　　2　で　　　　　3　を　　　　　4　は

# 解答

## 文字・語彙（每題 5 分）

| 1 | 2 | 3 | 4 | 5 | 6 | 7 | 8 | 9 | 10 |
|---|---|---|---|---|---|---|---|---|----|
| 4 | 2 | 1 | 4 | 3 | 2 | 1 | 4 | 4 | 1  |

## 文法（每題 5 分）

| 1 | 2 | 3 | 4 | 5 | 6 | 7 | 8 | 9 | 10 |
|---|---|---|---|---|---|---|---|---|----|
| 3 | 1 | 3 | 4 | 1 | 3 | 1 | 2 | 4 | 2  |

## 得分（滿分 100 分）

| /100 |
|------|

**21 天**

# 中文翻譯＋解說

## 📝 文字・語彙

1 先月の 大きい 地震で 品物が 足りないそうです。

　　1 ひんぶつ　　2 ひんもの　　3 しなぶつ　　**4 しなもの**

中譯 聽說因為上個月的大地震，物資不夠。

解說 「品」這個漢字可以唸成「ひん」、「しな」；而「物」則可以唸成「ぶつ」、「もの」，但「品物」（物品、商品）固定只能唸「しなもの」。

2 夕方に なって 急に 雪が 降り出しました。

　　1 ゆうかた　　**2 ゆうがた**　　3 ゆうほう　　4 ゆうぼう

中譯 到了黃昏，突然下起雪來了。

解說 特別注意「夕方」的「方」要唸濁音「がた」。

3 昨日 兄が 柔道を 教えて くれました。

　　**1 柔道**　　　　2 十道　　　　3 書道　　　　4 気道

中譯 昨天哥哥教我柔道了。

解說 其餘選項：選項2無此字；選項3是「書道」（書法）；選項4是「気道」（〔由鼻、口、喉、氣管等器官所組合〕將氣體送往肺部的通道）。

4 父は 貿易の 会社に 勤めて います。

　　1 電気　　　　2 経営　　　　3 輸入　　　　**4 貿易**

中譯 父親在貿易公司工作。

解說 其餘選項發音：選項1是「電気」（電流、電燈、電力）；選項2是「経営」（經營）；選項3是「輸入」（進口）。

5 分からない時は 辞書で 意味を （ 調べます ）。

1 くらべます　2 おどります　3 しらべます　4 いのります

中譯 不懂的時候，會用字典查意思。

解說 本題考「動詞」。選項1是「比べます」（比較）；選項2是「踊ります」（跳舞）；選項3是「調べます」（調查）；選項4是「祈ります」（祈禱、祈求）。

6 外は とても 寒いですから、（ オーバー ）を 着て 行きなさい。

1 ズボン　　　2 オーバー　　3 スカート　　4 カーテン

中譯 外面非常寒冷，所以穿外套去！

解說 本題考「外來語」。選項1是「ズボン」（長褲）；選項2是「オーバー」（外套）；選項3是「スカート」（裙子）；選項4是「カーテン」（窗簾）。

7 パーティーが 始まる （ 前に ）、ケーキを 用意しましょう。

1 まえに　　　2 あとに　　　3 ときで　　　4 ほうが

中譯 宴會開始前，準備蛋糕吧！

解說 本題考「時間點」，牽涉到三個句型。

- 動詞辭書形 / 動詞た形＋時：表示「在～時候」。例如：「父は新聞を読む時、眼鏡をかけます」（父親看報紙的時候，會戴眼鏡）；「家を出た時、忘れ物に気がつきました」（出門時，發現忘了東西）。
- 動詞辭書形＋前に：表示「在～之前」。例如：「寝る前に、お風呂に入ります」（睡覺前泡澡）。
- 動詞た形＋後で：表示「在～之後」。例如：「運動した後で、ビールを飲みました」（運動後，喝了啤酒）。

所以答案為選項1。

8 「眼鏡は 机の 中に あります」と 同じ 意味の 文を 選んで
ください。
1 眼鏡は 銀行に 置いて あります。
2 眼鏡は 学校の 鞄の 中に 入って います。
3 眼鏡は 綺麗な 箱の 中に 入って います。
4 眼鏡は 引き出しに 入って います。

中譯 請選出和「眼鏡在桌子裡面」相同意思的句子。

1 銀行有放置眼鏡。

2 眼鏡放在學校的書包裡。

3 眼鏡放在漂亮的盒子裡。

4 眼鏡放在抽屜裡。

解說 本題考補助動詞。

• 動詞て形＋います：表示動作的結果還存在著。

• 動詞て形＋あります：表示動作、作用的結果狀態。

9 （ 誰 ）が このプレゼントを くれたか 分かりません。
1 どれ 2 なに 3 どこ 4 だれ

中譯 不知道是誰給我這個禮物的。

解說 本題考「疑問詞」。選項1是「どれ」（哪一個）；選項2是「何」（什
麼）；選項3是「どこ」（哪裡）；選項4是「誰」（誰）。

10 スープの （ 味 ）を もっと 甘く して ください。
1 あじ 2 かさ 3 ねつ 4 おと

中譯 請把湯的味道再弄甜一點。

解說 本題考「名詞」。選項1是「味」（味道）；選項2是「傘」（傘）；選
項3是「熱」（發燒、熱、熱情）；選項4是「音」（〔非生物所發出
的〕聲音）。

## 文法

1 田中先生は　もう　すぐ　研究室から　（　お戻りに　なります　）。

　　1　おもどりに　します　　　　　　2　おもどりに　きます

　　3　おもどりに　なります　　　　　4　おもどりに　あります

中譯 田中老師馬上就會從研究室回來。

解說 本題考「敬語表現」。句中的主詞是「田中先生」（田中老師），表現
　　 老師的動作時要用敬語，表現方式如下：

| お＋和語動詞ます形 |
| ご＋漢語動詞語幹 |
＋に＋なります

　　 由於「戻ります」（回來）是和語動詞，所以要「お＋戻ります＋に な
　　 ります」，也就是選項3。

2 風邪は　まだ　治って　いません。明日までは　薬を　（　飲んで
ください　）。

　　1　のんで　ください　　　　　　　2　のまないで　ください

　　3　のんでも　いいです　　　　　　4　のんでは　いけません

中譯 感冒還沒有好。到明天為止都請要吃藥。

解說 本題考「動詞て形」及「動詞ない形」的相關表現。選項1是「飲ん
　　 でください」（請吃〔藥〕）；選項2是「飲まないでください」（請
　　 不要吃〔藥〕）；選項3是「飲んでもいいです」（吃〔藥〕也沒關
　　 係）；選項4是「飲んではいけません」（不可以吃〔藥〕）。

3 息子は　怪我を　（　した　）まま　試合に　出ました。

　　1　する　　　　2　して　　　　　3　した　　　　4　しない

中譯 兒子受傷依然出賽了。

**解說** 本題考「～まま」，用來表示「維持前面的狀態之下」。用法如下：

> 動詞た形
> 動詞ない形
> い形容詞　　　　＋まま
> な形容詞＋な
> 名詞＋の

---

4 彼に　もう　心配しない（　ように　）　伝えて　ください。

1 ような　　　　2 ようで　　　　3 ようを　　　**4 ように**

**中譯** 請轉告他，不要再擔心了。

**解說** 本題考「ように」相關表現中的「間接引用」。藉由「ように」後面表示傳達的動詞，如「言います」（告訴）、「伝えます」（轉達、傳達），希望第三者「要～」或「不要～」。用法如下：

> 動詞辭書形
> 動詞ない形　　＋ように＋　言います
> 　　　　　　　　　　　　　　伝えます

---

5 病院で　財布（　を　）　盗まれました。

**1 を**　　　　　2 に　　　　　3 で　　　　　4 へ

**中譯** 錢包在醫院被偷了。

**解說** 本題考「被動表現」。「AはBにCを動詞被動形」表示B對A的所有物C，做了某種行為。本題省略了A和B，但是可以從「盗まれました」（被偷了）知道要選助詞「を」。

---

6 （　そんな　）人は　知りません。

1 それ　　　　2 そこ　　　　**3 そんな**　　　4 そっち

**中譯** 那種人，我不認識。

**解說** 本題考「指示語」，也就是「こ／そ／あ／ど」（這／〔離說話者近的〕那／〔離說話者遠的〕那／哪）系統。選項1是「それ」（那個）；選項2是「そこ」（那裡）；選項3是「そんな」（那樣的）；選項4是「そっち」（那裡）。其中只有選項3「そんな」可以連接名詞。

7 アフリカは　とても　暑い（　そう　）ですよ。

1　そう　　　　　　　2　こと　　　　　　3　ほど　　　　　4　もの

中譯　聽說非洲非常熱喔！

解說　本題考傳聞助動詞「そうです」（聽說～）的用法，是說話者將間接得
　　　到的情報，傳達給第三者的表現。用法如下：

| 動詞普通形 | |
|---|---|
| い形容詞普通形 | ＋そうです |
| な形容詞＋だ | |
| 名詞＋だ | |

8 泥棒は　（　逃げた　）ままで、まだ　捕まって　いません。

1　にげる　　　　　　2　にげた　　　　　3　にげて　　　　4　にげない

中譯　小偷就這樣讓他逃走，還沒有抓到。

解說　本題考「～まま」，用來表示「維持前面的狀態之下」。用法如下：

| 動詞た形 | |
|---|---|
| 動詞ない形 | |
| い形容詞 | ＋まま |
| な形容詞＋な | |
| 名詞＋の | |

9 彼の　意見に　ついて　（　どう　）　思いますか。

1　どれ　　　　　2　どこ　　　　　3　どの　　　　　4　どう

中譯　有關他的意見，覺得如何呢？

解說　本題考「こ／そ／あ／ど」系統的「疑問詞」。選項1是名詞「どれ」
　　　（哪一個）；選項2是名詞「どこ」（哪裡）；選項3是連體詞「どの」
　　　（哪一個的）；選項4是副詞「どう」（如何）。其中只有選項4可以用
　　　來修飾動詞。

10 席は　全部　（　で　）　六つ　あります。

1　に　　　　　　2 で　　　　　　3　を　　　　　　4　は

中譯 位子全部共有六個。

解說 本題考「助詞」。助詞「で」的用法很多，本題表示「數字計算的範圍」，中文是「共～」。

# 考題

## 文字・語彙

1　このアパートの　台所は　ひろくて　きれいです。
1　だいところ　　　　　　　2　だいどころ
3　だいしょ　　　　　　　　4　だいじょ

2　なるべく　はやく　集まって　ください。
1　あつまって　　　　　　　2　とどまって
3　せばまって　　　　　　　4　につまって

3　このりょかんの　りょうりは　とても　おいしいです。
1　宿館　　　　2　民宿　　　　3　旅館　　　　4　飯店

4　がっこうで　べんきょうしたことは　やくに　たちます。
1　訳　　　　2　意　　　　3　役　　　　4　約

5　こうじょうまでは　遠いですから、まず　（　　　　　）へ
よりましょう。
1　スクリーン　　　　　　　2　エスカレーター
3　ガソリンスタンド　　　　4　サンドイッチ

6 かいぎは　ごぜん　十じから　ごご　五じまで　（　　　　）。
　　1　さわぎました　　　　　　　2　つづきました
　　3　ひらきました　　　　　　　4　わきました

7 きょうは　（　　　　　）ので、どこへも　いけません。
　　1　たいふう　　　　　　　　　2　たいふうな
　　3　たいふうだ　　　　　　　　4　たいふうは

8 「あのひとは　うんてんが　じょうずです」と　おなじ　いみの
　　ぶんを　えらんで　ください。
　　1　あのひとは　ちっとも　うんてんしません。
　　2　あのひとは　タクシーの　うんてんしゅです。
　　3　あのひとは　くるまの　じこで　にゅういんして　います。
　　4　あのひとは　いちどだけ　うんてんしたことが　あります。

9 どこへ　（　　　　）　もう　きめましたか。
　　1　いくも　　　2　いくか　　　3　いくの　　　4　いくし

10 わたしは　（　　　　　）　だいがくに　いかないことに　しま
　　した。
　　1　きっと　　　2　まず　　　　3　やはり　　　4　しっかり

## 📱 文法

1  あしたの　かいぎは　何じから　（　　　）　教えて　くだ
さい。
　　1　はじまる　　　　　　　　2　はじまるの
　　3　はじまるか　　　　　　　4　はじまると

2  じょうずに　なりたいなら、毎日　れんしゅう（　　　　）。
　　1　しないで　いいです　　　　2　しないほうが　いいです
　　3　しなくても　いいです　　　4　しなければ　なりません

3  春に　なる（　　　　）、やはり　花が　いっぱい　さきますね。
　　1　なら　　　　2　よう　　　　3　と　　　　4　に

4  せんせいは　阿部さんに　そうじを　（　　　　）。
　　1　しました　　　　　　　　2　させました
　　3　らせました　　　　　　　4　せられました

5  機械が　とまった（　　　　）　ぜんぜん　うごきません。
　　1　まま　　　　2　まで　　　　3　のに　　　4　だけ

6  わたしは　どこ（　　　　）も　ねることが　できます。
　　1　に　　　　　2　で　　　　3　から　　　　4　へ

7  なき（　　　）て、目が　いたく　なりました。
　　1　すぎ　　　2　やすく　　　3　にくく　　　4　たく

8  びょういんの　ろうかを　（　　　　）　いけませんよ。
　　1　はしるは　　　　　　　　　　2　はしって
　　3　はしっては　　　　　　　　　4　はしっても

9  地震の　ときは　すぐに　火を　（　　　　）　なりません。
　　1　消しては　　　　　　　　　　2　消さなくても
　　3　消すほうに　　　　　　　　　4　消さなければ

10 おまつりに　（　　　　）　のに、行きませんでした。
　　1　しょうたいされた　　　　　　2　しょうたいしない
　　3　しょうたいさせられた　　　　4　しょうたいしそうな

# 解答

## 文字・語彙（每題 5 分）

| 1 | 2 | 3 | 4 | 5 | 6 | 7 | 8 | 9 | 10 |
|---|---|---|---|---|---|---|---|---|----|
| 2 | 1 | 3 | 3 | 3 | 2 | 2 | 2 | 2 | 3  |

## 文法（每題 5 分）

| 1 | 2 | 3 | 4 | 5 | 6 | 7 | 8 | 9 | 10 |
|---|---|---|---|---|---|---|---|---|----|
| 3 | 4 | 3 | 2 | 1 | 2 | 1 | 3 | 4 | 1  |

## 得分（滿分 100 分）

| /100 |
|------|

22
天

# 中文翻譯＋解說

## 📖 文字・語彙

1 このアパートの 台所は 広くて 綺麗です。

　　1　だいところ　　**2　だいどころ**　　3　だいしょ　　4　だいじょ

　　**中譯**　這個公寓的廚房又寬敞又漂亮。

　　**解說**　「所」這個漢字可以唸成「ところ」或「しょ」或「じょ」，但是「台所」（廚房）要唸「だいどころ」，請特別注意濁音「ど」。

2 なるべく 早く 集まって ください。

　　**1　あつまって**　　2　とどまって　　3　せばまって　　4　につまって

　　**中譯**　請盡早集合。

　　**解說**　本題考「自動詞的て形」。其餘選項：選項2是「留まって」（留下、停留）；選項3是「狭まって」（縮短、縮小、變窄）；選項4是「煮詰まって」（煮乾、燉乾）。

3 この旅館の 料理は とても おいしいです。

　　1　宿館　　　　2　民宿　　　　**3　旅館**　　　　4　飯店

　　**中譯**　這家旅館的料理非常美味。

4 学校で 勉強したことは 役に 立ちます。

　　1　訳　　　　　2　意　　　　　**3　役**　　　　　4　約

　　**中譯**　在學校學的東西很有助益。

　　**解說**　「役に立ちます」是固定用法，意思是「對～有益處」。

5 工場までは　遠いですから、まず　（　ガソリンスタンド　）へ
寄りましょう。

1　スクリーン　　　　　　　　2　エスカレーター

3　ガソリンスタンド　　　　　4　サンドイッチ

中譯　因為到工廠很遠，所以先順路去加油站吧！

解說　本題考「外來語」。選項1是「スクリーン」（螢幕、電影銀幕）；選
項2是「エスカレーター」（手扶梯）；選項3是「ガソリンスタンド」
（加油站）；選項4是「サンドイッチ」（三明治）。

6 会議は　午前　十時から　午後　五時まで　（　続きました　）。

1　さわぎました　　　　　　　2　つづきました

3　ひらきました　　　　　　　4　わきました

中譯　會議從早上十點持續到下午五點了。

解說　本題考「自動詞」。選項1是「騒ぎました」（吵鬧了）；選項2是「続
きました」（持續了）；選項3是「開きました」（開了）；選項4是
「沸きました」（沸騰了）或「湧きました」（冒出了）。

7 今日は　（　台風な　）ので、どこへも　行けません。

1　たいふう　　　　　　　　　2　たいふうな

3　たいふうだ　　　　　　　　4　たいふうは

中譯　今天由於颱風，哪裡都不能去。

解說　本題考「ので」（因為～所以～）的用法。用法如下：

| 動詞普通形 | |
|---|---|
| い形容詞普通形 | ＋ので |
| な形容詞＋な | |
| 名詞＋な | |

由於「台風」（颱風）是名詞，所以接續「ので」時要先加上「な」。

22
天

8 「あの人は　運転が　上手です」と　同じ　意味の　文を　選んで
ください。
1　あの人は　ちっとも　運転しません。
2　あの人は　タクシーの　運転手です。
3　あの人は　車の　事故で　入院して　います。
4　あの人は　一度だけ　運転したことが　あります。

中譯　請選出和「那個人開車技術很好」相同意思的句子。
　　　1　那個人完全都不開車。
　　　2　那個人是計程車駕駛。
　　　3　那個人因為車輛事故住院了。
　　　4　那個人只開過一次車。

解說　本題考「程度、巧拙的表現」。「AはBが上手です」意思是「A對B很
　　　擅長」。

9 どこへ　（　行くか　）　もう　決めましたか。
1　いくも　　　　2　いくか　　　3　いくの　　　4　いくし

中譯　已經決定要去哪裡了嗎？

解說　本題考「助詞」。「疑問詞＋～か＋句子」中的「か」（呢），是用來
　　　將帶有疑問詞的疑問句，轉化為名詞成分，然後代入另外一個句子中。

10 私は　（　やはり　）　大学に　行かないことに　しました。
1　きっと　　　2　まず　　　3　やはり　　　4　しっかり

中譯　我決定還是不上大學了。

解說　本題考「副詞」。選項1是「きっと」（一定）；選項2是「まず」（首
　　　先）；選項3是「やはり」（還是、果然）；選項4是「しっかり」（好
　　　好地）。

## 📖 文法

1 明日の 会議は 何時から （ 始まるか ） 教えて ください。

　　1 はじまる　　2 はじまるの　**3 はじまるか**　4 はじまると

中譯 請告訴我明天的會議幾點開始呢。

解說 本題考「助詞」。「疑問詞＋～か＋句子」中的「か」（呢），是用來將帶有疑問詞的疑問句，轉化為名詞成分，然後代入另外一個句子中。

2 上手に なりたいなら、毎日 練習 （ しなければ なりません ）。

　　1 しないで いいです　　　　　　2 しないほうが いいです

　　3 しなくても いいです　　　　**4 しなければ なりません**

中譯 如果想要變得厲害，非每天練習不可。

解說 題目中的「なら」是「如果要～」。四個選項：
- 選項1「練習しないでいいです」（不練習沒關係）。
- 選項2「練習しないほうがいいです」（不練習比較好）。
- 選項3「練習しなくてもいいです」（不練習也沒關係）。
- 選項4「練習しなければなりません」（非練習不可）。

3 春に なる （ と ）、やはり 花が いっぱい 咲きますね。

　　1 なら　　　　2 よう　　　　**3 と**　　　　4 に

中譯 一到春天，花依然會開很多呢。

解說 本題考「～と」與「～なら」的差異。句型「句子A＋と＋句子B」中的「と」來「提示條件」，表示前句的事情若成立，勢必引發後句的情況，中文是「一～就～」。

容易混淆的選項1「なら」（如果要～的話）則相反，是後半句的結果先成立，再說前半句的條件部分。

4 先生は 阿部さんに 掃除を （ させました ）。

1 しました　　2 させました　　3 らせました　　4 せられました

中譯 老師叫阿部同學打掃了。

解說 本題考「使役表現」，用來表示強制或容許。句型「AはBに～を使役動詞」意思是「A讓B～」。所以要把動詞「掃除をします」（打掃）變成使役形「掃除をさせます」（使打掃）。

5 機械が 止まった （ まま ） 全然 動きません。

1 まま　　　　2 まで　　　　3 のに　　　　4 だけ

中譯 機器就這樣停著，一動也不動。

解說 本題考「～まま」，用來表示「維持前面的狀態之下」。用法如下：

| 動詞た形 | |
|---|---|
| 動詞ない形 | |
| い形容詞 | ＋まま |
| な形容詞＋な | |
| 名詞＋の | |

6 私は どこ （ で ） も 寝ることが できます。

1 に　　　　　2 で　　　　　3 から　　　　4 へ

中譯 我在哪裡都能睡。

解說 本題考「助詞」。選項1是「どこにも」（哪裡都有～）；選項2是「どこでも」（在哪裡都～）；選項3是「どこからも」（從哪裡都～）；選項4是「どこへも」（去哪裡都～）。

7 泣き （ 過ぎ ）て、目が 痛く なりました。

1 すぎ　　　　2 やすく　　　3 にくく　　　4 たく

中譯 哭得過頭，眼睛變得很痛。

解說 本題考「～過ぎます」（太～、過於～）的用法。用法如下：

```
動詞ます形
い形容詞
な形容詞          ＋過ぎます
名詞
```

所以「泣き過ぎて」就是「哭過頭」。其餘選項：選項2是「泣きやすくて」（容易哭）；選項3是「泣きにくくて」（不容易哭）；選項4是「泣きたくて」（想哭）。

---

8 病院の　廊下を　（　走っては　）　いけませんよ。

1　はしるは　　2　はしって　　**3　はしっては**　　4　はしっても

中譯 不可以在醫院的走廊奔跑喔！

解說 本題考「禁止表現」。句型「動詞て形＋は＋いけません」中文是「不准～」。

---

9 地震の　時は　すぐに　火を　（　消さなければ　）　なりません。

1　消しては　　2　消さなくても　3　消すほうに　　**4　消さなければ**

中譯 地震時，一定要立刻關火。

解說 本題考「義務表現」。句型「動詞ない形＋ければ＋なりません」中文是「非～不可」。也就是把「消さない」（不關）先去掉「い」再接續。

---

10 お祭りに　（　招待された　）のに、行きませんでした。

**1　しょうたいされた**　　　　　　　2　しょうたいしない

3　しょうたいさせられた　　　　　　4　しょうたいしそうな

中譯 明明被邀請參加祭典，卻沒有去。

解說 本題考「被動表現」。句型「AはBに＋動詞被動形」中文為「B對A做～動作」。本題中，A和B都被省略了，但依然可以判斷「招待されたのに」（明明被邀請了，但卻～）符合句意。
其餘選項：選項2是「招待しないのに」（明明沒有邀請，但卻～）；選項3是「招待させられたのに」（明明被強迫邀請了，但卻～）；選項4是「招待しそうなのに」（明明快要邀請了，但卻～）。

# 考題

## ✏️ 文字・語彙

1 あした　あめの　<u>場合</u>は　ちゅうしです。
　　1　ばしょ　　　2　じょうしょ　3　ばあい　　　4　じょうあい

2 このびょういんの　<u>看護師</u>さんは　みんな　やさしいです。
　　1　かんふし　　2　かんぼふ　　3　かんごふ　　4　かんごし

3 むすこは　れきしに　<u>きょうみ</u>が　あるそうです。
　　1　興味　　　　2　趣味　　　　3　興趣　　　　4　味興

4 テニスの　しあいで　<u>けが</u>を　しました。
　　1　受傷　　　　2　傷怪　　　　3　受怪　　　　4　怪我

5 （　　　　　）　べんきょうしなかったから、ごうかくしません
でした。
　　1　けっして　　2　はっきり　　3　すっかり　　4　ちっとも

6 そんなことを　したら、ぜったい　（　　　　）しませんよ。
　　1　しょうらい　　　　　　　　2　しょくじ
　　3　しょうち　　　　　　　　　4　しょくどう

7 きょうは　もう　おそいし、（　　　　）から、かえりましょう。
　　1　つかれた　　2　こわれた　　3　おくれた　　4　わかれた

8 「おきゃくさんに　でんわして　ください」と　おなじ　いみの
ぶんを　えらんで　ください。
1　おきゃくさんに　うって　ください。
2　おきゃくさんに　はこんで　ください。
3　おきゃくさんに　れんらくして　ください。
4　おきゃくさんに　やくに　たてて　ください。

9 さいきん　えいごの　べんきょうが　（　　　　）　なりました。
1　おもしろい　　　　　　　　2　おもしろな
3　おもしろく　　　　　　　　4　おもしろいに

10 このズボンは　（　　　　）、はけません。
1　ちいさがりで　　　　　　　2　ちいさすぎて
3　ちいさいすぎて　　　　　　4　ちいさくで

## 文法

1 ちちは　おさけを　（　　　　）すぎて、ぐあいが　わるそう
です。
1　のむ　　　2　のみ　　　3　のんで　　　4　のんだ

2 図書館の　本は　きょう（　　　　）　かえさなくては　いけ
ません。
1　ちゅう　　　2　じゅう　　　3　ちゅうに　　4　じゅうに

3 ははが　るすの　とき、家の　なかに　誰も　（　　　　　）
いけません。
1　いれるは　　2　いれては　　3　いれますは　4　いれないと

4 じしんでも、かいしゃや　がっこうに　いか（　　　　　）。
1　ないでは　いけません　　　　2　ないでは　しりません
3　なくては　いけません　　　　4　なくては　しりません

5 このテストは　じしょを　みながら、（　　　　）も　かまい
ません。
1　かくて　　　2　かきて　　　3　かして　　　4　かいて

6 よるに　（　　　　　）、外の　くうきは　つめたく　なります。
1　なった　　　2　なるに　　　3　なっても　　4　なると

7 その道具は　きけんでは　ないので、輸入（　　　　）　かま
いません。
1　するなら　　　　　　　　　2　しなくては
3　しても　　　　　　　　　　4　しては

8 しけんの　点が　（　　　　）ので、ははに　しかられました。
1　いいだった　　　　　　　　2　よいだった
3　いくなかった　　　　　　　4　よくなかった

9 やくそくは　（　　　　）　なりません。
1　守れなくて　　　　　　　　2　守らなければ
3　守らないよう　　　　　　　4　守ろうと

10 戦争が　（　　　　　）、いっしょに　いのりましょう。
　　1　なくなっても　　　　　　　2　なくなることが
　　3　なくならなくて　　　　　　4　なくなるように

# 解答

## 文字・語彙（每題5分）

| 1 | 2 | 3 | 4 | 5 | 6 | 7 | 8 | 9 | 10 |
|---|---|---|---|---|---|---|---|---|----|
| 3 | 4 | 1 | 4 | 4 | 3 | 1 | 3 | 3 | 2  |

## 文法（每題5分）

| 1 | 2 | 3 | 4 | 5 | 6 | 7 | 8 | 9 | 10 |
|---|---|---|---|---|---|---|---|---|----|
| 2 | 4 | 2 | 3 | 4 | 4 | 3 | 4 | 2 | 4  |

## 得分（滿分100分）

|          |
|----------|
| /100     |

# 中文翻譯＋解說

## 📝 文字・語彙

1　明日　雨の　場合は　中止です。

1　ばしょ　　　　2　じょうしょ　　3　ばあい　　　　4　じょうあい

中譯　明天如果下雨就停辦。

2　この病院の　看護師さんは　みんな　優しいです。

1　かんふし　　2　かんぼふ　　3　かんごふ　　4　かんごし

中譯　這家醫院的護理師，大家都很溫柔。

3　息子は　歴史に　興味が　あるそうです。

1　興味　　　　2　趣味　　　　3　興趣　　　　4　味興

中譯　聽說兒子對歷史有興趣。

解說　「～に興味があります」是「對～有興趣」；「趣味」是「喜好、興趣」。

4　テニスの　試合で　怪我を　しました。

1　受傷　　　　2　傷怪　　　　3　受怪　　　　4　怪我

中譯　在網球比賽受傷了。

5　（　ちっとも　）　勉強しなかったから、合格しませんでした。

1　けっして　　2　はっきり　　3　すっかり　　4　ちっとも

中譯　因為一點都沒有讀書，所以不及格。

解說　本題考「副詞」。選項1是「けっして」（絕對〔不〕～；後接否定）；選項2是「はっきり」（清楚、明白地）；選項3是「すっかり」（完全）；選項4是「ちっとも」（一點也〔不〕～；後接否定）。

6 そんなことを　したら、絶対（ぜったい）（　承知（しょうち）　）しませんよ。

1　しょうらい　　2　しょくじ　　**3　しょうち**　　4　しょくどう

中譯　如果做那種事的話，絕對不饒恕喔！

7 今日（きょう）は　もう　遅い（おそ）し、（　疲れた（つか）　）から、帰り（かえ）ましょう。

**1　つかれた**　　2　こわれた　　3　おくれた　　4　わかれた

中譯　今天已經很晚了，而且也累了，所以回家吧！

解說　本題考「第二類動詞的過去式」。選項1是「疲（つか）れた」（累了）；選項2是「壊（こわ）れた」（壞了）；選項3是「遅（おく）れた」（遲了）；選項4是「別（わか）れた」（分開了）。

8 「お客（きゃく）さんに　電話（でんわ）して　ください」と　同じ（おな）意味（いみ）の　文（ぶん）を選ん（えら）で　ください。

1　お客（きゃく）さんに　打って（う）　ください。
2　お客（きゃく）さんに　運んで（はこ）　ください。
**3　お客（きゃく）さんに　連絡（れんらく）して　ください。**
4　お客（きゃく）さんに　役に（やく）　立てて（た）　ください。

中譯　請選出和「請打電話給客人」相同意思的句子。

1　（無此用法）
2　請送給客人。（請送到客人那裡。）
3　請和客人聯絡。
4　請對客人有幫助。

解說　本題有二個重點。
• 助詞「に」：表示動作、作用的對象，中文是「給～」。
• 「動詞て形＋ください」：表示請求或命令，中文是「請～」。

9 最近（さいきん）英語（えいご）の　勉強（べんきょう）が　（　面白く（おもしろ）　）　なりました。

1　おもしろい　　2　おもしろな　　**3　おもしろく**　　4　おもしろいに

中譯　最近英文的學習變得有趣了。

解説 本題考「い形容詞＋動詞」的接續。「面白い」（有趣的）是「い形容詞」，「なります」（變得～）是動詞。接續時，要先把い形容詞「去掉い」，再「加上く」，才能接續動詞，成為「面白くなりました」（變得有趣了）。

10 このズボンは（ 小さ過ぎて ）、履けません。

1　ちいさがりで　　　　　　　2　ちいさすぎて

3　ちいさいすぎて　　　　　　4　ちいさくで

中譯 這條褲子太小，穿不下。

解説 本題考「～過ぎます」（太～、過於～）的用法。用法如下：

| 動詞ます形 い形容詞 な形容詞 名詞 | ＋過ぎます |
|---|---|

由於「小さい」（小的）是い形容詞，所以要先去掉「い」，才能加上「過ぎます」。

## 文法

1 父は　お酒を（ 飲み ）過ぎて、具合が　悪そうです。

1　のむ　　　　2　のみ　　　　3　のんで　　　　4　のんだ

中譯 父親酒喝太多，看起來不太舒服的樣子。

解説 本題考「～過ぎます」（太～、過於～）的用法。用法如下：

| 動詞ます形 い形容詞 な形容詞 名詞 | ＋過ぎます |
|---|---|

由於「飲みます」（喝）是動詞，所以要先去掉「ます」，變成「飲み」，才能加上「過ぎます」。

2　図書館の　本は　今日　（　中に　）　返さなくては　いけません。

1　ちゅう　　　　2　じゅう　　　　3　ちゅうに　　　**4　じゅうに**

中譯　圖書館的書，今天之內一定要歸還。

解説　・「名詞＋中」是「正在～」或「限定的範圍」，例如：「外出中」
　　　　（外出中）、「午前中」（上午這段時間）。

　　　・「名詞＋中」是「整個～」，例如：「一日中」（一整天）、「学校
　　　　中」（整個學校）。

　　　・「今日中に」意思是「今天之內」，其中的「中」規定要唸「じゅ
　　　　う」。


3　母が　留守の　時、家の　中に　誰も　（　入れては　）　いけま
せん。

1　いれるは　　　**2　いれては**　　　3　いれますは　　4　いれないと

中譯　媽媽不在家的時候，誰都不可以進來家裡。

解説　本題考「禁止表現」。句型「動詞て形＋は＋いけません」中文是「不
　　　准～」。


4　地震でも、会社や　学校に　行か（　なくては　いけません　）。

1　ないでは　いけません　　　　　2　ないでは　しりません

**3　なくては　いけません**　　　　4　なくては　しりません

中譯　就算是地震，也非去公司或學校不可。

解説　本題考「動詞ない形」的相關句型。「動詞ない形＋く＋ては＋いけま
　　　せん」為「義務表現」，中文為「非～不可」。所以要將動詞「行かな
　　　い」（不去）先去掉「い」，再加上「くてはいけません」，變成「行
　　　かなくてはいけません」（非去不可）。


5　このテストは　辞書を　見ながら、（　書いて　）も　構いません。

1　かくて　　　　2　かきて　　　　3　かして　　　**4　かいて**

中譯　這個測驗一邊看字典、一邊寫也沒有關係。

解説 本題考「許可表現」。「動詞て形＋も＋構いません」是「～也沒關係」。

6 夜に　（　なると　）、外の　空気は　冷たく　なります。

1　なった　　　　2　なるに　　　　3　なっても　　　4　なると

中譯 一到晚上，外面的空氣就變冷了。

解説 本題考「條件表現」，「～と」意思是「一～就～」。用法如下：

> 動詞辭書形
> 動詞ない形
> い形容詞普通形　＋と
> な形容詞＋だ
> 名詞＋だ

7 その道具は　危険では　ないので、輸入（　しても　）　構いません。

1　するなら　　　2　しなくては　　3　しても　　　　4　しては

中譯 那個工具不危險，所以進口也沒有關係。

解説 本題考「許可表現」。「動詞て形＋も＋構いません」是「～也沒關係」。

8 試験の　点が　（　良くなかった　）ので、母に　叱られました。

1　いいだった　　　　　　　　　2　よいだった

3　いくなかった　　　　　　　　4　よくなかった

中譯 考試分數不好，所以被媽媽罵了。

解説 「いい」（好的）為「い形容詞」，其變化固定如下：

|  | 現在 | 過去 |
|---|---|---|
| 肯定 | いい（好的） | 良かった（過去是好的） |
| 否定 | 良くない（不好的） | 良くなかった（過去是不好的） |

9 約束は （ 守らなければ ） なりません。

1 守れなくて　　　　　　　　2 守らなければ

3 守らないよう　　　　　　　4 守ろうと

中譯 約定一定要遵守。

解說 本題考「動詞ない形」的相關句型。「動詞ない形＋ければ＋なりません」為「義務表現」，中文為「非～不可」。所以要將動詞「守らない」（不遵守）先去掉「い」，再加上「ければなりません」，變成「守らなければなりません」（非遵守不可）。

10 戦争が （ なくなるように ）、一緒に 祈りましょう。

1 なくなっても　　　　　　　2 なくなることが

3 なくならなくて　　　　　　4 なくなるように

中譯 為了戰爭不再發生，一起來祈禱吧！

解說 本題考「目的表現」。「動詞辭書形／動詞ない形＋ように」表示「為了～而～」。「ように」的前面必須是「無意志的表現」；而後面承接的句子則須是「意志表現」。

~ 284 ~

# 考題

✏️ **文字・語彙**

1　今度の　にちようびに　こどもと　どうぶつえんに　いきます。
　　1　こんど　　　2　こんたび　　3　いまど　　　4　いまたび

2　ちちは　空港で　さいふを　なくしました。
　　1　そらこう　　2　くうこう　　3　そらがん　　4　くうがん

3　あついですから、れいぼうを　つけましょう。
　　1　冷房　　　　2　暖房　　　　3　寒房　　　　4　涼房

4　そろそろ　ひこうきの　よやくを　したほうが　いいです。
　　1　預約　　　　2　予約　　　　3　予位　　　　4　預訳

5　（　　　　　）で　でんしゃが　とまって　しまったそうです。
　　1　じこ　　　　2　うそ　　　　3　すな　　　　4　きぬ

6　王さんは　らいげつ　とうきょうに　（　　　　）そうです。
　　1　さがす　　　2　うごく　　　3　はこぶ　　　4　ひっこす

7　にほんりょうりは　（　　　　　）でも　すきです。
　　1　なに　　　　2　なん　　　　3　どこ　　　　4　どん

8 「きょうは　ぶんぽうと　はつおんいがいは　べんきょうしま
せん」と　おなじ　いみの　ぶんを　えらんで　ください。
1 きょうは　ぶんぽうと　はつおんいがいを　べんきょうし
ます。
2 きょうは　ぶんぽうも　はつおんも　べんきょうしません。
3 きょうは　ぶんぽうと　はつおんは　べんきょうしません。
4 きょうは　ぶんぽうと　はつおんだけ　べんきょうします。

9 そらが　くらいです。あめが　（　　　　）です。
1 ふるよう　　2 ふるほう　　3 ふるそう　　4 ふるつもり

10 しごとの　あとで、いっしょに　おさけ（　　　）　のみま
せんか。
1 まで　　　　2 ばかり　　　3 しか　　　　4 でも

# 📖 文法

1 じゃま（　　　　）なら、警察を　よびますよ。
1 し　　　　2 で　　　　3 する　　　4 に

2 パーティーが　はじまる（　　　　）、お祝いを　かいに
いきましょう。
1 あとで　　2 まえで　　3 あとに　　4 まえに

3 じぶんの　こどもは　じぶんで　きょういく（　　　　）
なりません。
1 しない　　2 しないで　　3 しなくても　4 しなければ

~ 286 ~

4 せんせいは 作文の かきかたを おしえて （　　　　）。
1 あげました　　　　　　　2 くれました
3 さしあげました　　　　　4 くださいました

5 たべ（　　　　）、ごみは 自分で すてて ください。
1 おわるは　　　　　　　　2 おわりは
3 おわっては　　　　　　　4 おわったら

6 パーティーが （　　　　）、へやを きれいに かざりま
しょう。
1 はじめるときに　　　　　2 はじめるときで
3 はじまるまえで　　　　　4 はじまるまえに

7 むすこは 学校の 木の えだを 折って、先生に
（　　　　）。
1 しかりました　　　　　　2 しかれました
3 しかられました　　　　　4 しかれられました

8 二（　　　）三を たすと 五です。
1 に　　　　2 で　　　　3 や　　　　4 を

9 けんこうの ために （　　　　）ほうが いいですよ。
1 たべやすくの　　　　　　2 たべすぎてる
3 たべすぎない　　　　　　4 たべはじめない

10 かれの 目は あおいから、日本人の （　　　）ありま
せん。
1 ようが　　2 はずが　　3 そうに　　4 らしく

# 解答

## 文字・語彙（每題 5 分）

| 1 | 2 | 3 | 4 | 5 | 6 | 7 | 8 | 9 | 10 |
|---|---|---|---|---|---|---|---|---|----|
| 1 | 2 | 1 | 2 | 1 | 4 | 2 | 4 | 1 | 4  |

## 文法（每題 5 分）

| 1 | 2 | 3 | 4 | 5 | 6 | 7 | 8 | 9 | 10 |
|---|---|---|---|---|---|---|---|---|----|
| 3 | 4 | 4 | 4 | 4 | 4 | 3 | 1 | 3 | 2  |

## 得分（滿分 100 分）

| /100 |
|------|

# 中文翻譯＋解說

## 🖊 文字・語彙

1 今度の 日曜日に 子供と 動物園に 行きます。

1 こんど 　　2 こんたび 　　3 いまど 　　4 いまたび

中譯 這個星期日要和小孩去動物園。

解說 「今」這個漢字可以唸成「いま」、「こん」；而「度」可以唸「ど」、「たび」，但是「今度」的發音只能是「こんど」，意思是「這次、下次、最近」。

2 父は 空港で 財布を なくしました。

1 そらこう 　　2 くうこう 　　3 そらがん 　　4 くうがん

中譯 爸爸在機場把錢包弄丟了。

3 暑いですから、冷房を つけましょう。

1 冷房 　　2 暖房 　　3 寒房 　　4 涼房

中譯 因為很熱，開冷氣吧！

解說 其餘選項：選項2是「暖房」（暖氣）；選項3和4無此字。

4 そろそろ 飛行機の 予約を したほうが いいです。

1 預約 　　2 予約 　　3 予位 　　4 預訳

中譯 差不多該訂飛機票比較好了。

解說 其餘選項，皆非正確日文。

5 （ 事故 ）で 電車が 止まって しまったそうです。

1 じこ 　　2 うそ 　　3 すな 　　4 きぬ

中譯 聽說因為事故，電車停了。

6 王さんは 来月 東京に （ 引っ越す ） そうです。

1 さがす　　　2 うごく　　　3 はこぶ　　　**4 ひっこす**

中譯 聽說王小姐下個月要搬到東京。

解說 本題的「そうです」是「聽說～」。選項1是「探す」（尋找）；選項2是「動く」（移動）；選項3是「運ぶ」（運送）；選項4是「引っ越す」（搬家）。

7 日本料理は （ 何 ） でも 好きです。

1 なに　　　**2 なん**　　　3 どこ　　　4 どん

中譯 日本料理，什麼都喜歡。

解說 「何でも」是代名詞「何」（什麼）＋助詞「でも」（～都），所以意思是「什麼都」、「不管什麼」。

8 「今日は 文法と 発音以外は 勉強しません」と 同じ 意味の 文を 選んで ください。

1 今日は 文法と 発音以外を 勉強します。
2 今日は 文法も 発音も 勉強しません。
3 今日は 文法と 発音は 勉強しません。
**4 今日は 文法と 発音だけ 勉強します。**

中譯 請選出和「今天不學習文法和發音以外的部分」相同意思的句子。

1 今天學習文法和發音以外的部分。

2 今天文法和發音都不學習。

3 今天不學習文法和發音。

4 今天只學習文法和發音。

解說 ・～以外：除了～之外。

・と：和。

・～も～も：～和～都～。

・だけ：只有。

9 空が 暗いです。雨が 　（ 降るよう ）です。

1 ふるよう 　　 2 ふるほう 　　 3 ふるそう 　　 4 ふるつもり

中譯 天空暗暗的。好像要下雨了。

解說 本題考「樣態表現」，「～ようです」意思是「好像～」、「似乎～」，乃針對透過五感（味覺、嗅覺、視覺、聽覺、觸覺）得到的感受所做的主觀描述。用法如下：

| 動詞普通形 い形容詞普通形 な形容詞＋な 名詞＋の | ＋ようです |

選項3的「～そうです」也是「樣態表現」，但必須改成「降りそうです」（看起來要下雨了）才對。

10 仕事の　後で、一緒に　お酒　（ でも ）　飲みませんか。

1 まで 　　　 2 ばかり 　　　 3 しか 　　　　 4 でも

中譯 工作後，要不要一起喝個酒什麼的？

解說 本題考「助詞」。選項1是「まで」（到～為止）；選項2是「ばかり」（光～）；選項3是「しか」（「～しか＋否定」意思為「只有」）；選項4是「でも」（～什麼的；表示舉例）。

# 文法

1 邪魔 （ する ）なら、警察を　呼びますよ。

1 し 　　　 2 で 　　　 3 する 　　　 4 に

中譯 打擾的話，就報警囉！

解說 本題考「條件、假設表現」。「～なら」意思是「如果～」，最常用於對話中，藉由從對方那裡看到、聽到的情報，發表自己的看法。用法如下：

```
┌─────────────┐
│ 動詞辞書形   │
│ い形容詞普通形 │ ＋なら
│ な形容詞     │
│ 名詞        │
└─────────────┘
```

2　パーティーが　始まる（　前に　）、お祝いを　買いに　行きましょう。

1　あとで　　　　2　まえで　　　　3　あとに　　　　**4　まえに**

中譯　宴會開始之前，去買賀禮吧！

解說　本題考「時間表現」。題目中出現「始まる」（開始）是動詞辭書形，
而四個選項都離不開「前」和「後」，比較如下：

・動詞辭書形＋前に：表示「在～之前」。例如：「寝る前に、お風呂
　に入ります」（睡覺前泡澡）。

・動詞た形＋後で：表示「在～之後」。例如：「運動した後で、ビー
　ルを飲みました」（運動後，喝了啤酒）。

　所以答案為選項4。

3　自分の　子供は　自分で　教育（　しなければ　）　なりません。

1　しない　　　　2　しないで　　　3　しなくても　　**4　しなければ**

中譯　自己的小孩非自己教育不可。

解說　本題考「動詞ない形」的相關句型。「動詞ない形＋ければ＋なりませ
ん」為「義務表現」，中文為「非～不可」。所以要將動詞「教育しな
い」（不教育）先去掉「い」，再加上「ければなりません」，變成
「教育しなければなりません」（非教育不可）。

4　先生は　作文の　書き方を　教えて　（　くださいました　）。

1　あげました　　　　　　　　2　くれました

3　さしあげました　　　　　　**4　くださいました**

中譯　老師教了我作文的寫法。

解説 本題考「授受表現」。「Aは＋私に＋名詞を＋動詞て形＋くれます／くださいます」意思為「A為我做了～」。題目中省略了「私に」（為我），但仍可知道答案為選項2或4。由於主詞「先生」（老師）是尊敬的對象，所以必須用敬語「くださいます」，也就是選項4。

5 食べ（　終わったら　）、ごみは　自分で　捨てて　ください。

1 おわるは　　　2 おわりは　　　3 おわっては　　4 おわったら

中譯 吃完了的話，垃圾請自己丟棄。

解説 本題考「條件、假設表現」。「～たら」意思是「如果～了的話，～」。用法如下：

| 動詞た形 | |
|---|---|
| い形容詞＋かった | |
| な形容詞＋だった | ＋ら |
| 名詞＋だった | |

6 パーティーが　（　始まる前に　）、部屋を　綺麗に　飾りましょう。

1 はじめるときに　　　　　　　　2 はじめるときで

3 はじまるまえで　　　　　　　　4 はじまるまえに

中譯 宴會開始之前，把房間裝飾得漂漂亮亮的吧！

解説 本題考「時間點」。關鍵單字「始まる」（開始）是動詞辭書形。四個選項都離不開「前」和「時」，比較如下：

- 動詞辭書形／動詞た形＋時：表示「在～時候」。例如：「父は新聞を読む時、眼鏡をかけます」（父親看報紙的時候，會戴眼鏡）；「家を出た時、忘れ物に気がつきました」（離開家的時候，發現忘了東西）。

- 動詞辭書形＋前に：表示「在～之前」。例如：「寝る前に、お風呂に入ります」（睡覺前泡澡）。

所以答案為選項4。

[7] 息子は 学校の 木の 枝を 折って、先生に （ 叱られました ）。

1　しかりました　　　　　　　2　しかれました

3　しかられました　　　　　　4　しかれられました

中譯　兒子折斷學校的樹枝，被老師罵了。

解說　本題考「被動表現」。「Aは＋Bに＋動詞被動形」表示「A被B～」，也就是「兒子被老師罵了」。「叱<u>り</u>ます」（罵）為第一類動詞，其被動形要把動詞主幹最後一個音「り」改成〔a〕段音，也就是「ら」，之後再加上被動助動詞「れます」，形成「叱<u>られます</u>」（被罵）。

[8] 二（ に ）　三を 足すと 五です。

1　に　　　　　　2　で　　　　　3　や　　　　4　を

中譯　二再加上三的話是五。

解說　本題考「助詞」。助詞「に」的用法很多，本題意思是「累加」，就是「二<u>再添加</u>三」。

[9] 健康の ために （ 食べ過ぎない ）ほうが いいですよ。

1　たべやすくの　　　　　　2　たべすぎてる

3　たべすぎない　　　　　　4　たべはじめない

中譯　為了健康，不要吃過量比較好喔！

解說　
• 「～ほうがいいです」是「比較表現」，意思是「～比較好」，前面要接續「動詞普通形」。

• 「～過ぎない」意思是「不要～過多」，用法如下：

| 動詞ます形 | |
|---|---|
| い形容詞 | ＋過ぎない |
| な形容詞 | |
| 名詞 | |

所以把動詞「食べます」（吃）去掉「ます」，再加上「過ぎない」，變成「食べ過ぎない」（不要吃過多）為答案。

10 彼の　目は　青いから、日本人の　（　はずが　）　ありません。

1　ようが　　　　2　はずが　　　　3　そうに　　　4　らしく

中譯　他的眼睛是藍的，所以不可能是日本人。

解説　本題考「推斷表現」。「はず」是「應該」，「はず＋が＋ありません」是「不可能」，用法如下：

| |
|---|
| 動詞辭書形 |
| 動詞ない形 |
| い形容詞普通形　　　　＋はず＋が＋ありません |
| な形容詞＋な |
| 名詞＋の |

# 25 天

## 考題

 讀解

**もんだい1**

つぎの文章を読んで、質問に答えてください。答えは1・2・3・4から
いちばんいいものを一つえらんでください。

---

最近は、ほとんどの子どもがコンピューターを持っているそう
です。ゲームをするためでしょうか。そこで、中学生百人と高校
生百五十人に、コンピューターを一日にどのぐらい使うのか聞き
ました。中学生は三時間ぐらいだと思いましたが、結果は二時間
がいちばん多く、その次は二時間半でした。高校生はわりあいに
少なく三十分がいちばん多く、その次は一時間でした。一番の理
由は学校の勉強が忙しいから。次はコンピューターより*スマホの
ほうが便利だからだそうです。時間があるときに、また調べたい
と思います。

---

*スマホ：スマートフォン (smartphone) のこと。iPhone など機能が高い携帯電話のこと。

問1　中学生がコンピューターを使う時間は何時間ですか。二番めに
　　多いものをこたえてください。
　　1　一時間三十分
　　2　二時間
　　3　二時間三十分
　　4　三時間

問2　高校生は中学生よりコンピューターを使う時間が短いです。その理由について、本文に合わないものはどれですか。

1　スマホのほうが便利だからです。

2　学校の勉強が忙しいからです。

3　コンピューターはスマホより不便だからです。

4　スマホはコンピューターよりとくべつだからです。

## もんだい2

　つぎのお知らせを見て、質問に答えてください。答えは1・2・3・4からいちばんいいものを一つえらんでください。

---

# 川上市スポーツ体験教室

日にち：10月3日（日よう日）

時間：9:00 ～ 16:00

場所：川上市運動場（電話：0288-288-1092）


スポーツの秋です！いろいろなスポーツが楽しめます。先生が教えてくれるので、誰でもできますよ。みんなでいっしょに運動しましょう。

| | 内容 | 時間 | 場所 | 値段 |
|---|---|---|---|---|
| A | 野球 | 9:00 ～ 15:00 | 第一運動場 | 無料 |
| | 自転車 | 9:30 ～ 13:30 | 第一運動場＋近所の道路 | 250 円(注1) |
| | バスケットボール | 11:00 ～ 15:00 | 川上市体育館 | 300 円 |

---

| | | | | |
|---|---|---|---|---|
| **B** | 水泳 | 10:00 〜 15:00 | 川上市プール | 200 円 |
| | テニス | 9:00 〜 14:30 | 川上市テニスコート | <u>150 円</u><br>（注 2） |
| | サッカー | 10:30 〜 15:30 | 第二運動場 | 150 円 |

（注 1）：自転車を借りる人は、ほかに 250 円かかります。
　　　　　自転車はどんな種類でもいいです。
（注 2）：テニスの道具を借りる人は、ほかに 150 円かかります。


スポーツの内容について

A：野球、自転車、バスケットボール

　　書かれている時間内なら、何時から始めてもいいです。

　　もちろん先生がずっといて、教えてくれます。

B：水泳、テニス、サッカー

　　この三種類については、午前と午後の内容がちがいます。

　　午前は先生が教えてくれます。

　　午後は試合です。

　　昼ご飯を食べてから、一時に受付に来てください。


問1　テニスの道具を持っていない人は、どうしますか。

　　1　先生から無料で借ります。

　　2　道具がない人は参加できません。

　　3　150 円払って、貸してもらいます。

　　4　250 円払って、借ります。

問2　大野くんはサッカーをやったことがないので、やり方やルール
　　が分かりません。でも、スポーツ体験教室で上手になって、試
　　合にも参加したいです。大野くんはまず、どうしなければなり
　　ませんか。
　　　1　10:30 に第二運動場に行きます。
　　　2　10:30 に受付に行きます。
　　　3　13:00 に第二運動場に行きます。
　　　4　13:00 に受付に行きます。

## 🔊 聴解

**もんだい1** 🎧 MP3-29

　もんだい1では　まず　質問を　聞いて　ください。それから　話を
聞いて、問題用紙の　1 から　4 の　中から、いちばん　いい　ものを
一つ　えらんで　ください。

1　こんしゅうの　土よう日
2　こんしゅうの　日よう日
3　らいしゅうの　土よう日
4　らいしゅうの　日よう日

## もんだい２

もんだい２では　まず　質問を　聞いて　ください。そして、１から　３
の　中から、いちばん　いい　ものを　一つ　えらんで　ください。

１ばん 🎧 MP3-30　　　① ② ③

２ばん 🎧 MP3-31　　　① ② ③

３ばん 🎧 MP3-32　　　① ② ③

## もんだい３

もんだい３では　まず　文を　聞いて　ください。それから、そのへ
んじを　聞いて、１から　３の　中から、いちばん　いい　ものを　一つ
えらんで　ください。

１ばん 🎧 MP3-33　　　① ② ③

２ばん 🎧 MP3-34　　　① ② ③

３ばん 🎧 MP3-35　　　① ② ③

# 解答

## 讀解

**問題 1**（每題 9 分）

| 1 | 2 |
|---|---|
| 3 | 4 |

**問題 2**（每題 9 分）

| 1 | 2 |
|---|---|
| 3 | 1 |

## 聽解

**問題 1**（每題 10 分）

| |
|---|
| 4 |

**問題 2**（每題 9 分）

| 1 | 2 | 3 |
|---|---|---|
| 3 | 3 | 1 |

**問題 3**（每題 9 分）

| 1 | 2 | 3 |
|---|---|---|
| 3 | 1 | 3 |

## 得分（滿分 100 分）

| |
|---|
| /100 |

**25**
天

# 中文翻譯＋解説

 讀解

**問題1**

　次の文章を読んで、質問に答えてください。答えは1・2・3・4から一番いいものを一つ選んでください。

---

　最近は、ほとんどの子供がコンピューターを持っているそうです。ゲームをするためでしょうか。そこで、中学生百人と高校生百五十人に、コンピューターを一日にどのぐらい使うのか聞きました。中学生は三時間ぐらいだと思いましたが、結果は二時間が一番多く、その次は二時間半でした。高校生は割合に少なく三十分が一番多く、その次は一時間でした。一番の理由は学校の勉強が忙しいから。次はコンピューターより*スマホのほうが便利だからだそうです。時間がある時に、また調べたいと思います。

---

*スマホ：スマートフォン (smartphone) のこと。iPhone など機能が高い携帯電話のこと。

問1　中学生がコンピューターを使う時間は何時間ですか。二番目に多いものを答えてください。

1　一時間三十分

2　二時間

3　二時間三十分

4　三時間

問2 高校生は中学生よりコンピューターを使う時間が短いです。その理由について、本文に合わないものはどれですか。
1 スマホのほうが便利だからです。
2 学校の勉強が忙しいからです。
3 コンピューターはスマホより不便だからです。
4 スマホはコンピューターより特別だからです。

中譯

　　最近，據說幾乎所有的小孩都擁有電腦。是因為要玩遊戲的緣故吧？因此，詢問了一百位國中生以及一百五十位高中生，一天大約使用多久的電腦。本以為國中生大約三小時左右，結果最多的是二小時，其次是二個半小時。而高中生意外地少，三十分鐘是最多的，其次是一個小時。最多的理由是因為學校課業繁重。其次據說是因為比起電腦，*智慧型手機更方便。有時間的時候，還想再調查。

*智慧型手機：smartphone。指的是iPhone等機能好的行動電話。

問1 國中生使用電腦的時間是多久呢？請回答第二多的。
1 一小時三十分
2 二小時
3 二小時三十分
4 三小時

問2 比起國中生，高中生使用電腦的時間較短。有關其理由，不符合本文的選項是哪一個？
1 因為智慧型手機比較方便。
2 因為學校的課業繁忙。
3 因為比起智慧型手機，電腦比較不方便。
4 因為比起電腦，智慧型手機更特別。

- 持<sup>も</sup>っているそうです：據說持有著。
- 割合<sup>わりあい</sup>に：意外地。
- から：因為。
- 〜より：比起〜。
- 〜のほうが便利<sup>べんり</sup>だから：因為〜比較方便。

## 問題<sup>もんだい</sup> 2

　次<sup>つぎ</sup>のお知<sup>し</sup>らせを見<sup>み</sup>て、質問<sup>しつもん</sup>に答<sup>こた</sup>えてください。答<sup>こた</sup>えは 1・2・3・4 から一番<sup>いちばん</sup>いいものを一<sup>ひと</sup>つ選<sup>えら</sup>んでください。

---

### 川上市<sup>かわかみし</sup>スポーツ体験教室<sup>たいけんきょうしつ</sup>

日<sup>ひ</sup>にち：10 月<sup>じゅうがつ</sup>3 日<sup>みっか</sup>（日曜日<sup>にちようび</sup>）
時間<sup>じかん</sup>：9:00 〜 16:00
場所<sup>ばしょ</sup>：川上市運動場<sup>かわかみしうんどうじょう</sup>（電話<sup>でんわ</sup>：0288-288-1092）

スポーツの秋<sup>あき</sup>です！いろいろなスポーツが楽<sup>たの</sup>しめます。先生<sup>せんせい</sup>が教<sup>おし</sup>えてくれるので、誰<sup>だれ</sup>でもできますよ。みんなで一緒<sup>いっしょ</sup>に運動<sup>うんどう</sup>しましょう。

| | 内容<sup>ないよう</sup> | 時間<sup>じかん</sup> | 場所<sup>ばしょ</sup> | 値段<sup>ねだん</sup> |
|---|---|---|---|---|
| A | 野球<sup>やきゅう</sup> | 9:00 〜 15:00 | 第一運動場<sup>だいいちうんどうじょう</sup> | 無料<sup>むりょう</sup> |
| | 自転車<sup>じてんしゃ</sup> | 9:30 〜 13:30 | 第一運動場<sup>だいいちうんどうじょう</sup>＋近所<sup>きんじょ</sup>の道路<sup>どうろ</sup> | ２５０円<sup>にひゃくごじゅうえん</sup>（注 1） |
| | バスケットボール | 11:00 〜 15:00 | 川上市体育館<sup>かわかみしたいいくかん</sup> | ３００円<sup>さんびゃくえん</sup> |

|   | 内容 | 時間 | 場所 | 値段 |
|---|------|------|------|------|
| B | 水泳 | 10:00 ～ 15:00 | 川上市プール | 200 円 |
|   | テニス | 9:00 ～ 14:30 | 川上市テニス コート | 150 円 (注2) |
|   | サッカー | 10:30 ～ 15:30 | 第二運動場 | 150 円 |

（注1）：自転車を借りる人は、ほかに 250 円かかります。
　　　　自転車はどんな種類でもいいです。
（注2）：テニスの道具を借りる人は、ほかに 150 円かかります。


スポーツの内容について
A：野球、自転車、バスケットボール
　　書かれている時間内なら、何時から始めてもいいです。
　　もちろん先生がずっといて、教えてくれます。
B：水泳、テニス、サッカー
　　この三種類については、午前と午後の内容が違います。
　　午前は先生が教えてくれます。
　　午後は試合です。
　　昼ご飯を食べてから、一時に受付に来てください。

問1　テニスの道具を持っていない人は、どうしますか。
　　1　先生から無料で借ります。
　　2　道具がない人は参加できません。
　　3　150 円払って、貸してもらいます。
　　4　250 円払って、借ります。

問2　大野君はサッカーをやったことがないので、やり方やルールが分かりません。でも、スポーツ体験教室で上手になって、試合にも参加したいです。大野君はまず、どうしなければなりませんか。

1　10:30 に第二運動場に行きます。
2　10:30 に受付に行きます。
3　13:00 に第二運動場に行きます。
4　13:00 に受付に行きます。

中譯

# 川上市運動體驗教室

日期：10月3日（星期日）
時間：9:00～16:00
地點：川上市運動場（電話：0288-288-1092）

運動之秋！可以享受各式各樣的運動。老師會指導大家，所以誰都學得會喔！大家一起來運動吧！

| | 內容 | 時間 | 地點 | 費用 |
|---|---|---|---|---|
| A | 棒球 | 9:00～15:00 | 第一運動場 | 免費 |
| | 腳踏車 | 9:30～13:30 | 第一運動場＋附近的道路 | 250日圓（注1） |
| | 籃球 | 11:00～15:00 | 川上市體育館 | 300日圓 |
| B | 游泳 | 10:00～15:00 | 川上市游泳池 | 200日圓 |
| | 網球 | 9:00～14:30 | 川上市網球場 | 150日圓（注2） |
| | 足球 | 10:30～15:30 | 第二運動場 | 150日圓 |

（注1）：租借腳踏車的人，須另行支付250日圓。
　　　　　任何種類的腳踏車都可以。
（注2）：租借網球器材的人，須另行支付150日圓。

有關運動的內容
A：棒球、腳踏車、籃球
　　只要是所寫的時間內，幾點開始都可以。
　　老師當然一直都會在，為大家指導。
B：游泳、網球、足球
　　有關這三項，早上和下午的內容不同。
　　早上老師會指導大家。
　　下午是比賽。
　　請在午餐後，一點到櫃檯。

問1　沒有網球器材的人，要怎麼辦呢？
　　　1　免費跟老師借。
　　　2　沒有器材的人不能參加。
　　　3　支付150日圓就可以借到。
　　　4　付250日圓，再借。

問2　大野同學沒有踢過足球，所以不知道踢法和規則。但是，他想在運動體驗
　　　教室變得厲害，也想參加比賽。大野同學首先，非怎麼做不可呢？
　　　1　10:30到第二運動場。
　　　2　10:30到櫃檯。
　　　3　13:00到第二運動場。
　　　4　13:00到櫃檯。

## 問題1 🎧 MP3-29

> 問題1では　まず　質問を　聞いて　ください。それから　話を　聞いて、問題用紙の　1から　4の　中から、一番　いい　ものを　一つ　選んで　ください。

男の　人と　女の　人が　話して　います。二人は　何時　映画を　見に　行きますか。

男：今週の　土曜日、一緒に　映画を　見に　行かない？

女：行きたいけど、土曜日は　駄目。アルバイトが　あるの。

男：それじゃ、日曜日は？

女：日曜日は　英語の　学校で　勉強なの。

男：そっか。忙しいね。

女：でも、来週の　その日は　先生が　国に　帰るから、休みらしいよ。

男：じゃあ、その日に　しよう。

女：うん。

二人は　何時　映画を　見に　行きますか。
1　今週の　土曜日
2　今週の　日曜日
3　来週の　土曜日
4　来週の　日曜日

**中譯**

男人和女人正在說話。二人何時要去看電影呢？

男：這星期六，要不要一起去看電影？
女：想去是想去，但是星期六不行。因為有打工。
男：那樣的話，星期日呢？
女：星期日要在英語補習班學習。
男：那樣啊！真忙啊！
女：但是，下星期的那一天因為老師要回國，所以好像放假喔！
男：那麼，就那一天吧！
女：嗯。

二人何時要去看電影呢？
1 這個星期六
2 這個星期日
3 下個星期六
4 下個星期日

**解說**

• 〜らしい：似乎〜、好像〜。

**問題 2**

問題 2 では まず 質問を 聞いて ください。そして、1 から 3 の 中から、一番 いい ものを 一つ 選んで ください。

1 番 🎧 MP3-30

仕事が 終わりました。会社の 人達に 何と 言いますか。
1 お邪魔しました。
2 お陰様で。
3 お疲れ様でした。

中譯

工作結束了。要跟公司的大家說什麼呢？

1　打擾了。

2　託您的福。

3　辛苦了。


2番 🎧 MP3-31

黒板の　字が　小さくて、よく　読めません。先生に　何と　言いますか。

1　すみません、私が　書いても　いいですか。

2　すみません、読んで　あげましょうか。

3　すみません、よく　見えません。

中譯

黑板字很小，看不太清楚。要跟老師說什麼呢？

1　不好意思，我可以寫嗎？

2　不好意思，我來幫你讀吧！

3　不好意思，看不太清楚。

解說

・動詞て形＋もいいですか：～也可以嗎？

・動詞て形＋あげましょうか：我來幫你～吧！


3番 🎧 MP3-32

先生に　将来に　ついて　相談したいです。何と　言いますか。

1　ちょっと　よろしいでしょうか。

2　あのう、何時に　しましょうか。

3　私に　相談して　くださいませんか。

中譯

有關將來，想和老師商量。要說什麼呢？

1　方便跟您說一下話嗎？

2　那個，什麼時候來做呢？

3　能不能請您和我商量呢？

解說

- 動詞て形＋くださいませんか：表示「請求第三者做某事」，中文為「能不能請您〜」。

## 問題3

> 問題3では　まず　文を　聞いて　ください。それから、その返事を　聞いて、1から　3の　中から、一番　いい　ものを　一つ　選んで　ください。

1番　🎧 MP3-33

男：鈴木さん、そこの　ごみを　捨てて　おいて　くれませんか。

女：1　はい、ここに　置きましょう。

　　2　とても　綺麗に　なりましたね。

　　3　はい、すぐ　やります。

中譯

男：鈴木小姐，可以幫我把那裡的垃圾丟掉嗎？

女：1　好的，就放這裡吧！

　　2　變得非常乾淨了呢！

　　3　好的，馬上處理。

解說

- 動詞て形＋くれませんか：表示「請求第三者做某事」，中文為「能不能請您〜」。

25
天

## 2番 🎧 MP3-34

女：今度の　日曜日は　何を　しますか。

男：1　友達と　美術館に　行くつもりです。

　　2　デパートで　先生に　会いました。

　　3　来週の　土曜日は　どうですか。

### 中譯

女：這個星期天要做什麼呢？

男：1　打算和朋友去美術館。

　　2　在百貨公司遇到老師了。

　　3　下星期六如何呢？

### 解說

• ～つもり：打算～。

## 3番 🎧 MP3-35

男：タバコを　吸っても　いいですか。

女：1　はい、そうしましょう。

　　2　いいえ、だめでした。

　　3　ええ、どうぞ。

### 中譯

男：可以抽菸嗎？

女：1　好的，就那麼做吧！

　　2　不，不可以。

　　3　好，請。

### 解說

• 動詞て形＋もいいですか：～也可以嗎？

# 考題

## ✍ 文字・語彙

1 ニュースで その<u>事故</u>の ことを しりました。
　1　しこ　　　　2　じこ　　　　3　こと　　　　4　こど

2 きょうの しけんは <u>割合に</u> かんたんでした。
　1　わりあいに　　　　　　　　2　かつあいに
　3　わりごうに　　　　　　　　4　かつごうに

3 <u>しゅじん</u>は けんこうの ために、タバコを やめました。
　1　家人　　　2　主人　　　3　公人　　　4　住人

4 きのうの たいふうで はしが <u>こわれた</u>そうです。
　1　割れた　　　　　　　　　2　汚れた
　3　破れた　　　　　　　　　4　壊れた

5 としの はじめの ことを （　　　　）と いいます。
　1　ろくがつ　2　はちがつ　3　ねんがつ　4　しょうがつ

6 （　　　　） てんらんかいの じゅんびを したほうが
いいです。
　1　ほとんど　2　それほど　3　ちっとも　4　そろそろ

7 そのほんは もう （　　　　　） しまいました。
　　1　よんで　　　2　かんで　　　3　とんで　　　4　やんで

8 「このへやには しゃちょうと ぶちょういがいは はいら
　ないで ください」と おなじ いみの ぶんを えらんで
　ください。
　　1　このへやには だれでも はいって いいです。
　　2　このへやには だれも はいっては いけません。
　　3　このへやには しゃちょうと ぶちょうは はいっても
　　　　いいです。
　　4　このへやには しゃちょうと ぶちょうは はいっては
　　　　いけません。

9 スポーツは （　　　　　）に やくに たつと おもいますか。
　　1　けしき　　　2　けいかく　　3　けんぶつ　　4　けんこう

10 どこかで へんな （　　　　　）が します。
　　1　おと　　　　2　わけ　　　　3　こころ　　　4　むし

📖 文法

1 いもうとは ピアノも （　　　　　）、うたも じょうずです。
　　1　ひくと　　　2　ひけるし　　3　ひきたいは　4　ひいても

2 いしゃに いわれて、アルコールを （　　　　　）に しました。
　　1　やめそう　　　　　　　　　2　やめるそう
　　3　やめること　　　　　　　　4　やめるなら

3 ごご　テストが　あるので、いま　ふくしゅうして
（　　　　　）です。
1　あるよう　　　　　　　　2　あるそう
3　いるあいだ　　　　　　　4　いるところ

4 どんなに　（　　　　　）、見つかりませんでした。
1　さがして　　　　　　　　2　さがしても
3　さがすのは　　　　　　　4　さがしたら

5 おかねが　ないので、ほんは　図書館で　（　　　　　）に
して　います。
1　かすこと　　　　　　　　2　かすそう
3　かりること　　　　　　　4　かりるそう

6 きんじょの　お祭りで　おど（　　　　　）　なりました。
1　るようで　　　　　　　　2　ることに
3　らずに　　　　　　　　　4　らなくて

7 いもうとは　大きい　かがみを　（　　　　　）　います。
1　ほしい　　　　　　　　　2　ほしく
3　ほしがって　　　　　　　4　ほしいで

8 わたしの　にほんごは　ちっとも　じょうずに　（　　　　　）。
1　しました　　　　　　　　2　しません
3　なりました　　　　　　　4　なりません

9 あしたは　かいぎが　三つも　あるので、忙しい（　　　　）。
1　でしょう　　　　　　　　2　すぎます
3　がります　　　　　　　　4　なります

10 ぶちょう、わたしを　アメリカに　（　　　　）　ください。
1　行かすて　　　　　　　　2　行かせて
3　行かせらて　　　　　　　4　行かせられて

# 解答

## 文字・語彙（每題5分）

| 1 | 2 | 3 | 4 | 5 | 6 | 7 | 8 | 9 | 10 |
|---|---|---|---|---|---|---|---|---|----|
| 2 | 1 | 2 | 4 | 4 | 4 | 1 | 3 | 4 | 1 |

## 文法（每題5分）

| 1 | 2 | 3 | 4 | 5 | 6 | 7 | 8 | 9 | 10 |
|---|---|---|---|---|---|---|---|---|----|
| 2 | 3 | 4 | 2 | 3 | 2 | 3 | 4 | 1 | 2 |

## 得分（滿分100分）

|  |
|---|
| /100 |

**26 天**

# 中文翻譯＋解說

## 文字・語彙

1 ニュースで　その事故の　ことを　知りました。

　1　しこ　　　　2　じこ　　　　3　こと　　　　4　こど

　中譯　從新聞得知那個事故的事情了。

2 今日の　試験は　割合に　簡単でした。

　1　わりあいに　　2　かつあいに　　3　わりごうに　　4　かつごうに

　中譯　今天的測驗意外地簡單。

3 主人は　健康の　ために、タバコを　止めました。

　1　家人　　　　2　主人　　　　3　公人　　　　4　住人

　中譯　老公為了健康戒菸了。

　解説　「しゅじん」這個發音，對應的是選項2的「主人」，用來講自己的先生、老公。如果是別人的先生，就要用「ご主人」才有禮貌。其餘選項：選項1是「家人」（家人）；選項3是「公人」（公職人員）；選項4是「住人」（居住〔在該處〕的人）。

4 昨日の　台風で　橋が　壊れたそうです。

　1　割れた　　　2　汚れた　　　3　破れた　　　4　壊れた

　中譯　聽說因為昨天的颱風，橋梁損壞了。

　解説　本題考「第二類動詞的過去式」。選項1是「割れた」（破裂了）；選項2是「汚れた」（弄髒了）；選項3是「破れた」（破損了）；選項4是「壊れた」（損壞了）。

5　年の　初めの　ことを　（　正月　）と　言います。

1　ろくがつ　　　2　はちがつ　　　3　ねんがつ　　　**4　しょうがつ**

中譯　一年之始，稱之為正月。

解説　本題考「月份」。選項1是「六月」（六月）；選項2是「八月」（八月）；選項3無此字；選項4是「正月」（正月、一月）。

6　（　そろそろ　）　展覧会の　準備を　したほうが　いいです。

1　ほとんど　　　2　それほど　　　3　ちっとも　　　**4　そろそろ**

中譯　差不多該做展覽會的準備比較好了。

解説　本題考「副詞」。選項1是「ほとんど」（幾乎、大部分）；選項2是「それほど」（那種程度；經常以「それほど～ない」〔沒那麼～〕的形式出現）；選項3是「ちっとも」（一點也〔不〕；後接否定）；選項4是「そろそろ」（差不多該、就要～）。

7　その本は　もう　（　読んで　）　しまいました。

**1　よんで**　　　2　かんで　　　3　とんで　　　4　やんで

中譯　那本書已經讀完了。

解説　本題考「動詞的鼻音便」。選項1是「読みます→読んで」（讀）；選項2是「噛みます→噛んで」（咬）；選項3是「飛びます→飛んで」（飛）；選項4是「病みます→病んで」（生病）。

8　「この部屋には　社長と　部長以外は　入らないで　ください」と　同じ　意味の　文を　選んで　ください。

1　この部屋には　誰でも　入って　いいです。

2　この部屋には　誰も　入っては　いけません。

**3　この部屋には　社長と　部長は　入っても　いいです。**

4　この部屋には　社長と　部長は　入っては　いけません。

中譯　請選出和「這個房間，除了社長和部長以外，請勿進入」相同意思的句子。

　　1　這個房間誰都可以進入。

　　2　這個房間誰都不可以進入。

3　這個房間社長和部長可以進入。

4　這個房間社長和部長不可以進入。

解說　• 動詞ない形＋で＋ください：請不要〜。

　　　• 動詞て形＋いいです：可以〜。

　　　• 動詞て形＋も＋いいです：〜也可以。

　　　• 動詞て形＋は＋いけません：不可以〜。

9　スポーツは　（　健康<sup>けんこう</sup>　）に　役<sup>やく</sup>に　立<sup>た</sup>つと　思<sup>おも</sup>いますか。

1　けしき　　　2　けいかく　　3　けんぶつ　　4　けんこう

中譯　你認為運動有益健康嗎？

解說　本題考「目的表現」。「〜に役に立ちます」意思是「對〜是有益處
的」。選項1是「景色<sup>けしき</sup>」（風景）；選項2是「計画<sup>けいかく</sup>」（計畫）；選項3
是「見物<sup>けんぶつ</sup>」（參觀、遊覽、觀賞）；選項4是「健康<sup>けんこう</sup>」（健康）。

10　どこかで　変<sup>へん</sup>な　（　音<sup>おと</sup>　）が　します。

1　おと　　　　2　わけ　　　　3　こころ　　　4　むし

中譯　哪裡好像有奇怪的聲音。

解說　「名詞＋が＋します」是以助詞「が」來提示五感（視覺、聽覺、味
覺、嗅覺、觸覺），中文意思是「有〜」，所以答案一定是五感之一。

# 文法

1　妹<sup>いもうと</sup>は　ピアノも　（　弾<sup>ひ</sup>けるし　）、歌<sup>うた</sup>も　上手<sup>じょうず</sup>です。

1　ひくと　　　2　ひけるし　　3　ひきたいは　4　ひいても

中譯　妹妹又會鋼琴，歌也唱得很棒。

解說　本題考「助詞」。「動詞普通形＋し、句子」中，助詞「し」用來表
示並列、附加，中文為「〜又〜」。其餘選項：選項1是「弾くと」
（一彈的話，就〜）；選項3無此用法；選項4是「弾<sup>ひ</sup>いても」（就算彈
也〜）。

2 医者に 言われて、アルコールを （ 止めること ）に しました。

1 やめそう　　2 やめるそう　3 やめること　4 やめるなら

中譯　因為被醫生警告，所以決定戒酒了。

解說　本題考「決定表現」。用「～ことにします」（決定～）可表達「以自己的意志所做的決定」。用法如下：

| 動詞辭書形 動詞ない形 | ＋こと＋に＋ | します しています |
|---|---|---|

3 午後 テストが あるので、今 復習して （ いるところ ）です。

1 あるよう　　2 あるそう　　3 いるあいだ　4 いるところ

中譯　由於下午有考試，所以現在正在複習。

解說　本題考「動作階段的表現」。用法如下：

| 動詞た形 動詞て形＋いる 動詞辭書形 | ＋ところです | 剛剛～（事情剛結束） 正在～（事情正進行中) 正要～（正打算做～事情） |
|---|---|---|

所以「復習している＋ところ」就是「正在復習」。

4 どんなに （ 探しても ）、見つかりませんでした。

1 さがして　　2 さがしても　3 さがすのは　4 さがしたら

中譯　不管怎麼找，也找不到。

解說　本題考「動詞て形的相關表現」。「動詞て形＋も」是「就算～也～、再～也～」。

5 お金が ないので、本は 図書館で （ 借りること ）に して います。

1 かすこと　　2 かすそう　　3 かりること　4 かりるそう

中譯　因為沒有錢，所以書決定在圖書館借。

解說　本題考「決定表現」。用「～ことにします」（決定～）可表達「以自己的意志所做的決定」。用法如下：

| 動詞辭書形 動詞ない形 | ＋こと＋に＋ | します しています |
|---|---|---|

26
天

6 近所の　お祭りで　踊（　るることに　）　なりました。

1　るようで　　2　るることに　　3　らずに　　　4　らなくて

中譯　決定在附近的祭典中跳舞了。

解説　本題考「決定表現」。用「〜ことになります」可表示「非自己意志所
　　做的決定」（多半是因為團體或組職的決策），中文為「決定〜」。用
　　法如下：

| 動詞辞書形 動詞ない形 | ＋こと＋に＋ | なります なっています |
|---|---|---|

7 妹は　大きい　鏡を　（　欲しがって　）　います。

1　ほしい　　　2　ほしく　　　3　ほしがって　4　ほしいで

中譯　妹妹想要大的鏡子。

解説　本題考「願望表現」。
　　・「名詞＋を＋欲しがっています」：說話者表達「說話者以外的人的
　　　願望」。
　　・「名詞＋が＋欲しいです」：說話者表達「自身的願望」。

8 私の　日本語は　ちっとも　上手に　（　なりません　）。

1　しました　　2　しません　　3　なりました　4　なりません

中譯　我的日文一點都沒有變好。

解説　本題考「ちっとも〜ない」（一點也沒有〜、毫不〜）的用法。副詞
　　「ちっとも」（一點也〜）的後面，一定要接否定。

9 明日は　会議が　三つも　あるので、忙しい　（　でしょう　）。

1　でしょう　　2　すぎます　　3　がります　　4　なります

中譯　明天有三個會議，所以大概會很忙吧！

解説　本題考「推測表現」。「でしょう」和「だろう」的意思皆為「大概〜
　　吧」。用法如下：

| 動詞普通形<br>い形容詞普通形<br>名詞<br>な形容詞 | + | でしょう（敬體）<br>だろう（常體） |
| --- | --- | --- |

10 部長、私を　アメリカに　（　行かせて　）　ください。

1　行かすて　　　**2　行かせて**　　　3　行かせらて　　4　行かせられて

中譯　部長，請讓我去美國。

解説　本題考「使役表現」。「行きます」（去）為第一類動詞，其「使役形」，也就是中文「讓我去」的用法，變化如下：

・「行きます」（去）

　→「行かせます」（使役用法，將動詞主幹最後一個音改成〔a〕段音＋使役助動詞「せます」，中文為「讓～去」）

　→「行かせてください」（改成て形＋ください（請～），中文為「請讓我去」）

# 考題

## 📝 文字・語彙

1 これは　アメリカから　輸入したかばんです。
  1　ゆいれ　　　2　わいれ　　　3　ゆにゅう　　4　わにゅう

2 そふは　いま　とうきょうの　びょういんに　入院して　います。
  1　にゅうきん　　　　　　　2　にゅういん
  3　はいきん　　　　　　　　4　はいいん

3 じぶんの　くにの　ちりを　よく　しりません。
  1　地図　　　　2　地理　　　3　土地　　　　4　史地

4 いえの　にわに　はなを　たくさん　うえましょう。
  1　買えましょう　　　　　　2　栽えましょう
  3　咲えましょう　　　　　　4　植えましょう

5 なつやすみに　こどもを　（　　　　）　アメリカへ　いきます。
  1　つけて　　　2　さげて　　　3　つれて　　　4　ついて

6 これから　そちらに　（　　　　）から、まって　いて　ください。
  1　むかえます　　　　　　　2　すすみます
  3　むかいます　　　　　　　4　うごきます

7 かぞくと いっしょに （　　　　） を とりたいです。
1 しゅじん　　　　　　　　2 しゃかい
3 しゃちょう　　　　　　　4 しゃしん

8 「さとうさんは なぜ きませんでしたか」 と おなじ いみの
ぶんを えらんで ください。
1 さとうさんは どうして きませんでしたか。
2 さとうさんは どうやって きましたか。
3 さとうさんは ちっとも きませんでしたか。
4 さとうさんは ほとんど きませんでしたか。

9 むすこは けさ はやく おきたので、（　　　　） です。
1 ねむたはず　　　　　　　2 ねむたらしい
3 ねむたよう　　　　　　　4 ねむたそう

10 もう おそいですから、おきゃくさんは （　　　　） です。
1 くるよう　　　　　　　　2 こないよう
3 くるそう　　　　　　　　4 こないそう

## 文法

1 学生 （　　　　）、いろいろ けいけんしようと 思います。
1 うちで　　2 うちに　　3 のうちで　　4 のうちに

2 そのどうぐは お湯を 沸かす （　　　　） つかいます。
1 から　　　2 のに　　　3 ので　　　4 よう

3 新聞に　よると、昨日　アフリカで　地震が　（　　　　）　そうです。
　　1　ある　　　　　2　あり　　　　　3　あった　　　　4　あって

4 うちと　かいしゃの　（　　　　）　びょういんが　あります。
　　1　あいだ　　　2　あいだに　　3　あいだで　　4　あいだから

5 学生（　　　　）　もっと　べんきょうしなさい。
　　1　らしく　　　2　らしい　　3　よう　　　　4　ように

6 社長は　きょうの　よていに　ついて　（　　　　）　ください
　ました。
　　1　せつめいに　　　　　　　　2　せつめいを
　　3　ごせつめい　　　　　　　　4　ごせつめいに

7 ニュースに　よると、ごごから　雨が　（　　　　）　です。
　　1　ふりそう　　2　ふるそう　　3　ふりこと　　4　ふること

8 わたしは　犬より　猫の（　　　　）　好きです。
　　1　ほうで　　　2　ほうは　　　3　ほうが　　　4　ほうに

9 そこに　特急でんしゃは　止まらない（　　　　）　です。
　　1　まま　　　　2　ほう　　　　3　こと　　　　4　はず

10 卒業したら、アメリカに　留学（　　　　）　考えて　います。
　　1　すると　　　2　するのに　　3　しようと　　4　しように

# 解答

## 文字・語彙（每題 5 分）

| 1 | 2 | 3 | 4 | 5 | 6 | 7 | 8 | 9 | 10 |
|---|---|---|---|---|---|---|---|---|----|
| 3 | 2 | 2 | 4 | 3 | 3 | 4 | 1 | 4 | 2  |

## 文法（每題 5 分）

| 1 | 2 | 3 | 4 | 5 | 6 | 7 | 8 | 9 | 10 |
|---|---|---|---|---|---|---|---|---|----|
| 4 | 2 | 3 | 2 | 1 | 3 | 2 | 3 | 4 | 3  |

## 得分（滿分 100 分）

| /100 |
|------|

# 中文翻譯＋解說

## 📝 文字・語彙

1. これは　アメリカから　輸入した鞄です。

   1　ゆいれ　　　2　わいれ　　　3　ゆにゅう　　　4　わにゅう

   中譯　這是從美國進口的包包。

2. 祖父は　今　東京の　病院に　入院して　います。

   1　にゅうきん　　2　にゅういん　　3　はいきん　　　4　はいいん

   中譯　祖父現在在東京的醫院住院中。

   解說　其餘選項：選項1是「入金」（進來的款項）；選項3是「背筋」（背肌）或「拝金」（拜金）；選項4是「敗因」（失敗的原因）。

3. 自分の　国の　地理を　よく　知りません。

   1　地図　　　　　2　地理　　　　3　土地　　　　4　史地

   中譯　不太清楚自己國家的地理。

   解說　其餘選項：選項1是「地図」（地圖）；選項3是「土地」（土地）；選項4無此字。

4. 家の　庭に　花を　たくさん　植えましょう。

   1　買えましょう　　　　　　　2　栽えましょう

   3　咲えましょう　　　　　　　4　植えましょう

   中譯　在家裡的庭園栽種很多花吧！

   解說　本題考「動詞敬體的意向形」。「植えます」的意思是「栽種」。

5 夏休みに 子供を （ 連れて ） アメリカへ 行きます。

1 つけて　　2 さげて　　3 つれて　　4 ついて

中譯 暑假要帶小孩去美國。

解說 本題考「動詞て形」。選項1是「〜をつけて」（塗〜、點燃〜）；選項2是「〜を下げて」（降低〜）；選項3是「〜を連れて」（帶〜）；選項4是「〜を突いて」（拄著〜、刺〜）或「〜を搗いて」（搗〜）。

6 これから そちらに （ 向かいます ）から、待って いて ください。

1 むかえます　2 すすみます　3 むかいます　4 うごきます

中譯 等一下要去你那邊，所以請等一下。

解說 本題考「動詞」。選項1是「迎えます」（迎接）；選項2是「進みます」（前進）；選項3是「向かいます」（往、去）；選項4是「動きます」（動、移動、變動）。

7 家族と 一緒に （ 写真 ）を 撮りたいです。

1 しゅじん　　2 しゃかい　　3 しゃちょう　　4 しゃしん

中譯 想和家人一起照相。

解說 本題考「名詞」。選項1是「主人」（老公）；選項2是「社会」（社會）；選項3是「社長」（社長）；選項4是「写真」（照片）。

8 「佐藤さんは なぜ 来ませんでしたか」と 同じ 意味の 文を 選んで ください。

1 佐藤さんは どうして 来ませんでしたか。

2 佐藤さんは どうやって 来ましたか。

3 佐藤さんは ちっとも 来ませんでしたか。

4 佐藤さんは ほとんど 来ませんでしたか。

中譯 請選出和「佐藤先生為什麼沒有來呢？」相同意思的句子。

27
天

1 佐藤先生為什麼沒有來呢？

2 佐藤先生是怎麼來的呢？

3 佐藤先生總是沒有來嗎？

4 佐藤先生幾乎沒有來嗎？

解說
- なぜ：為什麼。
- どうして：為什麼。
- どうやって：怎麼做。
- ちっとも：一點也（不），後接否定。
- ほとんど：幾乎。

9 息子は　今朝　早く　起きたので、（　眠たそう　）です。

1 ねむたはず　　　　　　　2 ねむたらしい

3 ねむたよう　　　　　　　4 ねむたそう

中譯 兒子今天早上早起，所以看起來很想睡。

解說 本題考「樣態表現」。「～そうです」（看起來～、就要～）是說話者
對自己所見做出的一種判斷。用法如下：

| 動詞ます形 |
| い形容詞 ＋そうです |
| な形容詞 |

選項中的「眠たい」（想睡的）為い形容詞，所以去掉「い」接續「そ
うです」的「眠たそうです」意思是「看起來想睡」，也就是正確答
案。
其餘選項：選項1的「眠たはず」無此用法，正確為「眠たいはず」
（應該想睡）；選項2的「眠たらしい」無此用法，正確為「眠たいら
しい」（好像想睡）；選項3的「眠たよう」無此用法，正確為「眠た
いよう」（好像想睡）。以上三者，意思不對，用法也不對，故答案為
選項4。

10 もう 遅いですから、お客さんは （ 来ないよう ）です。
1 くるよう　　2 こないよう　3 くるそう　　4 こないそう

中譯 已經很晚了，所以客人好像不會來了。

解説 本題考「推測表現」。「名詞修飾形＋ようです」（好像～、就像～）
是說話者對事物具有的印象或推測性的判斷。其餘選項：選項1是「来
るよう」（好像會來）；選項3是「来るそう」（聽說會來）；選項4是
「来ないそう」（聽說不會來）。

## 📀 文法

1 学生（ のうちに ）、いろいろ 経験しようと 思います。
1 うちで　　　2 うちに　　　3 のうちで　　4 のうちに

中譯 我想趁學生時候，做各式各樣的體驗。

解説 本題考「時間表現」。「～うちに」是「趁～時候」。用法如下：

動詞普通形
い形容詞
な形容詞＋な　　＋うちに
名詞＋の

2 その道具は お湯を 沸かす （ のに ） 使います。
1 から　　　　2 のに　　　　3 ので　　　　4 よう

中譯 這工具是用來燒開水的。

解説 本題考「目的表現」。「～に使います」是「用於～」。用法如下：

動詞辞書形＋の
名詞　　　　＋に＋使います

「沸かす」（燒開）後面接續助詞「の」，是為了要變成「名詞子
句」，而後面的助詞「に」意思是「為了～」。

27
天

3 新聞に　よると、昨日　アフリカで　地震が　（　あった　）そう
です。

1　ある　　　　　2　あり　　　　　3　あった　　　　4　あって

中譯 根據報紙，聽說昨天非洲有地震。

解說 本題考傳聞助動詞「そうです」（聽說～）的用法，是說話者將間接得
到的情報，傳達給第三者的表現。用法如下：

> 動詞普通形
> い形容詞普通形
> な形容詞＋だ　　　＋そうです
> 名詞＋だ

「地震がありました」（有了地震）的普通形是「地震があった」，所
以答案是選項3。

4 家と　会社の　（　間に　）　病院が　あります。

1　あいだ　　　　2　あいだに　　　3　あいだで　　4　あいだから

中譯 家裡和公司之間有醫院。

解說 本題考「空間表現」。「名詞＋の＋間に」（在～之間）表示夾在二個
地方或二個東西之間的空間。

5 学生　（　らしく　）　もっと　勉強しなさい。

1　らしく　　　　2　らしい　　　　3　よう　　　　4　ように

中譯 請像個學生好好學習！

解說 本題考推量助動詞「らしい」的用法。「名詞＋らしい」意思是「像～
樣的、有～風度的、典型的～」，所以「学生らしい」就是「像學生樣
的」。

此外，由於「らしい」屬於「い形容詞型的助動詞」，所以當後面要接
上句子，必須變化成副詞時，須先去掉「い」，再加上「く」，也就是
「学生らしく」（像學生樣子地）。

6 社長は 今日の 予定に ついて （ ご説明 ） くださいました。

1 せつめいに　　2 せつめいを　　**3 ごせつめい**　　4 ごせつめいに

中譯 社長就今天的安排為我們做了說明。

解說 本題考「敬語」。

> お＋和語動詞ます形
> ご＋漢語動詞語幹　　＋くださいます

此為「敬語表現」，表示對方為自己做某件好事。社長是要尊敬的對象，所以把漢語動詞「説明します」的語幹「説明」前面加上「ご」就是答案。

7 ニュースに よると、午後から 雨が （ 降るそう ）です。

1 ふりそう　　**2 ふるそう**　　3 ふりこと　　4 ふること

中譯 根據新聞，聽說從下午開始會下雨。

解說 本題考傳聞助動詞「そうです」（聽說～）的用法，是說話者將間接得到的情報，傳達給第三者的表現。用法如下：

> 動詞普通形
> い形容詞普通形
> な形容詞＋だ　　＋そうです
> 名詞＋だ

「降る」（下〔雨〕）既是辭書形也是普通形，所以答案是選項2。而選項1的「降りそう」，意思是「看起來會下雨」。

8 私は 犬より 猫の （ ほうが ） 好きです。

1 ほうで　　2 ほうは　　**3 ほうが**　　4 ほうに

中譯 比起狗，我更喜歡貓。

解說 本題考「比較表現」。句型「AよりBのほう＋が＋形容詞」（比起A，B更～）用來比較二個選項。

9　そこに　特急電車（とっきゅうでんしゃ）は　止（と）まらない　（　はず　）です。

1　まま　　　　　2　ほう　　　　　3　こと　　　　　**4　はず**

中譯　特快車應該不會在那裡停。

解說　本題考「推測表現」。「はず」是「應該」，表示很肯定的推測。用法如下：

| 動詞辭書形<br>動詞ない形<br>い形容詞普通形<br>な形容詞＋な<br>名詞＋の |
|---|

＋はずです

10　卒業（そつぎょう）したら、アメリカに　留学（りゅうがく）（　しようと　）　考（かんが）えて　います。

1　すると　　　　2　するのに　　　**3　しようと**　　　4　しように

中譯　正考慮畢業了的話，要去美國留學。

解說　本題考「意志表現」。句型「動詞意向形＋と思（おも）います／考（かんが）えています」用來婉轉表達自己的想法和打算，中文為「打算～、考慮～」，所以要將「留学（りゅうがく）します」（留學）改成意向形「留学（りゅうがく）しよう」（留學吧）再加上「と」就是答案。

# 考題

## ✏️ 文字・語彙

1 にほんの　漫画は　せかいで　ゆうめいです。
　　1　まんか　　　2　まんかく　　3　まんが　　　4　まんがく

2 びょういんで　騒がないで　ください。
　　1　やきがないで　　　　　　　　2　うこがないで
　　3　いそがないで　　　　　　　　4　さわがないで

3 おまわりさんが　どろぼうを　つかまえたそうです。
　　1　泥棒　　　　2　泥坊　　　　3　盗棒　　　　4　小盗

4 しょうらいの　ことを　りょうしんに　そうだんしました。
　　1　相意しました　　　　　　　2　商談しました
　　3　意見しました　　　　　　　4　相談しました

5 （　　　　　）では　たとえば　ワインや　ビールが　すきです。
　　1　レポート　　　　　　　　　2　アルコール
　　3　ハンバーグ　　　　　　　　4　ガソリン

6 こんかいの　（　　　　　）で　たくさんの　ビルが　たおれました。
　　1　くも　　　2　ごみ　　　3　じしん　　4　びょうき

7 そのえいごは きのう （　　　　）。
　1　かよいました　　　　　　　2　おもいました
　3　ならいました　　　　　　　4　はらいました

8 「いま すぐ かちょうに れんらくして ください」と
　おなじ いみの ぶんを えらんで ください。
　1　かちょうに すぐ わたして ください。
　2　かちょうに すぐ あつめて ください。
　3　かちょうに すぐ むかえて ください。
　4　かちょうに すぐ つたえて ください。

9 けさ （　　　　）、ははに しかられました。
　1　そうじして　2　したくして　3　しあいして　4　ねぼうして

10 このあたりは （　　　　）ですから、ひとりで あるかない
　ほうが いいですよ。
　1　あんしん　　2　あんぜん　　3　あぶない　　4　ざんねん

## 文法

1 コーヒーを もう 一杯 （　　　　）ですか。
　1　どちら　　　　　　　　　　2　いくら
　3　どんな　　　　　　　　　　4　いかが

2 ちちは （　　　　） きびしいです。
　1　まじめ　　　　　　　　　　2　まじめで
　3　まじめに　　　　　　　　　4　まじめだ

3 おとうとの おもちゃを （　　　　） わたしです。
1 こわれたの　　　　　　　2 こわれたのは
3 こわしたの　　　　　　　4 こわしたのは

4 元気（　　　　）で、よかったです。安心しました。
1 そう　　　　2 よう　　　　3 らしい　　　4 だろう

5 きのうは （　　　　） かいしゃに 来ませんでしたか。
1 どのくらい　　　　　　　2 どちら
3 どなた　　　　　　　　　4 どうして

6 えいごで てがみを （　　　　） みましょう。
1 かいて　　　2 かきて　　　3 かくし　　　4 かこう

7 娘は きのう 天気が （　　　　）のに、うみで 泳いだそ
うです。
1 いいなかった　　　　　　2 いくなかった
3 よいなかった　　　　　　4 よくなかった

8 A「けさは （　　　　） はしりましたか」
B「八キロ はしりました」
1 どのぐらい　　　　　　　2 どうやって
3 どんな　　　　　　　　　4 どうして

28
天

9 かたかなの しけんは （　　　　）と、みんな 言って
いました。
1 かんたんかった　　　　　2 かんたんだった
3 かんたんなかった　　　　4 かんたんくなかった

10 田中さんの　おかあさんは　歌手ですから、田中さんも　きっと
うたが　（　　　　）でしょう。

1　じょうず　　　　　　　　2　じょうずな

3　じょうずだ　　　　　　　4　じょうずに

# 解答

## 文字・語彙（每題 5 分）

| 1 | 2 | 3 | 4 | 5 | 6 | 7 | 8 | 9 | 10 |
|---|---|---|---|---|---|---|---|---|----|
| 3 | 4 | 1 | 4 | 2 | 3 | 3 | 4 | 4 | 3 |

## 文法（每題 5 分）

| 1 | 2 | 3 | 4 | 5 | 6 | 7 | 8 | 9 | 10 |
|---|---|---|---|---|---|---|---|---|----|
| 4 | 2 | 4 | 1 | 4 | 1 | 4 | 1 | 2 | 1 |

## 得分（滿分 100 分）

| /100 |
|------|

28
天

# 中文翻譯＋解說

## ✒ 文字・語彙

1 日本の 漫画は 世界で 有名です。

　1　まんか　　　　2　まんかく　　　3　まんが　　　　4　まんがく

　中譯　日本的漫畫揚名全世界。

2 病院で 騒がないで ください。

　1　やきがないで　　　　　　　2　うこがないで

　3　いそがないで　　　　　　　4　さわがないで

　中譯　醫院裡請勿喧嘩。

　解說　本題考「動詞ない形」。選項1無此字；選項2無此字；選項3是「急がないで」（不要急）；選項4是「騒がないで」（不要喧嘩）。

3 お巡りさんが 泥棒を 捕まえたそうです。

　1　泥棒　　　　　2　泥坊　　　　　3　盗棒　　　　　4　小盗

　中譯　聽說警察抓到小偷了。

　解說　其餘選項均非正確日文。

4 将来の ことを 両親に 相談しました。

　1　相意しました　　　　　　　2　商談しました

　3　意見しました　　　　　　　4　相談しました

　中譯　和雙親商量將來的事情了。

5 （ アルコール ）では 例えば ワインや ビールが 好きです。

　1　レポート　　　　　　　　　2　アルコール

　3　ハンバーグ　　　　　　　　4　ガソリン

中譯 酒類的話，喜歡像是紅酒或是啤酒。

解說 本題考「外來語」。選項1是「レポート」（報告）；選項2是「アルコール」（酒精、酒類）；選項3是「ハンバーグ」（漢堡排）；選項4是「ガソリン」（汽油）。

6 今回の （ 地震 ）で たくさんの ビルが 倒れました。

1　くも　　　　　2　ごみ　　　　　**3　じしん**　　　　4　びょうき

中譯 這次的地震當中，許多大樓倒塌了。

解說 本題考「名詞」。選項1是「雲」（雲）或「蜘蛛」（蜘蛛）；選項2是「ごみ」（垃圾）；選項3是「地震」（地震）；選項4是「病気」（生病）。

7 その英語は 昨日 （ 習いました ）。

1　かよいました　　　　　　2　おもいました

**3　ならいました**　　　　　　4　はらいました

中譯 那個英文，昨天學習了。

解說 本題考「動詞敬體的過去式」。選項1是「通いました」（定期往返〔學校、公司、醫院等〕了）；選項2是「思いました」（以為～了）；選項3是「習いました」（學習了）；選項4是「払いました」（支付了）。

8 「今 すぐ 課長に 連絡して ください」と 同じ 意味の 文を 選んで ください。

1　課長に すぐ 渡して ください。

2　課長に すぐ 集めて ください。

3　課長に すぐ 迎えて ください。

**4　課長に すぐ 伝えて ください。**

中譯 請選出和「請現在立刻和課長聯絡」相同意思的句子。

1　請立刻交給課長。

2　請立刻收集給課長。（請立刻為課長收集。）

**28
天**

3　（無此說法）

4　請立刻告訴課長。

解說　本題考「助詞に」。句型「對象＋に＋動作動詞」中的「に」表示「承受動作的對象」，所以「課長に連絡してください」意思是「請和課長聯絡」。

9　今朝（けさ）　（　寝坊（ねぼう）して　）、母（はは）に　叱（しか）られました。

1　そうじして　　2　したくして　　3　しあいして　　4　ねぼうして

中譯　今天早上睡過頭，被媽媽罵了。

解說　本題考「第三類動詞的て形」。選項1是「掃除（そうじ）して」（打掃）；選項2是「支度（したく）して」（準備、處理）；選項3是「試合（しあい）して」（比賽）；選項4是「寝坊（ねぼう）して」（睡過頭、睡懶覺）。

10　この辺（あた）りは　（　危（あぶ）ない　）ですから、一人（ひとり）で　歩（ある）かないほうが
いいですよ。

1　あんしん　　　2　あんぜん　　　3　あぶない　　　4　ざんねん

中譯　這附近很危險，所以不要一個人走比較好喔！

解說　空格中只能填「名詞」或是「形容詞」。選項1是「安心（あんしん）」（安心）；選項2是「安全（あんぜん）」（安全）；選項3是「危（あぶ）ない」（危險）；選項4是「残念（ざんねん）」（遺憾）。依句意，答案為選項3。

## 📖 文法

1　コーヒーを　もう　一杯（いっぱい）　（　いかが　）ですか。

1　どちら　　　　2　いくら　　　　3　どんな　　　　4　いかが

中譯　要不要再喝杯咖啡呢？

解說　本題考「疑問表現」。選項1是「どちら」（哪邊、哪裡、哪個、哪位）；選項2是「いくら」（多少錢）；選項3是「どんな」（什麼樣的）；選項4是「いかが」（如何）。當要詢問對方意見，或是勸誘對

方時，要用「いかが」（如何）或是「どう」（如何），其中「いか
が」比「どう」更客氣。

2 │ 父は　（　真面目で　）　厳しいです。

　1　まじめ　　　　2　まじめで　　　3　まじめに　　　4　まじめだ

中譯　父親既認真又嚴格。

解說　本題考「形容詞的中止形」。當一個句子裡有二個形容詞時，前面的
那個形容詞必須變化成中止形，也就是以「～で」或是「～て」作為
接續方式。「真面目」（認真）是「な形容詞」，其中止形是「真面目
で」，所以答案為選項2。

3 │ 弟の　玩具を　（　壊したのは　）　私です。

　1　こわれたの　　　　　　　　　2　こわれたのは

　3　こわしたの　　　　　　　　　4　こわしたのは

中譯　弄壞弟弟的玩具的是我。

解說　本題考「自動詞」與「他動詞」。「把～弄壞」要用他動詞「～を壊し
た」。另外，「壊した＋の」會變成「名詞子句」，成為句子的主詞，
所以後面還要加上助詞「は」，才能形成「AはBです」的句型，故答
案為選項4。

4 │ 元気（　そう　）で、よかったです。安心しました。

　1　そう　　　　　2　よう　　　　　3　らしい　　　　4　だろう

中譯　看起來很有朝氣，太好了。安心了。

解說　本題考「樣態表現」。「～そうです」（看起來～、就要～）是說話者
對自己所見做出的一種判斷。用法如下：

動詞ます形
い形容詞　　＋そうです
な形容詞

5 昨日は　（　どうして　）　会社に　来ませんでしたか。

1　どのくらい　2　どちら　　3　どなた　　4　どうして

中譯　昨天為什麼沒有來公司呢？

解說　本題考「疑問表現」。選項1是「どのくらい」（大約多少）；選項2是「どちら」（哪邊、哪裡、哪個、哪位）；選項3是「どなた」（哪位）；選項4是「どうして」（為什麼）。

6 英語で　手紙を　（　書いて　）　みましょう。

1　かいて　　　2　かきて　　3　かくし　　4　かこう

中譯　試著用英文寫信看看吧！

解說　本題考「動詞て形＋補助動詞」的用法。「動詞て形＋みます」意思是「試著～看看」。所以要把動詞「書きます」改成「て形」，也就是選項1「書いて」。

7 娘は　昨日　天気が　（　よくなかった　）のに、海で　泳いだそうです。

1　いいなかった　　　　　　　　2　いくなかった

3　よいなかった　　　　　　　　4　よくなかった

中譯　昨天明明天氣就不好，聽說女兒還是去海邊游泳了。

解說　本題考「い形容詞的過去否定」。「いい」（好的）的變化整理如下：

|  | 現在 | 過去 |
|---|---|---|
| 肯定 | いい（好的） | 良かった（過去是好的） |
| 否定 | 良くない（不好的） | 良くなかった（過去是不好的） |

8 A「今朝は　（　どのぐらい　）　走りましたか」
B「八キロ　走りました」

1　どのぐらい　2　どうやって　3　どんな　　4　どうして

中譯　A「今天早上大約跑了多少呢？」
B「跑了八公里。」

~ 344 ~

解説 本題考「疑問表現」。選項1是「どのぐらい」（大約多少）；選項2是
「どうやって」（怎麼做）；選項3是「どんな」（什麼樣的）；選項4
是「どうして」（為什麼）。

9 片仮名の 試験は （ 簡単だった ）と、みんな 言って いま
した。

1　かんたんかった　　　　　2　かんたんだった

3　かんたんなかった　　　　4　かんたんくなかった

中譯 大家都說，片假名的考試很簡單。

解説 本題考「な形容詞的過去肯定」。「簡単」（簡單）是な形容詞，其普
通形的變化整理如下：

|  | 現在 | 過去 |
|---|---|---|
| 肯定 | 簡単だ（簡單） | 簡単だった（過去簡單） |
| 否定 | 簡単ではない<br>（不簡單） | 簡単ではなかった<br>（過去不簡單） |

10 田中さんの お母さんは 歌手ですから、田中さんも きっと
歌が （ 上手 ）でしょう。

1　じょうず　　2　じょうずな　　3　じょうずだ　　4　じょうずに

中譯 田中小姐的母親是歌手，所以田中小姐歌也一定唱得很好吧！

解説 本題考「形容詞的推測表現」。「～でしょう」意思是「大概～吧」。
用法如下：

い形容詞普通形　＋　だろう / でしょう
な形容詞　　　　　　かもしれない / かもしれません

由於「上手」（厲害）是「な形容詞」，所以直接接續「でしょう」即
可。

28
天

## 考題

### ✏ 文字・語彙

1. ともだちが アメリカの お土産を くれました。
   1 どさん　　　2 みやげ　　　3 みまい　　　4 まつり

2. きのう こうちょうが きゅうに 亡くなりました。
   1 まくなりました　　　　　2 しくなりました
   3 おくなりました　　　　　4 なくなりました

3. じかんが ありませんから、いそいだほうが いいですよ。
   1 忙いだ　　2 急いだ　　3 早いだ　　4 速いだ

4. わたしの かいしゃは ひるねを しても いいです。
   1 昼睡　　　2 午睡　　　3 昼寝　　　4 午寝

5. あした おたくに （　　　　　　）も かまいませんか。
   1 うかがって　　　　　　2 うけとって
   3 いただいて　　　　　　4 いらっしゃって

6. このくすりは 五じかん （　　　　　）に のんで ください。
   1 おき　　　2 まで　　　3 から　　　4 ほど

7. しゃちょうは （　　　　　）を なさいますか。
   1 テニス　　　2 ガラス　　　3 ケーキ　　　4 スーツ

8  「さむいので　まどを　しめて　ください」と　おなじ　いみの
　　ぶんを　えらんで　ください。
　　1　さむいですから、まどを　つけて　ください。
　　2　さむいですから、まどを　とじて　ください。
　　3　さむいですから、まどを　あけて　ください。
　　4　さむいですから、まどを　ひらいて　ください。

9  この美術館は　しゃしんを　（　　　　　）　かまいません。
　　1　とっては　　2　とっても　　3　とってが　　4　とってと

10  ぜんぜん　べんきょうしませんでしたから、（　　　　　）
　　ありません。
　　1　うけるはずが　　　　　　　2　うかるはずが
　　3　うけるほうが　　　　　　　4　うかるほうが

## 文法

1  そのジャムは　（　　　　　）、かいます。
　　1　おいしいで　　　　　　　　2　おいしくて
　　3　おいしくても　　　　　　　4　おいしかったら

2  きょうは　ずいぶん　さむいです。雪が　（　　　　　）。
　　1　ふるそうです　　　　　　　2　ふるかもしれません
　　3　ふりやすいです　　　　　　4　ふりようです

3  わたしが　作ったハンバーグを　（　　　　　）　ください。
　　1　たべるなら　　　　　　　　2　たべても
　　3　たべるよう　　　　　　　　4　たべて　みて

29
天

4 昼休みは　昼寝を　（　　　　　）　いけません。
1　しないので　　　　　　　　2　しないよう
3　しなくても　　　　　　　　4　しなくては

5 このボタンを　（　　　　　）と、おつりが　出て　きます。
1　おす　　　　2　おし　　　　3　おそう　　　4　おして

6 よる　この道は　（　　　　　）　あぶないので、とおらないで
ください。
1　くらい　　　2　くらくて　　3　くらいく　　4　くらいで

7 このデパートには　エスカレーターが　（　　　　　）　ふべん
です。
1　ない　　　　2　ないで　　　3　なかった　　4　なくて

8 けさは　忙しかったから、ごはんを　（　　　　　）時間が
ありませんでした。
1　たべる　　　2　たべ　　　　3　たべて　　　4　たべた

9 A「ともだちの　なかに　外国人が　いますか」
B「いいえ、（　　　　　）」
1　ひとり　います　　　　　　2　ひとりが　います
3　ひとりも　いません　　　　4　ひとりだけ　います

10 その店は　いつも　十じに　開くので、もう　すぐ
（　　　　　）。
1　あきました　　　　　　　　2　あくです
3　あくはずです　　　　　　　4　あきません

# 解答

## 文字・語彙（每題 5 分）

| 1 | 2 | 3 | 4 | 5 | 6 | 7 | 8 | 9 | 10 |
|---|---|---|---|---|---|---|---|---|----|
| 2 | 4 | 2 | 3 | 1 | 1 | 1 | 2 | 2 | 2  |

## 文法（每題 5 分）

| 1 | 2 | 3 | 4 | 5 | 6 | 7 | 8 | 9 | 10 |
|---|---|---|---|---|---|---|---|---|----|
| 4 | 2 | 4 | 4 | 1 | 2 | 4 | 1 | 3 | 3  |

## 得分（滿分 100 分）

| /100 |
|------|

29
天

# 中文翻譯＋解說

## ✏️ 文字・語彙

**1** 友達が アメリカの お土産を くれました。

1 どさん　　2 みやげ　　3 みまい　　4 まつり

**中譯** 朋友送我美國的禮物了。

**解說** 其餘選項：選項1無此字；選項3是「〔お〕見舞い」（探病、慰問品）；選項4是「〔お〕祭り」（祭典）。

**2** 昨日 校長が 急に 亡くなりました。

1 まくなりました　　　　2 しくなりました
3 おくなりました　　　　4 なくなりました

**中譯** 校長昨天突然過世了。

**3** 時間が ありませんから、急いだほうが いいですよ。

1 忙いだ　　2 急いだ　　3 早いだ　　4 速いだ

**中譯** 因為沒時間了，所以快一點比較好喔！

**解說** 「急いだ」是動詞「急ぎます」（急）的「た形」。「動詞た形＋ほうがいいです」意思是「～比較好」。

**4** 私の 会社は 昼寝を しても いいです。

1 昼睡　　2 午睡　　3 昼寝　　4 午寝

**中譯** 我的公司可以午睡。

**解說** 其餘選項均非正確日文。

5 明日　お宅に　（　伺って　）も　構いませんか。

1　うかがって　　　　　　　　2　うけとって

3　いただいて　　　　　　　　4　いらっしゃって

中譯　明天拜訪貴府也沒關係嗎？

解說　題目中看到「お宅」（貴府），便知道本題考「敬語表現」。
選項1是「伺って」（拜訪）；選項2是「受け取って」（收到）；選項3是「いただいて」（領受）；選項4是「いらっしゃって」（來、去、在）。
日文的敬語包含「尊敬語」和「謙讓語」。選項1、3、4均為重要的敬語用法，整理如下：

| 尊敬語<br>（主詞是輩分高的對象） | 一般用語 | 謙讓語<br>（主詞是自己） |
|---|---|---|
| いらっしゃる（有、在） | いる（〔生命體的〕有、在） | おる（有、在） |
| いらっしゃる（去、來）<br>おいでになる（來） | 行く（去）<br>来る（來） | 伺う（拜訪）<br>参る（來） |
| ─ | もらう（得到） | いただく（領受） |

6 この薬は　五時間　（　おき　）に　飲んで　ください。

1　おき　　　　2　まで　　　　3　から　　　　4　ほど

中譯　這個藥請每隔五小時吃一次。

解說　本題考接尾詞「おき」。「數量詞＋おき＋に」意思是「每隔〜」。

7 社長は　（　テニス　）を　なさいますか。

1　テニス　　　　2　ガラス　　　　3　ケーキ　　　　4　スーツ

中譯　社長打網球嗎？

解說　本題考「外來語」。選項1是「テニス」（網球）；選項2是「ガラス」（玻璃）；選項3是「ケーキ」（蛋糕）；選項4是「スーツ」（套裝、西裝）。

29
天

8 「寒いので 窓を 閉めて ください」と 同じ 意味の 文を 選んで ください。

1 寒いですから、窓を 付けて ください。

2 寒いですから、窓を 閉じて ください。

3 寒いですから、窓を 開けて ください。

4 寒いですから、窓を 開いて ください。

中譯 請選出和「因為很冷，所以請關窗」相同意思的句子。

　　1 因為很冷，所以請裝窗戶。

　　2 因為很冷，所以請關窗。

　　3 因為很冷，所以請開窗。

　　4 因為很冷，所以請開窗。

解說 「窓を閉めます」和「窓を閉じます」都是「關窗」。

9 この美術館は 写真を （ 撮っても ） 構いません。

1 とっては　　2 とっても　　3 とってが　　4 とってと

中譯 這間美術館拍照也沒有關係。

解說 本題考「許可表現」。「動詞て形＋も＋構いません」是「～也沒關係」。

10 全然 勉強しませんでしたから、（ 受かるはずが ） ありません。

1 うけるはずが　　　　　　　2 うかるはずが

3 うけるほうが　　　　　　　4 うかるほうが

中譯 因為完全沒有讀書，所以不可能考上。

解說 本題考「自/他動詞」與「推斷表現」。

「受かる」（考上）是自動詞；「受ける」（參加考試）是他動詞。

另外，「はず」是「應該」，句型「動詞辭書形＋はず＋が＋ありません」是「不可能」。

## 📖 文法

1 そのジャムは （ おいしかったら ）、買<sub>か</sub>います。

1 おいしいで 　　　　　　　2 おいしくて

3 おいしくても 　　　　　　4 おいしかったら

中譯 那個果醬如果好吃的話就買。

解說 本題考「條件、假設表現」。「〜たら」意思是「如果〜就〜」。用法如下：

| 動詞た形<br>い形容詞＋かった<br>な形容詞＋だった<br>名詞＋だった | ＋ら |

---

2 今日<sub>きょう</sub>は 随分<sub>ずいぶん</sub> 寒<sub>さむ</sub>いです。雪<sub>ゆき</sub>が （ 降<sub>ふ</sub>るかもしれません ）。

1 ふるそうです 　　　　　　2 ふるかもしれません

3 ふりやすいです 　　　　　4 ふりようです

中譯 今天相當寒冷。說不定會下雪。

解說 本題考「推測表現」。「〜かもしれません」（可能、說不定）用來表達不確定時的推測。用法如下：

| 動詞普通形<br>い形容詞普通形<br>な形容詞<br>名詞 | ＋かもしれません |

其餘選項：選項1是「降<sub>ふ</sub>るそうです」（聽說會下）；選項3是「降<sub>ふ</sub>りやすいです」（容易下）；選項4無此用法，若改成「降<sub>ふ</sub>るようです」（好像會下）也為正確用法。

**29**
**天**

3 私が 作ったハンバーグを （ 食べて みて ） ください。

1 たべるなら　2 たべても　　3 たべるよう　**4 たべて みて**

中譯 請吃吃看我做的漢堡排。

解說 本題考「動詞て形」的相關句型。「動詞て形＋補助動詞みます」是「試著～看看」。再者，「動詞て形＋ください」是「請～」。所以「食べてみてください」是「請吃吃看」。

4 昼休みは 昼寝を （ しなくては ） いけません。

1 しないので　2 しないよう　3 しなくても　**4 しなくては**

中譯 午休時間非午睡不可。

解說 本題考「動詞ない形」的相關句型。「動詞ない形＋く＋ては＋いけません」為「義務表現」，中文為「非～不可」。所以要將動詞「昼寝をしない」（不午睡）先去掉「い」，再加上「くてはいけません」，變成「昼寝をしなくてはいけません」（非午睡不可）。

5 このボタンを （ 押す ） と、お釣りが 出て きます。

**1 おす**　　　2 おし　　　　3 おそう　　　4 おして

中譯 一按這個按鈕，零錢就會跑出來。

解說 本題考「條件與假設表現」。「～と」（一～就～），表示前述的條件，勢必引發後面的狀態、結果。用法如下：

| 動詞辭書形 | |
|---|---|
| 動詞ない形 | |
| い形容詞普通形 | ＋と |
| な形容詞＋だ | |
| 名詞＋だ | |

6 夜 この道は （ 暗くて ） 危ないので、通らないで ください。

1 くらい　　　**2 くらくて**　　3 くらいく　　4 くらいで

中譯 這條道路晚上很暗很危險，所以請不要走。

解說 本題考「形容詞中止形」。當一個句子裡有二個形容詞時，要把前面那個形容詞改成中止形（て形），然後以「～て、～」或「～で、～」的

形式出現，中文翻譯成「既～又～」。題目中的「暗い」（暗的）為い形容詞，其中止形為去「い」加「くて」，即選項2「暗くて」。

7 このデパートには　エスカレーターが　（　なくて　）　不便<sub>ふべん</sub>です。

1　ない　　　　2　ないで　　　3　なかった　　**4　なくて**

中譯 這家百貨公司沒有手扶梯，很不方便。

解說 本題考「名詞＋なくて」（不～、沒～）的用法，表示「因為～不成立，心中有～的感想」。

8 今朝<sub>けさ</sub>は　忙<sub>いそ</sub>しかったから、ご飯<sub>はん</sub>を　（　食<sub>た</sub>べる　）　時間<sub>じかん</sub>が　ありませんでした。

**1　たべる**　　　2　たべ　　　　3　たべて　　　4　たべた

中譯 今天早上很忙，所以沒有吃飯的時間。

解說 本題考「動詞接續名詞」的方法。當動詞要修飾名詞時，必須使用「常體」，也就是「普通形」，以本題「食<sub>た</sub>べる」（吃）為例，只有以下四種可能：

| 現在肯定 | 現在否定 | 過去肯定 | 過去否定 |
|---|---|---|---|
| 食<sub>た</sub>べる<br>（吃） | 食<sub>た</sub>べない<br>（不吃） | 食<sub>た</sub>べた<br>（吃了） | 食<sub>た</sub>べなかった<br>（過去沒吃） |

因此，只有選項1和4有可能。又因為還沒有進行吃這個動作，所以答案為選項1「食<sub>た</sub>べる」。

9 A「友達<sub>ともだち</sub>の　中<sub>なか</sub>に　外国人<sub>がいこくじん</sub>が　いますか」
　B「いいえ、（　一人<sub>ひとり</sub>も　いません　）」

1　ひとり　います　　　　　　　2　ひとりが　います

**3　ひとりも　いません**　　　　4　ひとりだけ　います

中譯 A「朋友當中有外國人嗎？」
　　 B「不，一個都沒有。」

解說 本題考「完全否定表現」。「最小數量＋も＋否定」意思是「一～也沒～」或「一～也不～」。

29
天

10 その店は　いつも　十時に　開くので、もう　すぐ　（　開くはず
　　です　）。

1　あきました　　　　　　　　　　2　あくです

3　あくはずです　　　　　　　　　4　あきません

中譯　那家店總是十點開門，所以應該馬上就要開了。

解說　本題考「推斷表現」。「はず」是「應該」，表示很肯定的推測。用法
　　如下：

| 動詞辭書形 |  |
|---|---|
| 動詞ない形 |  |
| い形容詞普通形 | ＋はずです |
| な形容詞＋な |  |
| 名詞＋の |  |

# 30 天

---

## 考題

---

 **讀解**

**もんだい1**

　つぎの文章を読んで、質問に答えてください。答えは1・2・3・4から
いちばんいいものを一つえらんでください。

---

八月十日（すいよう日）

　わたしは今、家族といっしょに京都に来ています。この旅行は
母のたんじょうび祝いです。父が計画してくれました。おととい
京都につきました。京都は東京よりあついですが、景色がとても
美しいです。食べものの味はずいぶんうすいです。京都のりょう
りは食べたことがなかったので、最初はおいしくないと思いまし
た。でも、慣れたらおいしくなりました。とくに野菜がおいしい
です。あしたは有名なお祭りがあるそうです。今からとても楽し
みです。

---

問1　「わたし」はいつ京都へつきましたか。

　　1　八月七日です。

　　2　八月八日です。

　　3　八月九日です。

　　4　八月十日です。

問2　「わたし」は京都のりょうりについてどう書いていますか。本
　　文に合わないものを選んでください。
　　1　京都のりょうりはあつくて、美しいです。
　　2　京都のりょうりは味がとてもうすいです。
　　3　はじめて京都のりょうりを食べましたが、おいしかったです。
　　4　京都のりょうりの中で野菜がいちばんおいしいです。

**もんだい 2**

つぎの文章を読んで、質問に答えてください。答えは 1・2・3・4 から
いちばんいいものを一つえらんでください。

---

京子さんへ

　お元気ですか。わたしは元気です。

　大学時代の恵美さんのことを覚えていますか。三人で映画を見
たり、コンビニで夜十二時までアルバイトをしたりしましたね。
なつかしいです。

　ところで、来週の土よう日と日よう日、いっしょに九州の温泉
に行くことになりました。京子さんもどうですか。恵美さんも京
子さんに会いたいと言っています。

　旅館には温泉だけでなく、大きいプールやテニスができる場所
があります。近くには山や川もあるので、のんびりできると思い
ます。レストランの食事もおいしいそうです。和食や洋食、中華
のほかに、ラーメン屋さんやおしゃれな喫茶店もありますよ。

　都合がよければ、行きましょう。旅館はわたしが予約します。
お返事、お待ちしています。

五月二十三日
夕子

---

問1　京子さんと夕子さんはどんな関係だと思いますか。

　　1　仕事の同僚

　　2　大学の同級生

　　3　旅館のアルバイト仲間

　　4　高校の先輩と後輩

30
天

問2　その旅館でできないことは何ですか。

　　　1　大きいプールで泳ぎます。

　　　2　イタリア料理を食べます。

　　　3　山に登ったり、川で遊んだりします。

　　　4　映画を見て、のんびりします。

## 聴解

### もんだい１　MP3-36

　もんだい１では　まず　質問を　聞いて　ください。それから　話を聞いて、問題用紙の　1から　4の　中から、いちばん　いい　ものを一つ　えらんで　ください。

1　ピアノが　ほしいです。

2　きれいな　アクセサリーが　ほしいです。

3　大きくて　おいしい　ケーキです。

4　本を　入れる棚です。

### もんだい２

　もんだい２では　まず　質問を　聞いて　ください。そして、1から　3の　中から、いちばん　いい　ものを　一つ　えらんで　ください。

1ばん　MP3-37　　① ② ③

2ばん　MP3-38　　① ② ③

3ばん　MP3-39　　① ② ③

**もんだい3**

　もんだい3では　まず　文を　聞いて　ください。それから、そのへんじを　聞いて、1から　3の　中から、いちばん　いい　ものを　一つえらんで　ください。

1ばん　🎧 MP3-40　　①　　②　　③

2ばん　🎧 MP3-41　　①　　②　　③

3ばん　🎧 MP3-42　　①　　②　　③

# 解答

## 讀解

**問題 1**（每題 9 分）

| 1 | 2 |
|---|---|
| 2 | 1 |

**問題 2**（每題 9 分）

| 1 | 2 |
|---|---|
| 2 | 4 |

## 聽解

**問題 1**（每題 10 分）

**問題 2**（每題 9 分）

| 1 | 2 | 3 |
|---|---|---|
| 3 | 3 | 3 |

**問題 3**（每題 9 分）

| 1 | 2 | 3 |
|---|---|---|
| 1 | 2 | 3 |

## 得分（滿分 100 分）

/100

# 中文翻譯＋解說

 **讀解**

**問題1**

　次の文章を読んで、質問に答えてください。答えは1・2・3・4から一番いいものを一つ選んでください。

---

八月十日（水曜日）

　私は今、家族と一緒に京都に来ています。この旅行は母の誕生日祝いです。父が計画してくれました。おととい京都に着きました。京都は東京より暑いですが、景色がとても美しいです。食べ物の味は随分薄いです。京都の料理は食べたことがなかったので、最初はおいしくないと思いました。でも、慣れたらおいしくなりました。特に野菜がおいしいです。明日は有名なお祭りがあるそうです。今からとても楽しみです。

---

問1　「私」はいつ京都へ着きましたか。
　　1　八月七日です。
　　2　八月八日です。
　　3　八月九日です。
　　4　八月十日です。

問2　「私」は京都の料理についてどう書いていますか。本文に合わないものを選んでください。
　　1　京都の料理は熱くて、美しいです。
　　2　京都の料理は味がとても薄いです。

30
天

3 初めて京都の料理を食べましたが、おいしかったです。

4 京都の料理の中で野菜が一番おいしいです。

**中譯**

八月十日（星期三）

　　我現在，和家人一起來到京都。這個旅行是為了慶祝母親的生日。父親為我們規劃的。前天抵達了京都。京都雖然比東京炎熱，但是風景非常美。食物的味道相當清淡。由於沒有吃過京都的料理，所以一開始覺得不好吃。但是，習慣了的話就變好吃了。尤其是蔬菜特別好吃。據說明天有知名的祭典。從現在開始就非常期待。

問1　「我」什麼時候抵達京都的呢？

1　八月七日。

2　八月八日。

3　八月九日。

4　八月十日。

問2　就京都料理，「我」是如何描述的呢？請選出不符合本文的選項。

1　京都料理既燙又美味。

2　京都的料理味道非常清淡。

3　雖然是第一次吃京都的料理，但是很美味。

4　京都料理中，蔬菜是最美味的。

**解說**

• 東京より：比起東京。「〜より」意思是「比起〜」。

• 食べたことがなかった：過去沒有吃過。「動詞た形＋こと＋が＋ない」意思是「不曾〜過」。

• 慣れたら：習慣了的話。「動詞た形＋ら」意思是「要是〜了的話」。

• 有名なお祭りがあるそうです：據說有知名的祭典。「動詞辭書形＋そうです」意思是「聽說〜」。

## 問題2

　次の文章を読んで、質問に答えてください。答えは1・2・3・4から一番いいものを一つ選んでください。

---

京子さんへ

　お元気ですか。私は元気です。

　大学時代の恵美さんのことを覚えていますか。三人で映画を見たり、コンビニで夜十二時までアルバイトをしたりしましたね。懐かしいです。

　ところで、来週の土曜日と日曜日、一緒に九州の温泉に行くことになりました。京子さんもどうですか。恵美さんも京子さんに会いたいと言っています。

　旅館には温泉だけでなく、大きいプールやテニスができる場所があります。近くには山や川もあるので、のんびりできると思います。レストランの食事もおいしいそうです。和食や洋食、中華の他に、ラーメン屋さんやおしゃれな喫茶店もありますよ。

　都合がよければ、行きましょう。旅館は私が予約します。お返事、お待ちしています。

五月二十三日

夕子

---

問1　京子さんと夕子さんはどんな関係だと思いますか。
　　　1　仕事の同僚
　　　2　大学の同級生

3 旅館のアルバイト仲間

3　旅館のアルバイト仲間
4　高校の先輩と後輩

問2　その旅館でできないことは何ですか。
1　大きいプールで泳ぎます。
2　イタリア料理を食べます。
3　山に登ったり、川で遊んだりします。
4　映画を見て、のんびりします。

**中譯**

致京子

　　妳好嗎？我很好。
　　記得大學時候的惠美嗎？我們三人曾一起看電影、在便利商店打工到晚上十二點呢！好懷念。
　　對了，下個星期六和日，我們決定要一起去九州的溫泉。京子也一起去，如何？惠美也說想見京子。
　　旅館不光只有溫泉，還有大游泳池以及可以打網球的地方。由於附近有山有水，所以我想可以悠閒度過。聽說餐廳的食物也很好吃。除了和式、西式、中式之外，也有拉麵店和漂亮的咖啡廳喔！
　　如果時間許可的話，一起去吧！旅館我來預約。等妳的回覆。

五月二十三日
夕子

問1　你覺得京子和夕子是什麼樣的關係呢？
1　工作的同事
2　大學同班同學
3　旅館打工的夥伴
4　高中的學姊和學妹

問2　在那家旅館不能做的事情是什麼呢？
　　1　在大的游泳池游泳。
　　2　吃義大利料理。
　　3　爬爬山、在河邊遊玩。
　　4　看電影，悠閒度過。

解説

- 映画を見たり、アルバイトをしたりしました：看看電影、打打工。「動詞た形＋り、動詞た形＋り＋します」表示動作的部分列舉。

- ところで：話說～、對了～。轉變話題用。

- 行くことになりました：決定要去了。「動詞辭書形＋こと＋に＋なります」意思是「（團體或組織的）決定」。

- どうですか：如何呢？

- だけでなく：不只～而已。

- おいしいそうです：據說很美味。「い形容詞普通形＋そうです」意思是「聽說」。

- 都合がよければ：狀況、時間許可的話。

## 聴解

### 問題1 🎧 MP3-36

> 問題1では まず 質問を 聞いて ください。それから 話を 聞いて、問題用紙の 1から 4の 中から、一番 いい ものを 一つ 選んで ください。

女の 子が 話して います。女の 子は 誕生日に 何が 欲しいですか。

女：私は もう すぐ 十七歳に なります。私の 誕生日は 六月十八日です。おととしは 母が 大きい ケーキを 作って くれました。とても おいしかったです。去年は ピアノを 買って もらいました。ずっと 欲しかったので、嬉しかったです。弟は 歩きやすい 靴を くれました。今年は、父に パソコンが 欲しいと 言いました。でも、高いから 駄目だと 言われました。その 代わりに、本を 入れるための 棚を 買って くれるそうですが、欲しく ありません。私は 棚よりも、綺麗な アクセサリーが 欲しいです。母が 買って くれるそうなので、とても 楽しみです。

女の 子は 誕生日に 何が 欲しいですか。

1 ピアノが 欲しいです。
2 綺麗な アクセサリーが 欲しいです。
3 大きくて おいしい ケーキです。
4 本を 入れる棚です。

女孩正在說話。女孩生日時想要什麼呢？

女：我快要十七歲了。我的生日是六月十八日。前年媽媽為我做了大蛋糕。非常
　　好吃。去年幫我買了鋼琴。由於我一直很想要，所以很開心。弟弟送了我好
　　走的鞋子。今年，跟爸爸說了想要個人電腦。但是因為太貴了，所以被說不
　　行。取而代之的，聽說是會買放書的書架給我，但是我不想要。比起書架，
　　我更想要漂亮的飾品。由於聽說媽媽會買給我，所以非常期待。

女孩在生日時想要什麼呢？
1　想要鋼琴。
2　想要漂亮的飾品。
3　又大又好吃的蛋糕。
4　放書的書架。

解說

- 何が欲しいです：想要什麼。「名詞＋が＋欲しいです」意思是「想
要〜」。

- ケーキを作ってくれました：為我做了蛋糕。「物品＋を＋動詞て形＋くれ
ます」意思是「別人為我〜」。

- ピアノを買ってもらいました：幫我買了鋼琴。「物品＋を＋動詞て形＋も
らいます」意思是「我請別人幫我〜」。

- 駄目だと言われました：被說不行。「言われます」（被說）是「言いま
す」（說）的被動形。助詞「と」的前面，是被說的內容。

- その代わりに：取而代之。

## 問題 2

> 問題 2では まず 質問を 聞いて ください。そして、1から 3 の 中から、一番 いい ものを 一つ 選んで ください。

### 1番 🎧 MP3-37

好きな 人を 誘いたいです。何と 言いますか。

1 週末、映画に 誘いましょう。

2 週末、映画を 見に 行きたいそうです。

3 週末、映画を 見に 行きませんか。

中譯

想邀約喜歡的人。要說什麼呢？

1 週末，邀約看電影吧。

2 週末，聽說想去看電影。

3 週末，要不要去看電影呢？

解説

• 動詞ます形＋ませんか：邀約句型，中文為「要不要～呢？」

### 2番 🎧 MP3-38

椅子に 座りたいです。何と 言いますか。

1 この椅子、くださいませんか。

2 この席、座りましょうか。

3 ここ、いいですか。

中譯

想坐椅子。要說什麼呢？

1 這個椅子，要不要給我呢？

2 這個位子，我來坐吧！

3 這裡，可以坐嗎？

解説

- 動詞ます形＋ませんか：提議表現，中文為「要不要～呢？」

- 動詞ます形＋ましょうか：提議表現，我來～吧！

3番 🎧 MP3-39

頼んだ 料理が まだ 来ません。店の 人に 何と 言いますか。

1 すみません、もう いいですよ。

2 すみません、よろしいですか。

3 すみません、まだですか。

中譯

點的菜還沒有來。要對店裡的人說什麼呢？

1 不好意思，已經好了喔！

2 不好意思，可以嗎？

3 不好意思，還沒好嗎？

問題3

> 問題3では まず 文を 聞いて ください。それから、その返事を 聞いて、1から 3の 中から、一番 いい ものを 一つ 選んで ください。

1番 🎧 MP3-40

男：珍しいですね。山田さんが 遅刻ですか。

女：1 車が 故障して しまって。

　　2 今朝は 早く 起きました。

　　3 とても よく 眠りました。

中譯

男：很難得耶。山田小姐遲到了嗎？

女：1　因為車子故障了。

　　2　今天早上很早起床了。

　　3　睡得非常好了。

## 2番 🎧 MP3-41

女：もう　そろそろ　寝なさい。

男：1　昨日は　早く　寝たよ。

　　2　まだ　宿題が　終わって　ないんだよ。

　　3　もう　頑張ったよ。

中譯

女：已經差不多該去睡了。

男：1　昨天早睡了喔！

　　2　功課還沒寫完啦！

　　3　已經努力了啦！

## 3番 🎧 MP3-42

男：いらっしゃいませ。何に　しますか。

女：1　コーヒーと　あのケーキが　好きです。

　　2　コーヒーと　あのケーキを　食べます。

　　3　コーヒーと　あのケーキを　ください。

中譯

男：歡迎光臨。要點什麼呢？

女：1　我喜歡咖啡和那個蛋糕。

　　2　我要吃咖啡和那個蛋糕。

　　3　請給我咖啡和那個蛋糕。

解說

・名詞＋に＋します：決定～。

國家圖書館出版品預行編目資料

------------------------------------------------------------

30天考上！新日檢N4題庫＋完全解析 新版 /
こんどうともこ、王愿琦著
-- 修訂初版 -- 臺北市：瑞蘭國際，2023.05
376面；17 x 23公分 --（檢定攻略系列；80）
ISBN：978-626-7274-29-3（平裝）
1. CST：日語 2. CST：讀本 3. CST：能力測驗

------------------------------------------------------------

803.189                                        112006551

檢定攻略系列80

# 30天考上！新日檢N4題庫＋完全解析 新版

作者｜こんどうともこ、王愿琦
總策劃｜元氣日語編輯小組
責任編輯｜葉仲芸、王愿琦
校對｜こんどうともこ、葉仲芸、王愿琦

日語錄音｜こんどうともこ、後藤晃
錄音室｜純粹錄音後製有限公司
封面設計｜劉麗雪、陳如琪
版型設計、內文排版｜陳如琪

瑞蘭國際出版
董事長｜張暖彗・社長兼總編輯｜王愿琦
**編輯部**
副總編輯｜葉仲芸・主編｜潘治婷
設計部主任｜陳如琪
**業務部**
經理｜楊米琪・主任｜林湲洵・組長｜張毓庭

出版社｜瑞蘭國際有限公司 ・ 地址｜台北市大安區安和路一段 104 號 7 樓之一
電話｜ (02)2700-4625・ 傳真｜ (02)2700-4622・ 訂購專線｜ (02)2700-4625
劃撥帳號｜ 19914152 瑞蘭國際有限公司
瑞蘭國際網路書城｜ www.genki-japan.com.tw

法律顧問｜海灣國際法律事務所　呂錦峯律師

總經銷｜聯合發行股份有限公司 ・ 電話｜ (02)2917-8022、2917-8042
傳真｜ (02)2915-6275、2915-7212・ 印刷｜科億印刷股份有限公司
出版日期｜ 2023 年 05 月初版 1 刷 ・ 定價｜ 420 元 ・ ISBN｜ 978-626-7274-29-3

瑞蘭國際